U0119110

台灣書房

台灣書房

20世紀最偉大的文化發現

發現藏經洞

作者／奧雷爾・斯坦因　譯者／姜波、秦立彥

前言*

　　《發現藏經洞》係出自《西域考古圖記》一書。《西域考古圖記》是一部綜合性的學術性專著。爲便於一般讀者更多地了解敦煌千佛洞、藏經洞的發掘情況以及從洞窟中發現的文物，編輯對原書做了一些技術性處理：刪除了一些專業性特別強的內容，給一些難懂的專有名詞加上註釋，將插圖進行適當調整並重新編序等。此外，爲便於讀者了解《西域考古圖記》全貌，我們附上了節選的原書中文版前言。

　　《西域考古圖記》一書，是英籍匈牙利人斯坦因1906～1908年在中國新疆和甘肅西部地區進行考古調查和發掘的全部成果的詳細報告，也是斯坦因1900～1901年第一次新疆考古調查和發掘後所出《古代和田》報告的續編。《西域考古圖記》一書涉及的地域十分廣闊，從西向東包括了今和田地區、阿克蘇地區、巴音郭楞蒙古族自治州、吐魯番地區、哈密地區和河西走廊一帶。在這些地區調查和發掘的重要遺址有阿克鐵熱克、喀達里克、麻札塔格、尼雅、安迪爾等遺址，米蘭佛寺遺址和吐蕃城堡遺址，樓蘭古城及其附近遺址，焉耆明屋及其附近的石窟寺和遺址，甘肅西部漢長城和烽隧遺址，敦煌千佛洞和藏經洞等。斯坦因在這些遺址所發現遺物的主要類別有雕塑，繪畫，簡牘文書（包括漢文、梵文、佉盧文、和田文、龜茲文、吐蕃文、突厥文、粟特文和回鶻文等），織物（絲、毛、麻、棉等），錢幣，碑刻，佛經殘卷，以及大量的陶、木、石、金屬（金、銀、銅、鐵等）玻璃、料器等質料的生活用品、生產工具、裝飾品和兵器等。書中還配有大量遺跡插圖，遺址平、剖面圖，還有一卷遺物圖版和一卷調查地區的地圖。全書以考古學為

---

*此前言是作者爲《西域考古圖記》所作，現挪用作《發現藏經洞》前言，以便讀者對本書及《西域考古圖記》有所了解。

核心，並基本上涵蓋了前述諸多學術領域，內容十分豐富。

斯坦因《西域考古圖記》一書有許多突出的特點，比如：1.資料性強，可利用率較高。斯坦因對所調查和發掘的遺址，均根據當時的具體情況對遺跡和遺物作了詳細記錄，並進行綜合分析，整理後刊於本書中，比較系統和準確，便於利用。2.地理學與考古學結合。……他除對某些地區進行單獨的地理學考察外，還對所到遺址的地貌、河流、氣候等自然條件的變遷及其與遺址的興廢關係進行考察。3.涉及的領域廣、學科多、訊息量大。除考古學外，凡與遺跡和遺物有關的學術領域和學科都程度不等地涉及到了，並進行了綜合分析研究。此外，他還將所發掘的遺跡、遺物與中亞、犍陀羅和印度、西亞乃至西方的資料進行對比研究，引用了很多西方的研究成果；對遺跡、遺物的淵源關係，遺物的生產技術與製造工藝也進行了較深入的探討，訊息量很大。……4.濃縮了斯坦因三次考察相關部分的主要成果。書中凡涉及他第一、三次考察的相關部分，多相互進行比較和印證，並對考察情況進行綜合分析研究，因而濃縮了他三次考察的主要成果。5.集眾求之長，研究水準高。本書不僅在資料整理方面集中了眾多專業技術人員和高水準的專家，在研究方面更是名家薈萃。因此，《西域考古圖記》一書的研究成果，在很大程度上可以說是集體智慧的結晶，代表了20世紀20年代以前在這一領域中的最高研究水準。

斯坦因《西域考古圖記》一書，學術價值很高，影響深遠。該書所刊布的資料至今仍是各有關領域的基礎資料，有的甚至是惟一的資料。今新疆地區（也包括河西走廊）由於是古代東西交通的大動脈，又是絲綢之路的中樞地段，因此成為古代東西方經濟、文化、藝術和多種宗教的交匯融合之地，從而創造出了獨具特色的燦爛的物質文化。斯坦因在《西域考古圖記》一書中，對這種研究難度很大的物質文化進行了開創性的研究。他提出了許多獨到的見解，指出了這種物質文化在古代人類文明史中所占的重要地位，其研究成果的影響至今猶存。有關這方面的問題，限於篇幅，茲不詳述，請讀者參閱原著。下面僅從資料的角度略舉幾例，簡要說明其重要的學術價值。1.……。2.米蘭佛寺遺址和吐蕃城堡遺址。米蘭佛寺遺址群是研究鄯善佛教與佛教藝術最重要的資料，其塑像、壁畫和佛塔遺址在新疆獨具特色，並與犍陀羅佛教藝術有密切關係。

犍陀羅佛教藝術只發現雕塑，故米蘭佛教壁畫便成為研究犍陀羅風格佛教繪畫僅有的依據，在學術界和藝術界都享有很高的聲譽。米蘭佛寺遺址經斯坦因發掘後已遭破壞，所以斯坦因刊布的資料是無法替代的。斯坦因在米蘭吐蕃城堡遺址發掘出大量的吐蕃文簡牘等遺物，還有他在麻札塔格遺址所發現的吐蕃文簡牘和其他遺物，都是研究西元8～9世紀吐蕃在今新疆地區活動情況，吐蕃建築特點和藝術風格，吐蕃生產技術和生產工藝，吐蕃社會狀況，職官和軍事組織情況，吐蕃文字以及吐蕃與唐朝、西域及周邊地區關係的極為難得的重要資料。3.樓蘭遺址，是斯文・赫定首先發現的，但大量的調查和發掘工作是由斯坦因進行的。斯坦因所刊布的樓蘭遺址（包括其附近地區）的遺跡、遺物，大量的魏晉前涼時期的漢文簡牘文書，以及部分佉盧文簡牘文書具有重要意義。據此可基本復原出魏晉前涼時期西域長史機構的職官系統、屯田概況、社會生活狀況、西域長史機構與鄯善及西域諸國的關係。這些遺跡、遺物對研究樓蘭古城的性質和鄯善國都的方位以及東西方文化藝術交流等方面，有著至關重要的作用。此外，他所發現的漢文簡牘文書不僅可以補史籍之不足，還可彌補中國簡牘史中的缺環，並為木簡向紙文書的過渡提供了實證。斯坦因刊布的這些資料，目前仍是最全面、最具權威性的，影響很大。現在國內外學術研究中的樓蘭熱與此亦有很大關係。4.……。此外，斯坦因還劫掠了敦煌藏經洞的文化寶藏（這是震驚中外的重大事件），這批珍貴文物無與倫比的學術價值是眾所周知的，茲不贅述。總之，斯坦因《西域考古圖記》中收錄的資料是中華民族文化寶庫的重要組成部分之一，他在此基礎的研究成果及所構築的基本學術框架，對前述的新疆考古學和敦煌學等學科的形成和發展有著重要的影響。因此，這本書的學術價值是不言而喻的。當然，斯坦因《西域考古圖記》一書也有明顯的不足之處。這主要是受當時學術研究總體水準的制約，並與他個人學識的局限性和當時帝國主義列強政治思想對他有較強的影響密切相關。所以對本書的不足之處，我們要用歷史的眼光予以審視和評論。

　　除上所述，應當指出斯坦因《西域考古圖記》一書所收的遺跡、遺物等全部實物資料，都是通過對新疆和甘肅西部重要遺址的破壞和劫掠而獲取的。他在遺址中剝取壁畫，搬走塑像，凡能拿走的文物均席捲一空。對此，斯坦因在書中亦直言不諱，因而給那段

令國人屈辱而心碎的歷史留下了真實的記錄。這些被斯坦因和西方其他列強的學者、探險家們所劫掠的中國古代文物精粹，在國際學術界造成了巨大的轟動，從而引發了當時歐洲和日本東方學研究的大發展。與此同時，中國的學術界也因此受到了強烈的震撼，開始覺醒，奮起抗爭，並積極投身到對這批文物的研究當中去。此後，國內外一批新學科陸續建立，一批大學者相繼出現，填補了許多學術領域研究的空白，取得了劃時代的成就，產生了深遠的影響。凡此都是中國古代珍貴文物本身的價值所致，也是中國古代文化瑰寶對人類文明的偉大貢獻。

如前所述，20世紀初以來，中國古代文化遺產遭受西方列強空前的浩劫。所有遭到這場浩劫的遺址均被破壞了，珍貴的遺物也沒有了，所以斯坦因等人刊布的這些劫掠遺跡、遺物的報告和專著，就成為研究與此相關的各學科僅存的基礎資料。

孟凡人
1998年10月

目錄

插圖目錄

千佛洞

第一節　遺址概述

　　1907年5月15日，我結束了對漢代長城和烽燧遺址的考察，重返敦煌綠洲。對漢代長城烽燧的調查取得了累累碩果，令人感到振奮。而自此以後，我便可以全身心地投入到對敦煌石窟寺（千佛洞）的考察中，這同樣是一件令人心情愉快的事。千佛洞位於敦煌東南部光禿禿的一處山腳下，它是我考察伊始就已確定的目標之一。這年的3月份我曾造訪過此地。儘管來去匆匆，敦煌石窟的佛教造像和洞窟壁畫仍給我留下了深刻的印象，它們的藝術價值和考古學價值使我大為折服。對我而言，最有吸引力的還是那個出土大量古代寫卷的密室。幾年前一個偶然的機會，人們在這裡發現了大量的古代寫卷。我抵達千佛洞以後，先是被一些事務性的瑣事耽擱了一陣，後來又由於這裡一年一度的朝聖活動拖延了更長的一段時間，成千上萬的信徒們從四面八方向這裡湧來，使得我的考察活動不得不大大推遲。這樣，直到5月21日，我才在這裡支起了帳篷，開始我的考察工作。

<千佛洞的考古學傘

　　我在千佛洞的考察緊張忙碌地進行了三個星期。在介紹考察經過和收穫之前，這裡有必要先將這一重要遺址的特徵和概況作一介紹。千佛洞谷（ch'ien-fo-tungvalley）位於敦煌東南約10英里的地方，它是疏勒河盆地的一處沙漠山谷。山谷口寬約1.5英里，往裡縮成了一條窄窄的峽谷。一條不知名的小河穿過低矮的山巒向北流去。這條小河在很早以前的地質時代就已形成，它是由一些較高的南山餘脈上的山泉匯集而成的。山谷西都的山坡上滿是流動的沙丘，向西一直延伸到黨河，這便是敦煌綠洲的南緣。後來歷史上的「沙州」就是得名於此。站在西部新近形成的高大沙丘上，可以俯視千佛洞山谷，以圖1、2的背景中可以看見這些高大的沙丘。山谷的東部也是低矮荒涼的山丘，已經風化的山坡岩面全是光禿禿的。由於冰川的作用，山腳下形成了平整的沙礫地面。

<遺址地理概況

　　順著以敦煌過來的馬車道進入這寧靜的山谷，走了大約不到1英里，敦煌石窟最北端的一組洞窟（北區洞窟）就呈現在眼前。

<下層洞窟

這裡地勢仍很開闊，洞窟就開鑿在河床西面的懸崖上。山腳下的那條小河，因為水分蒸發過多，到達這裡時已完全乾涸，寬廣的河床上只能見到滿目的沙礫。只有在偶爾發生的洪水到來時，河床裡才有水流。這組鑿在

圖1　敦煌千佛洞全景

圖2　敦煌千佛洞主群組北端及中間群組

陰暗崖面上的黑森森的洞窟，遠遠望去，鱗次櫛比，如同蜂巢一般。洞窟的規模都不是太大，排列有序，向上一直到達高出河床50～60英尺的岩面上。崖面上原本有通向這些洞窟的通道，由於岩面崩塌，現多已蕩然無存。山體之所以崩塌，一方面是由於北面吹來的風蝕的作用，一方面也是由於崖腳洪水的不斷沖刷所致。在距這組石窟近500碼的地方，崖面上還孤零零地保留著一截廊道和台階，顯然應是當時攀登石窟的設施。第二組石窟的情況與第一組大體相似，它比第一組石窟高出約150碼，從圖2中可以看見第二組石窟的全景。這兩組石窟，一方面由於時間上來不及，另一方面也由於無法攀登，我沒能夠爬上去作仔細的觀察。但有證據表明，它們的開鑿年代似乎偏晚。這些洞窟絕大部分都很小，而且大多沒有壁畫，看來屬於僧人居住的洞窟的可能性比較大。這些陰暗的洞窟不禁使人聯想到西方舍貝斯（Thebais）隱士們穴居的洞穴來。

南區洞窟＞　　　敦煌石窟的主體部分在南區，其情形與北區的洞窟有很大的不同。前者沿著逐漸抬升的陡峭山壁綿延了約1000碼。圖1所拍攝的是其全景，它差不多攝下了敦煌主體石窟的南北寬度。這張照片是站在河灘對面（東南面）的戈壁上拍攝的。山腳耕地上的榆木叢擋住了位置較低一些的石窟。不過，就是站到山腳近處，

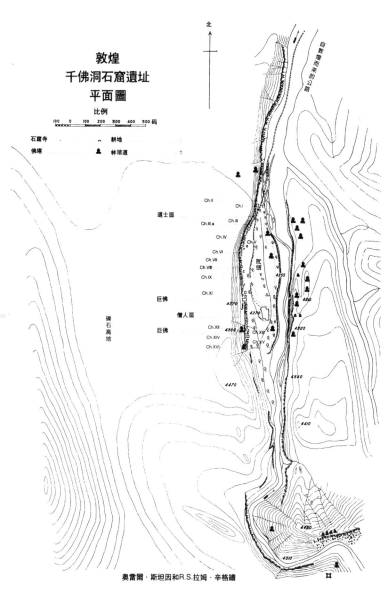

圖3　敦煌千佛洞石窟遺址平面圖

圖4　千佛洞Ch. IX附近成排的洞窟，有一些門廊已傾塌

圖5　千佛洞Ch. XII窟北面相鄰成排的小洞窟

圖6　千佛洞Ch. III上面的洞窟

也很難看出這組石窟的總體特點和布局情況。這組石窟為數眾多，布局上也顯得無章可循。它們的分布事先似乎並沒有一個通盤的考慮，所以對它們進行明確的分組很難。我想，如果簡要介紹一下我初次造訪這裡時所獲得的印象，對問題的討論也許不無裨益。

敦煌石窟陡峭的懸崖上，不間斷地排滿了洞窟，高高低低，密密麻麻，有時甚至是一個疊著一個（圖3）的。洞窟的數目與其位置的高低並無必然的聯繫。從圖1、2可以看出，在敦煌石窟 ＜呈梯級分布的洞窟

群的最南端和最北端，今天所能見到的洞窟都只有一排。而其他地點的洞窟，如圖4所示，則上下往往多至4～5排。只有在Ch. IX窟（圖3）附近的崖面上（圖4），以及兩個大型洞窟之間的崖面上（圖5），才可以看出洞窟是按層來分布的。這兩個洞窟裡面都有高大的坐佛像，它們自成一體，看不出它們屬於哪一排，因為洞窟的規模太大。坐像是用黏土做成的，空腔，高近90英尺。

大窟的周圍開鑿了許多明窗，以便採光。

洞窟的前廳＞和甬道

洞窟像座（壇基）前面往往鑿出長方形的前廳（或通道），廳的左、右、後三面牆和頂板都繪有壁畫，壁畫多已褪色。由於洞窟的前牆往往已經塌落，這些壁畫從洞窟外面看去一目了然（圖5、6）。洞窟的前牆，特別是大型洞窟的前牆，往往是在岩面上直接鑿成的。但也有一些洞窟的情況有所不同，它們的前牆往往用木製門戶或廊道代替，可能是當時或後期作過改動和修復。這些木構設施在位置

圖7　千佛洞Ch. VIII附近的洞窟

圖8　千佛洞Ch. I洞窟的主室與側室（藏經洞）

較高的洞窟前面還有保存（圖4），只是殘破得很。登上這些位置較高的洞窟往往得靠棧廊，現在只能看見支撐廊子的橫木，或插橫木的小洞（圖4、6），後一種情況則更為多見一些。用於攀登的石台階和木台階幾乎全已崩塌，如果有的洞窟前還有這種階梯，那肯定也是最近修復時增補上去的。

圖9　千佛洞Ch. Ⅶ洞窟主室平台上的泥塑和西牆及窟頂壁畫

圖10　千佛洞Ch. Ⅲ. a洞窟內帶有泥塑的龕（局部修過）

＜崖腳的洞窟

由於壇基前面的主室、甬道甚至後室前牆都已崩塌無存（圖6、7），今天看來，許多佛壇都懸在岩壁上高不可攀。這些位置較高的洞窟的規模都不算太大，其內部結構和裝飾圖案可以看得出來與岩腳的洞窟是大同小異的。岩腳的洞窟由於幾個世紀以來的風沙沉澱和河床淤積，原生地面上已經覆蓋了一層厚約10英尺的土層（圖4、6、7）。雖然岩腳洞窟的地勢不高，但其牆面（前牆）也多已崩塌，正好彌補了光線不足的缺憾，陽光可以一直照射到像座前的甬道裡。

＜洞窟的建築布局

洞窟內的布局非常一致。壇座前面往往有一個長方形的前室，前室大多殘損。在最近的修復工程中，已經崩塌的前牆，往往代之以仿古樣式的木構門窗。前室之後，有甬道通往後室，甬道一般高而寬，以便後室的採光和通風。後室往往鑿成方形的佛龕，四壁的長度

一般不超過54英尺，圓形頂。佛龕的進深往往稍大於面寬，壇座則多為長方形平台，雕飾精美，其位置正對著洞窟的入口（圖8、9）。

塑像>　壇座之上塑形體巨大的主尊佛像，主尊兩側則對稱地塑其他神像，形體相對較小。造像多有殘缺，或者已被現代的複製品所取代。主尊佛像的背後往往豎有背屏，頭頂有華蓋。壇座兩側和後部鑿有供信徒們繞行行禮的隧道。較小一些的洞窟，多在壁上鑿龕，龕內置塑像，往往以一尊坐佛居中（圖10、11）。這兩

圖11　千佛洞Ch. IV洞窟內泥塑佛像（局部修過）

圖12　千佛洞Ch. V洞窟西側壁龕，龕內有泥塑殘片

種洞窟結構只是在極少數洞窟中有相互兼容吸收的現象，這些洞窟的後室中央未行雕鑿，留下一塊平整的石面作為主尊的背屏（圖7）。

壁畫的保存>　　洞窟中的塑像是用鬆軟的黏土塑成的，它們在幾個世
狀況　　紀中經受了自然風化的作用，而更大的破壞則來自滅佛者

圖13　千佛洞Ch. Ⅵ洞窟西牆上有泥塑佛像和蛋彩的壁龕

（iconoclasts）和信徒們的雙手。前者對塑像肆意進行摧殘，後者則以無比的虔誠對它們進行修復，二者都使這些藝術品的價值受到破壞。在所有大型洞窟和許多稍小一些洞窟的四壁都繪有佛教題材的壁畫，它們豐富的藝術價值正是我所關注的。這些壁畫很多都保存完好，其原因除了這裡氣候乾旱、岩壁乾燥之外，還在於這裡的原來的壁畫實在是太豐富了，壁畫與岩面又黏得很緊，不易剝落。破壞這裡的壁畫，要比破壞塔里木盆地和吐魯番地區的壁畫費時費力得多。同時，另外一個因素也不容忽視，那就是當地人們對他們心目中的這一聖地一直加以保護。歷史儘管經歷了滄海桑田的變化，敦煌地區仍然有著強烈的信佛傳統，並一直延續至今。

　　除了一處小型洞窟內的情況有所不同以外，敦煌石窟壁畫的 <裝飾主題
繪製多使用了色膠。為使行文簡潔，以下篇章採用了「壁畫」這一術語（原著基於西方美術傳統對「牆上的繪描作品」與「壁畫」作了區分，但在中國一般似乎沒有這種按繪製材料進行區分的做法——譯者），儘管這一術語用在這裡不是太準確的。敦煌石窟甬道和前室的壁面上往往繪有成排的菩薩形象，有的還上下分欄。許多洞窟的後室四壁多布滿了小小的方格，裡面繪有小型的佛像或菩薩像（圖12、13），這與丹丹烏里克、喀達里克的情形有點類似。佛像、菩薩像以及花紋繁縟的裝飾圖案，還常常被繪製在後室的頂部（圖14、15）。當然最有表現力的還得數繪在四壁上的圖案。這種帶有精美花邊的大方格，有的是單獨繪製的（圖16、17），也有成排繪製的，視壁面大小而定。圖15、18、19所示的正是成排繪製的大方格圖案。大方格和像座之下，則往

圖14　千佛洞Ch. VIII洞窟主室中內、西壁及窟頂壁畫

圖15 千佛洞Ch. Ⅷ洞窟主室西北角蛋彩壁畫

往繪有供養人形象，或者僧人、尼姑的形象（圖20、21）。

繪有佛界場景和本生故事的方格 >

這些方格中總是精心繪有各科圖像。其中兩種題材是最主要的。一種是由菩薩、弟子（saints）和眾神對稱拱衛的佛陀形象，端坐於精美的壇座、基座或蓮花座之上（圖16、22、23）。即使外行也能看出，它們所描繪的是佛界淨土（Buddhist heavens）的景象。另外一種壁面題材面面紛繁蕪雜，看上去應該屬於世俗生場景，但隊列中也往往夾有神像（圖14、18、21、24、25）。類似的場景還見

圖16　千佛洞Ch. Ⅲ. a洞窟北牆西方極樂世界壁畫

圖17　千佛洞Ch. Ⅳ洞窟北牆中內阿彌陀佛天國壁畫
（西側小畫間是阿闍世王傳說和韋提希王妃16觀）

於大方格的邊框上（圖17、26）。這類圖像的旁側或上方往往有漢文榜題，指明這些圖像所描繪的是哪一類的佛經故事。我的嚮導蔣師爺對佛教神話與圖像一無所知，所以也沒法對此多加解釋。後來我將這些資料帶回歐洲，經有關專家研究，才獲知這類壁畫題材都屬於佛本生故事。

圖18　千佛洞Ch. VIII洞窟主室西壁蛋彩壁畫

圖20　千佛洞Ch. VIII洞窟主室東壁下部畫面及繪有系列女供養人及女侍的牆裙

<＜漢式風格的神話場景>

這些方格圖案中線條流暢的場景和典型的中國式建築，以及邊框、牆腳等處花紋繁縟的裝飾圖案，使人感到一股撲面而來的漢文化氣息。畫面線條用筆大膽流暢，人物形象真實自然，捲雲紋飾、裝飾花樣等裝飾題材也莫不精美而富於創意。同樣，主尊佛像的雕鑿也打上了從中亞傳過來的印度模式的烙印。主尊佛像兩側繪製的弟子形象（圖9、10、11）以及經變（schematic）題材壁畫中的佛陀、菩薩形象也都是如此。後一類的題材往往被信徒們模印在各洞窟的壁面上。可以看出，儘管

＜神像的印度風格

在線條勾勒和畫面上色方面存在著一定的差異，敦煌石窟造像或畫像的臉形、姿勢以及衣紋褶皺還是繼承了希臘化佛教（Graeco-Buddhist）藝術的傳統。

除了傳承性以外，這些壁畫顯然可以分為幾個不同的發展階　＜壁畫的年代

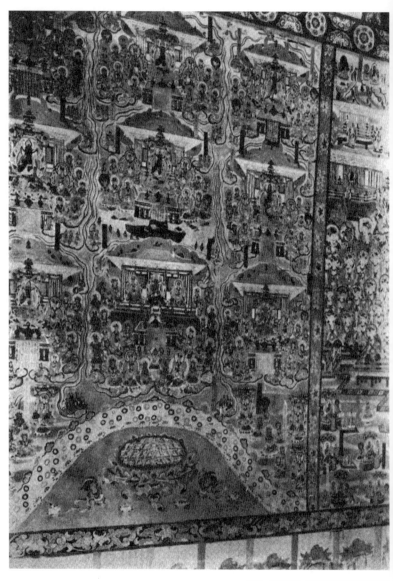

圖19　千佛洞Ch. Ⅷ洞窟主室北壁蛋彩壁畫

圖21　千佛洞Ch. VIII洞窟主室東壁壁畫及繪有于闐王和家人、侍衛帶漢文題跡的牆裙

圖22　千佛洞Ch. Ⅷ洞窟主室南壁蛋彩壁畫，此係西天場景

圖23　千佛洞Ch. VIII洞窟主室西壁蛋彩壁畫（西天畫面）

段。遺憾的是我的漢學知識很欠缺，對中國世俗藝術的歷史知之甚少，所以無法對這些洞窟和壁畫進行詳細的斷代與分期。有考古學證據顯示，大型洞窟裡保存較好的壁畫，應該是屬於唐代的。唐代及其稍後一段時期，正是敦煌綠洲和千弗洞聖地最為繁榮興盛的歷史時期。至於壁畫的風格就要偏晚一些，但仍可以稱得上是技法嫻熟，充滿活力。繪於前室和甬道裡的壁畫，受到破壞的程度要甚於後室壁畫，它們應該是宋元時期修復增繪上去的。可以看出，宋元時期的壁畫仍保持了古老的藝術傳統。

塑像的年代更難判定，它們質地酥鬆，由於是被膜拜的對象，它們比壁畫受到的破壞和修補更多，可謂是飽經風霜。但是不管塑像怎樣進行修補，它們與原先的像座、背屏、頭光（haloes）的風格特徵仍基本保持一致。這可以從圖10、11、2、13中看得出來。塑像的組合通常是中央塑主尊坐佛像，兩側對稱地立有弟子、菩薩和眾神。天王總是全副鎧裝，很容易被識別出來。即使天王塑像被毀，也可以從基座上的小鬼形象作出判斷。我對中世紀和現代的中國佛教塑像不太熟悉，其他的佛教塑象（多被毀壞或經修補）的身份當時只能聽嚮導作一些介紹。　＜塑像的情況

這裡很有必要解釋一下敦煌石窟為何不見密宗的神像。大乘教當時在西藏和印度北部邊境山區曾盛極一時，並影響到遠東地區。仔細審視後發現，儘管東干人占領期間曾對塑像進行了大肆破壞，敦煌石窟仍保留了深受希臘化佛教藝術影響的大量跡象。希臘化佛教藝術是經過中亞傳入遠東地區的。千佛洞塑像的頭、　＜塑像和藝術遺跡

圖24　千佛洞Ch. XVI洞窟主室西壁蛋彩壁畫左半部

圖25　千佛洞Ch. XVI洞窟主室西壁蛋彩壁畫右半部分

圖26　千佛洞Ch. II 洞窟主南牆壁

臂甚至上半身往往是現代修復的，其缺憾與粗俗一望即知。圖8、28、29的塑像下半身的造型及其流暢的衣紋、精美的色調則往往保持了原來的模樣。圖10、11、13中的塑像都部分地保留了原來的樣式，將其與後來修補的部分作一下比較就不難看出這一點。雕刻在坐佛身後的頭光和舟形背光（vesicas）多倖免於被毀和修補，頭光和背光外緣多飾有火焰紋（圖10、12、13）。圖27便是一個很好的例證。在一尊比真人稍大的佛像的背後，雕刻著花紋繁縟的背光和頭光，從其和諧統一的色調，不難想像出原來塑像身上的顏色該是多麼的絢麗多彩。

在許多殘損的塑像和雕刻圖案上，都發現有鍍金的現象，這<　南北大像
是**犍陀羅藝術**○向于闐及其以東地區進行傳播的實物證據。在兩尊○
高達90英尺的大佛身上也有鍍金的現象，兩尊大佛一為坐佛，一為立佛。這不禁使我想起了帕米爾的石刻佛像，帕米爾正處在從犍陀羅經喀布爾到大夏都城巴克特里克的交通幹線上，千佛洞的石刻、塑像不知是否是受了帕米爾石刻的影響。處於帕米爾和敦煌之間的庫車和吐魯番石窟，儘管規模要小一些，但風格類似，它們可以看做是帕米爾與敦煌之間的過渡環節。虔誠的佛教信徒們為了佛像的修繕總是不惜一切代價的，這種情況一直沿襲到了近代。他們在洞窟前面修起幾層樓高的佛殿，殿堂規模很大，佛事設施一應現代化，佛殿門檐上的木構件色調鮮艷，雕飾精美繁縟。

此類的修復跡象充分表明，儘管這一西陲邊地曾多次受到滅<　敦煌的佛教
佛者的破壞，佛教信仰仍一直深深地紮根於當地民眾之中，即使　傳統
現在也沒有完全絕跡。當地的佛教信仰和對這一佛教聖地的保護至關重要。考古證據表明，千佛洞及其附近的石窟寺的開鑿自唐朝以來，一直繁盛不衰。唐朝曾為敦煌免受北部突厥和南部吐蕃的侵擾提供了保護，也正是在唐代佛教開始在中國廣為流傳。此後的四個世紀直至元代的建立，除了較短的幾個時期以外，這一

○犍陀羅藝術：犍陀羅是古印度地名，相當今巴基斯坦白沙瓦及其阿富汗東部一帶。西元前4世紀馬其頓亞歷山大入侵後，希臘文化藝術曾影響這一地區。西元前3世紀摩揭陀國（孔雀王朝）的阿育王遣僧人來此傳布佛教，逐漸形成犍陀羅式的佛教藝術。犍陀羅藝術中的雕塑是古代佛教雕刻藝術的一個流派。西元1～6世紀盛行於犍陀羅，吸取古代希臘末期的雕刻手法，對東方雕刻藝術的發展曾有影響。——編注

圖27　千佛洞Ch. II洞窟主室內的泥塑佛像，帶彩繪的頭光及浮雕狀的光輪

圖28　千佛洞Ch. XVI洞窟主室後人重塑的唐僧和隨侍羅漢泥塑像

圖29　千佛洞Ch. X洞窟主室後佛龕內重塑的泥像

邊陲地區一直受到蠻族入侵的威脅。

上述政治打擊肯定對敦煌地區的佛教產生了影響。但我想，馬可‧波羅關於敦煌石窟的記載仍是可信的，他在其遊記「沙州」（Sachiu）一章中對為數眾多、擠得密密麻麻的敦煌石窟作了生動描寫，對這一地區令人奇怪的偶像崇拜習俗也作了詳盡的描寫。這裡有必要將這段記載引述如下：「在此沙漠中行三十日畢，抵一城，名曰沙州。此城隸屬大汗。全州名唐古忒。居民多是偶像教徒，然亦稱

＜馬可‧波羅對敦煌信佛傳統的記載

有聶斯托里派之基督教徒若干，並有回教徒。其偶像教徒自有其語言。城在東方及東北方間，居民持土產之麥為食。境內有廟宇不少，其中滿布種種偶像，居民虔誠大禮供奉。」接著，他對當地的祭祀和喪葬風俗作了長篇描寫。唐古忒（Tangut）一稱源於西夏語，在蒙古征服這一地區以前，在當地廣為流傳。我在對甘肅（即馬可‧波羅所稱的「Tangut」）西部的考察過程中，發現這一稱呼直到今天還在當地被繼續使用（唐古忒，又作唐古惕、

唐古特、唐兀等，即指党項族。此族於西元982年建西復國，處黃河之西，故亦名河西，後為成吉思汗所滅——譯者）。

僧人團體的>
消失

但也有跡象表明這裡的佛教傳統曾一度中斷。這裡全然不見定居在這裡的僧人，甚至僧人居住的建築遺址也不曾見到。很難想像千佛洞在唐代及其以後竟然沒有這一類的設施。出土文書等許多證據表明一度有很多僧人生活、居住在這裡。為什麼這種現象一度中斷，箇中緣由我不想在這裡詳細討論。很有可能是因為佛教連同其經文、教派組織都被中國流行的宗教（道教？）完全給融合、吸收了。在我初次造訪千佛洞時，一排排的洞窟寺廟居然連一個常年看守的人都沒有，就連遺址南頭掩映在樹蔭中間的供信徒們寄宿的房子也僅僅只有一個年輕的和尚在看守，而他本人也不過是一個從青藏（Tsaidam）高原過來的遊僧。

第二節　千佛洞的碑刻

沙畹對千佛>
洞碑刻的分析○卷

接下來我們簡要介紹一下千佛洞出土的有關其歷史的漢文經卷。這裡我們得感謝**沙畹**對該遺址保存至今的5份最重要的漢文碑刻所作的釋讀和精闢分析，這5份碑刻資料是由伯寧帶回的。沙畹據此對唐、元兩代中國西北這一地區的政治形勢、人種構成作了明確的分析。所以，有關邊境的情況可以參考沙畹的有關研究，我這裡只對有關千佛洞遺址本身及其歷史作一探討。

西元698年碑>

正如沙畹所指出的，這批碑刻中，時代最早又最為重要的一份碑刻的年代屬於西元698年（即《李克讓修莫高窟佛龕碑》——譯者）。這份碑刻應即Ch. III洞窟（圖3）中的那塊碑刻，當時可能立於「莫高窟」之前。沙畹注意到它的內容曾被《西域水道記》（*Hsiyll shui tao chi*）所摘抄，《西域水道記》是19世紀出版的一部重要著作。碑刻內容是李某修佛龕的功德記。極有價值的是碑刻記載千佛洞的始鑿年代為西元366年。

早期洞窟的>
開鑿

在這一年，沙門樂傳（Lo-tsun）「嘗杖錫林野，行止此山，忽見金光，狀如千佛，遂架鑿□，造窟一龕。次有法良（**Fa**

○沙畹（1865～1918），法國人。曾任職於法國駐中國公使館。返國後於1893年任法蘭西學院教授。他對中國古代藝術史深有研究，主要著作有：《司馬遷史記》、《西突厥史料》等。——編注

liang）禪師，從東屆此，又於傅師龕側，更即營建。伽藍之起，
濫觴於二僧。復有刺史建平公、東陽王等各修一大窟。而後合州
黎庶，造作相仍」。碑刻下文接著說道：「樂傅法良發其宗，建
平、東陽弘其跡，推甲子四百餘歲，計窟室一千餘龕。」

　　上述記載清楚地表明，敦煌地區初唐佛教的繁盛可上溯至前
秦符堅時期（西元357～384年）。前秦是一個短命的王朝，定都
於今西安府。正如沙畹所言，這個日期表明當時倡佛者曾投其所
好，為前秦統治者服務，沒有理由不這麼認為。我們今天已無從
知曉哪兩個洞窟是由樂傅和法良首先開鑿的。我們只知道現存洞
窟中，內有大型坐佛的南Ch. XI窟（圖3）是最高的洞窟。是不是
這個洞窟就是碑刻中所指的「莫高窟」尚不得而知。

<西元366年
始鑿佛龕於此

　　時代稍晚的兩通碑刻刻於一塊精緻的黑色大理石碑的正反兩
面，石碑立於Ch. XIV窟（圖3）佛殿內，該窟佛壇規模很大，現
已整修一新。它位於有名的Ch. XVI窟（圖3）的旁邊，其通道可
以從圖1的最左端看得見。這兩座碑刻的時代上下相差100年。李
太賓碑正面的碑刻刻寫年代為西元776年，為《大唐隴西李府君
修功德碑記》。碑刻追敘了李太賓祖先的功績，他們當中有的
曾為敦煌的高級官員。據碑文，李太賓「依山巡禮」，發現了
一處可供鑿窟的地點。接著碑刻對千佛洞的100座窣堵渡（碑文
有「遂千金貿工，百堵興役」之句，斯坦因誤將「百堵」當做
「一百座窣堵波」——譯者）以及眾神形象和地理風景作了詳細
的描寫。這是導致李太賓決意在這裡捐資修造功德的原由。這段
文字，除了使我們得知盛行於中國的唐代密宗是8世紀時由兩個
僧人傳入中國的以外，還在闡釋千佛洞壁畫圖像題材和我在這裡
偶然發現的佛教畫像藝術方面具有重要的學術價值。遺憾的是碑
座後面的洞窟已經徹底翻修，我們已無從確認李太賓碑刻所描述
的具體內容。

<西元755年
「李太賓修功
德碑」

　　李太賓碑反面的碑刻刻寫於西元894年，題為《唐宗子隴西
李氏再修功德記》。這是一篇駢文，追敘了李唐帝系的遠祖與近
世。它也為我們了解河西節度使張議潮的生平提供了資料。張議
潮為刻碑者的岳父（張議潮女婿為索勳，譯者懷疑斯坦因誤將
《唐宗子隴西李氏再修功德記》與《大唐河西道歸義軍節度索公
紀德之碑》相混淆，後者有「〔索勳〕為張太保〔張議潮〕之子

<西元894年
碑碑文

婿」的記載，也刻於一碑〔《大唐都督楊公紀德碑》〕的反面——譯者〕，他在吐蕃占領敦煌地區達一個世紀（西元757～850年）之後，收復河西諸州，歸義於唐，從而使大唐帝國重又恢復了對這一通往西域的走廊的統治。這塊碑刻使我們對當地歷史有一個簡單的認識，並獲悉在吐蕃統治期間佛教僧侶集團仍停留在敦煌，除此以外，對千佛洞遺址的考古學研究而言，意義卻並不是太大。

記載速來蠻＞
修寺宇的碑刻

　　正如沙畹所言，以下所要討論的兩塊碑刻的內容雖有區別，但二者之間也有緊密的聯繫。必須指出的是，這兩塊碑刻都保存在Ch. XI窟的佛殿裡，它顯然是一座新近建成的木構建築，緊臨「大坐佛龕」（即北大像）。這兩塊碑由守郎分別立於西元1348年（當為《莫高窟六字真言碣》——譯者）和1351年（當為《重修皇慶寺記》——譯者）。守郎當時是從山西（Shan-hsi）的一處寺院來到這裡向西寧王速來蠻（Su-lai-man, king of Hsi-ning）施捨捐贈。速來蠻之名見於《元史》，係成吉思汗（Chingis Khān）的後裔。這個蒙古王子使用了穆罕默德的名字，卻又與佛教有瓜葛，頗有意味。

西元1348年＞
碑

　　1348年碑部分殘缺，其中心位置有一尊菩薩（Dhyāni-bodhisattva）像，沙畹認為是觀音。上方與左右兩側用6種文字刻有Oṃ maṇi padme hūṃ經文：梵文天城體、吐蕃文、回鶻—突厥文、蒙古文、西夏文、漢文。下面的碑文是立碑的經過和速來蠻以下捐贈者的名單。除了西寧王速來蠻貴為蒙古皇室成員之外，其他多為敦煌本地人。此碑可能有一定的考古價值，因為碑額提到了莫高窟。沙畹據此碑認為莫高窟即是碑現在所在的Ch. XI洞

莫高窟＞

窟。考慮到該窟與大坐佛龕相毗鄰，後者又是敦煌石窟中現存最高者，所以我們認為莫高窟應指的是「大坐佛窟」，此碑原應立在大坐佛窟。此碑現在立得並不牢靠，而且有殘損，這也可以看做是它被移動過的證據。現存於Ch. III窟的西元698年碑所指的「莫高窟」則應是最早開鑿的樂傳洞窟。

1351年重修＞
寺碑

　　1351年碑可以補充1348年碑的內容，對我們了解敦煌石窟的歷史也很有幫助。碑額題《重修皇慶寺（Huang-ch'ing temple）記》。據志「序」，志文由沙州路儒學教授劉奇（Liu Ch'i）書寫。志文稱：「沙州皇慶寺歷唐宋迄今，歲月既久，兵火劫灰，

沙石埋沒矣，速來蠻西寧王崇尚釋教，施金帛、採色、米糧、木植，命工匠重修之。俾僧守郎董其事，而守郎又能持疏抄題，以助其成。佛像、壁畫、棟宇煥然一新。」速來蠻在重修皇慶寺期間即已病死，在其名字之後有繼立的西寧王牙罕沙（Ya-han-sha；「莫高窟六字真言碣」作「太子養阿沙」──譯者）及其親屬的名字，還有許多官員和敦煌士紳的名字。

上述碑文記載了皇慶寺在元代以前的幾個世紀如何地經受了破壞，於是大肆進行了修繕，修繕費用又是如何籌集的，這為我們了解絕大部分（如果不能說是所有的話）敦煌石窟寺廟是如何進行維修的提供了資料。我自己就曾目睹過最近的一次修繕活動，這將在下文提及。佛殿和其他附屬建築中隨處可見的大量廢棄的像壇表明，這裡的修繕活動從來就不曾停止過。發現上述兩塊石碑的Ch. XI窟佛殿，殿堂建築全為木構，保存完好，雕飾華麗，顯然不久前曾進行過修繕。這裡洞窟牆壁上的壁畫看上去都很舊，與皇慶寺殿堂建築很不相稱。如前所述，1351年碑記載皇慶寺曾經歷過重修。再者，1348年碑也保存在這座建築內，這說明此碑很有可能是從相鄰的大坐佛窟移來的。令人遺憾的是，窟前建築使得殿內和後面的洞窟光線不足，在沒有專門燈光的情況下，無法對其中的壁畫進行拍照，甚至於湊到跟前也難以看清。

＜不停地修繕廟宇的證據

第三節　王道士和他的藏經洞

3月份我曾匆匆造訪千佛洞，這裡有關佛教藝術的豐富資料給我留下了深刻印象。但是，我更大的目的卻不全在於此。

扎希德伯克是一個精明能幹的土耳其（Turki）商人，他當時被從新疆驅逐到了敦煌地區，成為當地一小群穆斯林商人的頭目。我正是從扎希德伯克那裡獲悉藏經洞裡偶爾發現了大批古代寫卷的消息的。這批無價之寶據稱當時已由官府下令封存，由一個道士負責看管。扎希德伯克宣稱這批寫卷中還有不是用漢文書寫的材料，這更激起了我想探個究竟的慾望。經過蔣師爺一連串急切的追問，證實這個傳言並非空穴來風。於是我倆作了周密審慎的計劃，準備用最為妥善的辦法去獲取這批寫卷。

＜發現密室藏經的傳聞

我剛到時，王道士正好同他的兩個助手外出化緣去了。如果這時候將我們的計劃付諸實施顯然是不明智的。幸好留下來看守

＜王道士發現密室的故事

的那個年輕的唐古忒（Tangutan）和尚知道一些情況，蔣師爺沒費多大勁就從他嘴裡套出了一些有用的內情。據他講，藏經發現於一個大型的洞窟裡（圖3），洞窟編號為Ch. Io這個洞窟靠近北組（主組）洞窟的最北端，外部建築粉刷一新，顯然是王道士新近主持對它進行了一次徹底的修繕。他來這裡已差不多有7年之久了。通向洞窟的入口已被崩落的岩體和流沙所擋住，這與靠南一些的山腳崖面上的洞窟的情形是一樣的。當年在對洞窟和窟前地面（現在已為殿堂所占）進行整修時，工匠在連接兩個洞室的走廊壁面上發現了一條裂痕，（挑開裂縫）便從這堵土牆之後發現了一個鑿在岩石裡的密室（圖8），圖30是該洞窟的平面圖。

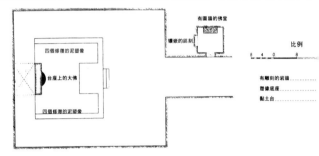

圖30　千佛洞Ch. I. 石窟佛殿（藏經洞）平面圖

藏經被就地＞
封存

　　據稱打開密室時，裡面塞滿了用漢文書寫的、但是讀不通的大量經卷，其數量之多，據說可以裝滿幾輛馬車。石室發現經卷的消息傳到了距敦煌很遠的蘭州，當地長官曾命令送些樣本去。最終，甘肅省府下了一道命令，命令把所有寫卷就地封存。所以，這批不曾被讀懂的藏經又重新被封存在發現它們的石室裡，由王道士負責妥善保管。

藏經標本＞

　　由於王道士不在，我們無從得到更多的關於藏經洞的情況。但我還是抽出時間對藏經洞所在的地點作了觀察。年輕和尚的師傅是一個從西藏來的和尚，當時也出去化緣了。後者的臨時住處是一間破舊的小屋，本是供前來敦煌朝聖者們居住的地方。他曾借得一個卷子，放在他的陋室裡，以添得些風光。蔣師爺說服這個年輕和尚將他師傅處的那個卷子拿來看看。這是一個保存得很好的卷本，直徑約10英寸，展開來的長度足有15碼。卷紙是淡黃色的，看上去很新，也很堅韌。由於這裡氣候乾燥，經卷又是被精心封存在密室裡，所以很難從紙的外觀來判斷它的年代，不過，從那細密的紙紋和磨得溜光的紙面還是可以看出它的年代是相當久遠的。

　　這個卷子字跡清晰，書法秀美，這是我和蔣師爺共同的印 <佛經卷子
象。卷子上的文字確確實實是漢文，儘管蔣師爺很有學識，他也
不得不坦率地承認，乍一看，連他也斷不清句子。但不久我就弄
明白了怎麼回事，從蔣師爺不斷地讀到「菩薩」和「波羅蜜」這
一類的固定術語，我判斷出它就是中國佛界所熟知的、由梵文轉
譯過來的《菩薩經》（？）和《波羅蜜經》。由於佛教經文的字
面意思是如此的晦澀難懂，毫無疑問，包括蔣師爺在內，此前
從沒有人認出展現在面前的卷子就是一部佛經。對這個卷子作了
初步鑑定以後，可以認定密室所藏寫卷主要的應該是佛經。宋
代（西元960年立國）活字印刷術出現以後，中國的書多裝訂成
冊，就像今天所見的書一樣。這份經書是寫在一個長長的卷子
上，而不是被裝訂成冊（原著用了「concertina」一詞，直譯為
「像手風琴一樣能摺疊的」——譯者），這就說明它的時代應該
是很久遠的。

　　有一大批古代寫卷等待著去被發現的念頭，像一塊巨大的磁 <進入密室的
石一樣吸引著我重返千佛洞。但等到真的回到這裡時，我不得 努力
不開始為我的計劃擔心起來，因為我從當地得到可靠的消息，保
護著這批珍寶的王道士是一個恪盡職守、非常用心的人。藏經洞
所在的那個寺宇看上去有些破舊，但它仍是當地人朝拜的一個聖
地，容不得有任何的粗魯舉動，這也使我的考古工作受到影響。
精明能幹的蔣師爺收集到了有關看守藏經洞的和尚的性格和舉止
的情況，這更使我感到有必要在開始時應採取審慎、緩慢的行
動。蔣師爺設法說服王道士等待我的到來，而不是在一年一度的
朝聖活動一結束就開始去募集修廟的資財。值得稱幸的是，由於
敦煌副縣長汪大老爺對我所進行的考古工作感興趣，我逐漸博得
了敦煌當地人的好感，我可以利用我的學者的身份，使當地人對
我的研究目的和方法不會提出什麼異議。

　　5月21日，我重返敦煌石窟，準備將我早已擬好的計劃付諸實 <重返千佛洞
施。讓我感到滿意的是，除了王道士、他的兩個助手以及一個身
份卑賤的西藏喇嘛（他不懂漢文，所以對我的計劃也不會有什麼
危險）以外，整個遺址別無他人，一片荒涼，彷彿是一個被人們
忘卻了的地方。王道士等候在那裡歡迎我的到來，在這一年的絕
大部分時間裡，他都可以稱得上是一個孤傲的、忠於職守的人。
他看上去有些古怪，見到生人非常害羞和緊張，但臉上卻不時流

露出一絲狡猾、機警的表情，令人難以捉摸（圖31）。從一開始我就感到他是一個不好對付的人。為了避免與他待在一起的時間過長，第二天一早我就開始對幾個主要的洞窟進行考察，並對一些較為重要的壁畫進行拍照，以此來掩飾我此行的主要目的。當我來到最北端的洞窟時，我瞟了一眼藏經洞的入口，那裡就是發現大批藏經的地方，經卷至今還封存在裡面（圖8）。藏經洞正好位於王道士改造的那個洞窟的旁邊。藏經洞密室的入口比走廊的地面要高出5英尺，讓我感到一絲不安的是，我發現窄小的密室入口已被磚牆堵住，彷彿就是為了故意與我為難似的。這不禁使我想起了Jesalmir的和尚們將古代的貝葉經書藏在廟宇裡，不讓學者們進行專門研究的事情來。

第一次向王 > 道士提出請求

　　我第一步主要目標是想看一下全部經卷的原始堆積、存放的情況。王道士住在另一個稍加整修過的洞窟裡，為了設法讓他同意我們的請求，我特地派蔣師爺到他的住處同他進行交涉。儘管蔣師爺費盡心機，談判的進展還是非常緩慢。在我們答應給王道士修繕廟宇進行捐助以後，他終於說出封堵密室入口的目的本是為了防範那些香客們的好奇心。最近幾年，每到朝拜的時候，前來朝拜的香客往往數以千計，把整個遺址擠得水泄不通。但是，由於對我們心存疑忌，他始終不答應讓我們看一下全部經卷保存狀況的請求。他惟一應允的是讓我們看一看他手頭的幾份卷子，而且還加上許多限制條件。蔣師爺急於想替我要到其中的一兩份卷子，結果使得王道士很是心煩，我們的全盤計劃一下子面臨告吹的危險。

正式提出進 > 入密室的要求

　　但談判還是有一些收穫的。我們在敦煌聽說的一些情況，從談判過程中得到了肯定。當密室發現經卷的消息由肅州道台呈報甘肅省府時，省府衙門曾命令送一部分卷子去省府，後來又下令妥善保管所有卷子。蔣師爺怕王道士終止談判的憂慮，被王道士流露出來的對官府上述做法不滿的口氣打消了。據王道士講，他確曾向蘭州省府衙門送去一批佛經，但官府對此不感興趣。官府甚至沒有對這批卷子如何處置作出任何安排，也沒有對他辛辛苦苦修繕廟宇而發現這批經卷的功勞進行褒獎，這使王道士感到有點憤憤不平，他對我們毫不掩飾自己當時的感受。當時官府甚至下了一紙粗暴的命令，要將這批經卷裝滿7輛馬車運走，後來由於運費不夠、又嫌保管麻煩而作罷，於是又將這批經卷原封不動

圖31　千佛洞的王道士

地交付給王道士，令他就地保管。

初訪王道士＞　　　蔣師爺的報告便我感覺到，王道士的古怪性格將是我實現計劃的最大障礙。用金錢來收買顯然是不可能的，這會傷害他的宗教感情，或使他擔心眾怒難犯，或二者兼備。我覺得最好是先了解一下王道士的為人。於是在蔣師爺的陪同下，我鄭重地登門拜訪王道士，請求他讓我們參觀一下他所修復的廟宇。自從他8年前來到敦煌，這便成了他的主要任務和精神支柱。所以，我的請求被王道士欣然接受。

王道士在修＞　　　他領著我們走過洞窟的前廊和高大的磚木結構殿堂，這裡的
繕廟宇方面的　建築雕樑畫棟、溢彩流光，我用預先想好的詞語對它們進行恭
功業　　　　　維。當我們穿過藏經洞前的過道時，我實在忍不住藏經洞的誘惑，它就位於右側最外面的位置，入口被一堵粗陋的磚牆擋住。我沒有直接去問我們虔誠的嚮導藏經洞裡有些什麼，而是投其所好地詢問他是如何整修這個洞窟的，他曾虔誠地幹著這項工作，我想這樣做更能博得他的好感。從圖8可以看出洞窟中雕刻的修復情形。這洞窟中，有一個約56英尺×46英尺的馬蹄形壇座，壇座很舊，但已經重新粉飾，上面排列著一群新做成的泥像，都跟真人差不多大小，依我看它們比起這些洞窟中其他的塑像要笨拙遜色許多。

　　　這個洞窟裡的壁畫相對而言則要優美得多，而且大多保存較好。牆壁上所繪的主要是大方格裡的坐佛形象，窟頂則是模印花樣。雖然這裡的壁畫比不上其他大型洞窟的精美，但也足以使裡面的塑像和其他後期修復增補的東西顯得粗俗而遜色許多。不過王道士為此所付出的辛勤努力還是給我留下了很深的印象。他對這個洞窟的修復工作和他的虔誠的宗教信仰仍是可以稱得上是費盡心機的。

王道士的虔＞　　　大約8年前，他從陝西隻身來到這裡，舉目無親。他將全部
誠　　　　　的心智都投入到這個已經傾頹的廟宇的修復工程中，力圖使它恢復他心目中這個大殿的輝煌。當時，坍塌的物什堆滿了地面，幾乎堵住了通往洞窟的通道。地面上覆蓋著厚厚的流沙，洞窟也被流沙覆蓋了相當的一部分。清除這些流沙、修復大殿需要付出熱心、恆心和苦心，而這一切，全都由我身邊的這位待人和氣、

身體屬弱的道士四處化緣、募得錢財來解決，其間的艱辛是可想而知的，一想起這些，我心中不禁有一絲感動。在這座大殿的旁邊，還有幾層磚木結構的殿堂建築，向上一直攀升到崖頂的位置。後來他還曾非常自豪地向蔣師爺展示過這些年來他四處募捐的賬本，一筆一筆，記得非常仔細。他將全部募捐所得全都用在了修繕廟宇之上。從他與他的兩個忠實助手的生活情形可以看出，他個人從未花費過這裡面的一分一銀。這些與蔣師爺在敦煌打聽到的情況是完全相符的。

王道士在中國傳統文化方面的無知很快就被蔣師爺摸清了底細。我與一些有學識的中國官員交往時，往往能博得他們的支持和好感，但對王道士而言，我覺得沒有必要去給他談論考古學的價值、去給他談論利用第一手的材料進行史學和考古學研究的意義等。但有一點卻是值得與他進行探討的，那就是玄奘。在中國，只要一談起玄奘，對方無論是學者還是白丁，我總是能與他談得很是投機。這位古怪的王道士是一個很複雜的人：虔誠、無知而又很執著。他使人不得不聯想到中國古代的那位克服千難萬苦赴印度取經的朝聖者，王道士頭腦簡單，信仰卻很執著甚而至於有點迷信。唐玄奘一直被我當做我的中國保護神，王道士顯然也喜歡聽我談論他。 ＜王道士的性格

於是，在周圍滿是佛教神像的氛圍裡，我開始向王道士談起我對玄奘的崇拜：我是如何地沿著玄奘的足跡穿越人跡罕至的山嶺和沙漠的，我是如何去追尋玄奘曾經到達和描述過的聖跡的，等等。儘管我的漢語很差，但這是一個我所熟悉的演講題材，而且一旁往往還有蔣師爺適時的補充，所以我總是能把我所知的有關玄奘的可靠記載和他漫長旅途的風土人情描述得細緻入微。儘管王道士的眼光中還有一絲不自在，但我已從他發亮的眼神中捕捉到我所想要的東西，最終他露出了一種近乎入迷的表情。 ＜求諸玄奘的影響

王道士儘管對佛教知之甚少，但卻和我一樣，對唐僧頂禮膜拜。有了這麼一個共同點，我對自己的計劃就更有信心了。他帶著我們走到大殿前面的涼廊上，向我們炫耀那些描繪玄奘西行景色的壁畫，這些畫像都是他請一個當地的畫工畫到牆上的。壁畫上描繪的奇異的傳說，正好是那些把唐僧神化了的內容。儘管這些故事都不曾見於《大唐西域記》，我還是饒有興趣地聽著我的 ＜王道士對唐僧的崇拜

「導遊」口若懸河地談論牆上方格裡所繪的神話故事。

描繪玄奘故＞
事的壁畫　　　其中有一幅畫面的寓意很是深刻，我費了很大工夫才看明
白。畫面所描述的情形與我當時的處境正相類似。畫面上，玄奘
站在一處急流前，旁邊是他的忠實的坐騎，滿載著經卷。一隻巨
大的烏龜正向他游過來，準備馱他渡過這一「劫」。顯然這裡所
描繪的正是這位朝聖者滿載著20捆佛經準備從印度返回中國時的
情形。擺在他前面的困難將是需要跨越千山萬水。這些都在他的
遊記中作過描繪。不知道我身邊的王道士是否能夠理解這畫中的
情節，讓我把這些古代經卷重又取回印度，這批經卷正由命運之
神交付給他保管著。

藏經洞的發現

第一節 密室的開啓

上一節結尾我曾強調，如果當時馬上就要求進入藏經洞顯然 <秘密運送漢
是不太妥當的。所以我留下蔣師爺向王道士催要他曾許諾給我們 文經卷
的卷子。但他這時候又開始膽怯和猶豫起來，對蔣師爺的催討只
是虛與委蛇。我開始擔心了。到了深夜，蔣師爺悄悄地、卻又不
無得意地抱著一小束經卷來見我。這是王道士許諾給我們的第一
批卷子，他剛剛將這批卷子送給蔣師爺，是偷偷地藏在他的黑色
外袍裡帶過去的。這些寫卷同我們3月份在那個年輕和尚那裡見
到的卷子一樣，看上去都是古色古香的，上面的內容很可能是佛
經。蔣師爺是個肯鑽研學問的人，他請求給他點時間琢磨一下文
字的內容。

第二天一早，蔣師爺面帶著一股興奮和勝利的神情過來告訴 <由玄奘翻譯
我，這些經卷是玄奘從印度帶回並翻譯出來的漢文佛經。在經卷 的經卷
邊頁上竟還有玄奘的名字，令他驚嘆不已。顯然這些經卷是玄奘
早年翻譯出來的。當我在蔣師爺的陪同下同王道士進行交涉的時
候，我覺得好運似乎正在垂臨我。蔣師爺一反通常遇事遲疑不決
的常態，以一種半近乎迷信的口吻說，正是唐僧的在天之靈將這
些密室藏經託付給對佛經一無所知的王道士，以等候我——從印
度來的唐僧的崇拜者和忠實信徒——的來臨。

這些經卷居然與玄奘有關，王道士對此似乎一無所知。而蔣 <王道士的驚
師爺則立刻意識到可以充分利用這一點，利用我的保護神玄奘來 奇
影響心中尚存猜忌的王道士。於是，他馬上過去將這一消息告訴
了王道士，聲稱這是唐僧的在天之靈在催促他向我們展示密室裡
的藏經。不久蔣師爺就回來了，稱這一招發揮了作用。幾個小時
以後，當他再回到密室門口時，發現王道士已經拆除堵在密室入
口的磚牆，蔣師爺還站在入口處瞟了一眼密室裡一直堆到洞頂的
經卷。

整個一上午，我都有意地避開王道士的住處和藏經洞，但當 <初見藏經

我獲悉密室門已打開時，我便再也按捺不住了。記得那是很熱的一天，外面空無一人，我在蔣師爺的陪同下來到藏經洞前。在那裡我見到了王道士，他顯然還有點緊張和不安。在神靈的啟示下，他才鼓起勇氣打開了位於通道北面牆上的密室門（圖8）。借著道士搖曳不定的燈光，我睜大了眼睛向陰暗的密室中看去，只見一束束經卷一層一層地堆在那裡，密密麻麻，散亂無章。經卷堆積的高度約有10英尺，後來測算的結果，總計約近500立方英尺。藏經洞的面積大約有9平方英尺（圖30），剩下的空間僅能勉強容得下兩個人。

謹慎行事＞　　在這陰暗的密室裡顯然無法對這些寫卷進行檢閱，而要弄清其全部內容顯然也是一件勞神費力的事。我沒有馬上建議將所有經卷從密室裡搬到殿堂裡以便閱讀翻檢，我擔心這樣做會於事無益，甚至於有點魯莽，因為王道士仍在擔心他從施主們那裡辛辛苦苦換來的好名聲會受到玷污，他害怕對他不利的流言蜚語在敦煌地區流傳開來。儘管當時那裡是朝聖活動的淡季，但誰也保不準什麼時候會有一個香客突如其來地造訪千佛洞，如果讓香客在這個聖地吃上閉門羹，對王道士而言將是大大的不利。當時我們所奢望的是王道士能不時地捎出一兩份卷子，讓我們在狹窄陰暗的殿堂裡匆匆瀏覽一下。好在大殿的兩側居然還各有一間耳房，開有門戶，窗戶用紙糊著。房子的狀況出人意料的好，所以我們暫時就把一間耳房當成了一間古色古香的書房，這裡可以避開不速香客好奇的眼光，他們總是很虔誠地來到那高大而笨拙的塑像跟前磕頭、擊鐘和燒香。

藏經洞的發＞
現　　　　我匆匆瀏覽了一下藏經的內容，不過，在介紹藏經的內容之前，這裡有必要先介紹一下藏經洞本身的情況，以及有關密室封存年代的蛛絲馬跡。據王道士所講，8年前他來到千佛洞時，藏經洞前的通道已被流沙所覆蓋。從其地勢及附近洞窟的情況來判斷，當時洞窟前崩塌下來的山石和吹落的流沙堆積足有9～10英尺厚。由於人手有限，清理工作進展很慢，前後花了兩年多的時間才把長度超過24英尺的通道裡的沙石清理乾淨。完成了這一步工作以後，王道士便著手在洞窟裡樹立新的塑像。就在立塑像的過程中，工匠們在通道入口右側的壁畫上發現了一處裂痕，壁畫下面不是岩體，而是一堵磚牆。打開這堵磚牆，便發現了藏經洞及堆積在裡面的藏經。

當他們懷著挖寶的心情在洞窟裡四處尋覓時，曾發現一塊精致的黑色大理石碑，嵌在密室西牆上，約有3英尺見方，上面刻著一篇很長而且字跡工整的漢文碑銘。後來王道士嫌它礙事，將它挪到了通道的南牆邊（左邊）。這塊碑文，沙畹曾作釋讀並有詳論，我這裡再補充一點。當時據蔣師爺對碑文的誦讀，刻碑年代當在西元851年。這表明，藏經洞的封閉時間當在西元9世紀中葉以後。

＜洞裡的851年碑

圖32　千佛洞Ch.Ⅶ洞窟甬道北牆一組比真人還大的蛋彩菩薩像

除了經卷所載紀年以外，最有斷代價值的材料非通道裡的壁畫莫屬。王道士清楚地記得，密室入口牆面上的壁畫（已被破壞掉）與入口周圍的壁畫是相同的，其內容為菩薩捧物出行圖，菩薩形象優美，大小跟真人差不多（圖8），幸好王道士滿腔的修繕熱情還沒有傷及到這些壁畫。這種風格的壁畫在其他洞窟屢屢見到，而且保存完好（圖32、33）。這些壁畫的時代竟然能晚到宋代以後，真是令人難以置信。不過有一點是很清楚的，保留在這裡的古代壁畫是後來的畫匠們創作的藍本和靈感的源泉。從唐代到元朝之間的幾個世紀裡，這裡的修繕活動一直不曾停止過，所以僅僅從壁畫的風格來進行斷代是靠不住的。

＜通道上的壁畫

有一絲跡象讓我們感到鼓舞，這批寫卷中，除了漢譯的佛經故事以外，還有其他一些有重要價值的寫本。唐、元時期及其以前，甘肅西部邊遠地區曾是很多民族和各種政治勢力角逐的舞台，佛教則在他們之中廣為流傳。這批材料的歷史背景是如此複雜，要想對如此浩繁的寫卷進行深入系統的科學研究將是一件耗

＜挑揀經卷之不易

圖33　千佛洞Ch.Ⅸ洞窟甬道南壁蛋彩壁畫

時久遠的大工程。我在語言學方面的不足，使我不可能在匆忙之中從卷帙浩繁的漢文寫卷中將那些最有價值的卷子全部挑選出來，甚至不可能將混在其中的非漢文卷子一一分揀出來。但最令我擔心的還是王道士膽小怕事、猶豫不決的性格，保不準什麼時候他會警覺和猜忌起來，在我還沒來得及捲走所有珍藏之前，突然關閉這個密室。我一面竭盡所能地趕工作進度，一面還得擺出漫不經心的模樣來，以免讓王道士意識到他手中的這批東西是無價之寶。

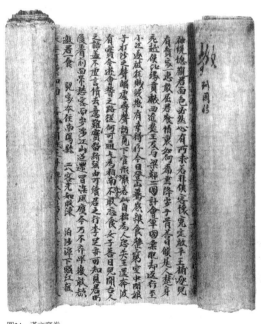

圖34　漢文寫卷

儘管是經過了王道士的手將這些寫卷「發掘」出來，這仍然是一件極有意思而又令人著迷的事。我將在以下的章節中對清理出來的一份份寫卷和其他文物作分門別類的介紹。王道士抱給我們的第一捆寫卷中包括幾個顯然是佛經的厚重的卷子，厚度（直徑？）從 $9\frac{1}{2}$ 英寸到 $10\frac{1}{2}$ 英寸不等，它們在藏經洞安

＜初次檢視過的漢文經卷

然保存至今。雖然它們經歷了很長的歲月，絕大部分卷子卻都保存較好。從圖34、35可以看出，這些卷子紙面光滑平整而發黃，紙紋密緻，紙張結實耐用。一卷一卷的像歐洲的草紙文書一樣捲起來，中間有細小的卷軸。卷軸兩端有時還雕刻、鑲嵌有把手。卷軸的長度在15～20英寸之間，展開的幅寬很大。可以看得出它們是久經翻閱、摩挲過的。可能卷子的外面還有袋子和捆紮的綢帶，但大多都已經爛掉了。

放棄編目錄＞
的打算

只要袋子還保存著，蔣師爺就能很容易地讀出該卷佛經的篇名、冊數和卷號。佛經的內容我無從知曉。我曾擔心這些經書的內容都是重複的——現代的佛經往往如此，最初搬來的幾卷佛經篇名都互不相同，這使我的擔心渙然冰釋。開始時我曾讓蔣師爺對這些經卷列一個粗略的目錄，但王道士的勇氣與日俱

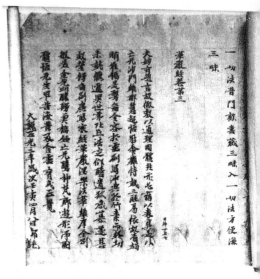

圖35　標有年代的漢文寫卷

增，他開始一捆一捆地往這裡送卷子了，這使我們打算做一份哪怕是最簡略的目錄的計劃都不得不放棄了，因為經卷實在是太多了。

藏文卷子＞

蔣師爺對這些卷子匆匆瀏覽了一遍，沒有發現任何有關紀年的材料。佛經中還有一些藏文經卷，但對探討藏經洞的時代

圖36　藏文婆提寫本

也沒有什麼幫助。這些藏文經書為了閱讀的方便，各個段落章節都是橫向安排的，而書寫則是自上而下的（圖36、37）。我們無法從其字跡和文字內容來判斷它們的年代。但有一點，藏文經書的紙張粗陋而發灰，看上去肯定要比漢文卷子的時代晚。也許它們的時代屬於約西元759～850年吐蕃占領敦煌的時期，而紙張質地較好、看上去年代更為久遠的漢文經卷的時代應該屬於唐朝統治該地區的時期。

＜「笈多草體」文書的發現

　　隨後我們就發現了時代最早的卷子的年代證據，在一份殘長3英尺多、紙張發黃的漢文卷子的背面，我發現了用婆羅門草書字體書寫的文書，這是我所熟悉的和田文。接著，又發現了另外的三份和田文書殘卷，都是在卷子的一面或雙面書寫和田文。這就清楚地表明，密室藏經的時代與印度文字（可能為梵文）在這一崇佛地區的流行同時。和田文書在漢文卷子背面的出現說明敦煌地區的佛教與塔里木盆地廣為流行的佛教存在著一定的聯

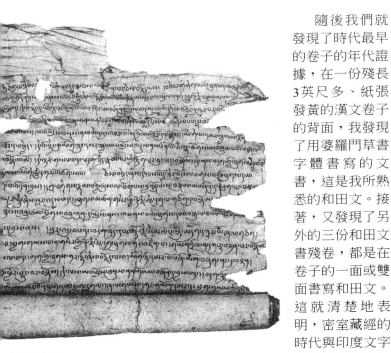

圖37　藏文經書

圖38　和田文婆提寫卷

繫。不久，我又在另一捆卷子裡發現了一大堆婆提文書，用「笈多草體」書寫，據霍恩雷博士的研究，它們分屬兩本和田文著作。其中一份為醫學文書，保存下來的至少有71頁之多（圖38）。

＜錯綜複雜、各式各樣的寫卷

　　在這些胡亂堆積的藏經中，有漢文和藏文的卷子，也有不少吐蕃婆提文書。另外還發現了大量凌亂紛雜的漢文散頁文書。這些漢文散頁毫無順序，裝訂簡單粗糙，也沒有用布袋裝起來。這些都表明，自從它們被捆縛起來以後，就不曾受到過翻動、破

壞。王道士隨意地在這些藏經中翻檢「珍寶」，結果又有不少新的發現。儘管這些散頁已找不出什麼順序，其內容卻是絲毫無損。它們既沒有一絲受潮的痕跡，也一點不覺得脆。道理很簡單，藏經洞是一個再好不過的藏經地點，它開鑿在乾燥的岩體裡，沙漠山谷裡即使有一丁點兒的潮濕空氣，也被與藏經完全隔離了。藏經洞三面是厚實的岩體，只有一面是封堵的磚牆，而且又被流沙埋藏了好幾個世紀，藏經洞裡的溫度基本上是恆定的。在如此乾旱的地方如此妥善地保存藏經簡直是再合適不過了。

彩旗的首次 >
發現

上述情況可以找到一個很好的例子來加以說明。當我打開一個素色帆布的大包裹時，發現裡面滿是各式各樣的紙片、畫有圖像的薄如蟬翼的絲綢或布片以及大量的寫有文字的絲綢殘片。有圖像的絲綢或布片大多是2～3英尺長的窄條，頂部是三角形的，形狀有點類似旗幡，顯然應該是寺廟所用的旗幟一類的東西，我還將在以後的章節中對此詳加介紹。這些絲綢旗幟往往被緊緊地繞在木製的旗杆上，杆子上往往塗有亮漆或有彩繪。展開時，可以從旗幟上看見佛教神像，色調鮮艷和諧。用來做旗幟的總是薄如蟬翼的上等絲綢。有的看上去有點破舊，並不是由於幾個世紀以來保存過程中的腐蝕作用，而是由於當時在廟宇上懸掛使用的時間過長所致，在有的旗幟上還能看見修補的痕跡。

大幅絲畫的 >
發現

當我試圖打開一些更大的旗幟時，我發現它們質地很脆，弄得不好會損壞它們。當時保存時，肯定是捲得很緊的，而且動作也很隨意，一件一件堆壓在一起。這樣經過幾個世紀的擠壓之後，再想去打開就很容易把這些薄薄的絲織品損壞。我把這些捲在一起的絲織品舉過頭頂來觀察，發現上面的圖像與大型洞窟中的壁畫內容是一樣的。圖39、40所示的是經大英博物館的專家之手小心仔細地展開後的畫像。圖41所示的是未打開時的情形，上面有被煙熏的痕跡。對比一下展開前後的情形，一方面可以讓我們了解到，展開這些面積很大、又是如此保存的絲織品是多麼不易，何況這些絲織品還經過長期的使用；另一方面又可以使我們了解到，藏經洞裡的條件對保存這些佛教圖像藝術品又是多麼的有幫助。

挑選藏品留 >
待深入研究

我們沒有充足的時間來仔細研討這些文書的年代。我所關注的是我能從這裡拿走多少藏經。令人奇怪的是，王道士竟然對這

圖39　絹畫，畫面為佛、菩薩及供養人

圖40 絹畫，畫面為千手觀音及隨侍的神祇

圖41　絹畫殘片，未打開

些無價之寶毫不可惜，這也使我內心頗感到一絲輕鬆。當我從手頭那些紛雜的藏品中挑出一些絲畫（帛畫）、布面和文書以備以後深入研究時，他居然沒有提出任何反對的意見。我甚至產生了要將所有的藏品帶走的想法。不過，這一要求顯然有點過分了。於是，我極力克制住自己的慾望，將挑剩的那部分還給他，以便騰出地方讓他拿出更多的藏品來供我選擇。

　　這一招果然奏效，使王道士確信了這些藝術遺產沒有什麼價值。為了把我的注意力從他所認為的最有價值的漢文經卷上引開，他開始不惜餘力地將他歸入垃圾的那些藏品一捆一捆地抱了出來。這真使我感到歡欣鼓舞，因為這些新抱出來的文書殘片中，儘管漢文文書殘片還是占多數，但也可以發現很多有價值的繪畫作品、印製的文書、帛畫、笈多草體的梵文文書以及一些非宗教內容的文書等。所以，第一天我和蔣師爺忙碌了整整一天，中間甚至沒有休息過，一直幹到夜幕籠罩了整個洞窟時才停止工作。 ＜王道士對藝術遺物的不屑一顧

　　這些意想不到的發現使我極為興奮，但我也很擔心，這也是我一直所擔心的一件事。那就是必須不斷地誘導王道士，不讓他感到心神不寧，不讓他擔心會有施主們的流言蜚語。蔣師爺的不爛之舌和我的一再表白自己對佛教和玄奘的崇拜發揮了作用。看得出來，儘管在經卷堆上來回爬動和運送經卷使王道士顯得有些累了，但他臉上猜疑的表情，還是被一絲平靜甚至是自豪的表情所掩蓋，因為我們對他所認為的毫無價值的東西竟然表示了欣賞。事前，我曾許諾要捐獻一大筆錢給他作修繕廟宇之用，以補償翻檢藏經給他所帶來的不便和可能對他帶來的風險。

　　到了晚上，終於有一大堆寫卷和繪畫被挑出來包好放在「書房」的一邊，留待運走供我們外交辭令上所謂的「深入研究」之 ＜與王道士交談

用。但是對王道士是否敢冒著風險讓我們將這批藏品運走，或者會不會被他識破我們的真實意圖，我們心裡還是感到沒底。直接跟他談一筆私下交易將這批藏品買走或偷偷運走在當時看來也是可行的。當我們忙碌了一整天離開王道士的那個洞窟時，我有機會與他就我們共同崇拜的偶像作了一次長談。我聲稱是玄奘的在天之靈讓我很榮幸地來取得這批數目巨大的藏經和其他聖物，這些藏品有些可能與他到印度朝聖的活動有關，而這些藏品又是由他的另一個崇拜者（指王道士）保存著。當我們站在繪有唐僧西行取經圖的甬道裡時，我特意將他的注意力引向那幅唐僧牽著滿載經書的坐騎從印度返回的場景，這是一個最好不過的規勸，讓他同意我的將這些由他發現、現仍藏在密室中的經卷帶走供西方學者進行研究的請求。

我留下蔣師爺與王道士進行周旋。蔣師爺鼓動如簧之舌，力圖說服王道士，稱玄奘讓他發現了這批佛教經典和聖物，其目的並不是要將它們繼續深藏在密室裡。由於王道士本人不能勝任對這批經卷進行研究的重任，所以應該將它們交由印度或西方研究佛教的學者來進行研究，這也是一件積德積善的事。作為交換，他還將獲得一筆捐贈，用於資助洞窟廟宇的修繕，從一開始我就非常謹慎地提出這項捐贈，它自始至終吸引著王道士。同時我還無條件地捐贈了一件銀器。我們很難判斷這些交談對王道士產生了什麼樣的作用。他既擔心他的聖潔的名聲因此而受到玷污，同時又不願放棄一個為他修繕廟宇洞窟提供捐贈的好機會，這對他衷心珍愛的功德事業很有利，但必須以付出他所認為的無用的那些古董為代價。看得出來，王道士一直都在上述兩種選擇之間猶猶豫豫，舉棋不定。

秘密搬運選＞
出來的藏品　　想出一個萬全之策將這批挑選出來的寫卷和繪畫弄到手，這是我交給蔣師爺的一項任務。事實證明，他從來就沒有辜負過我的期望。將近子夜了，我正準備上床休息，蔣師爺輕手輕腳地走了過來，在確信我的帳篷周圍沒有他人以後，他返身抱回了一大捆卷子。我看了看，正是我所挑選的那些經卷，心中不由大喜。王道士終於答應了我的請求，但有一個明確的協定：此事只能我們三人知道；在我離開中國國土以前，對這批東西的出土地點必須守口如瓶。當時，他害怕自己被人發現不在他自己的住處，所以運送這批經卷的任務便只能由蔣師爺一個人獨自承擔了。他

運送了7個（多）晚上，一捆一捆，越來越重，直至要用馬車來
裝。對我的這位身材瘦削的學術知己而言，這是一件很苦的差
事。他為此付出的艱辛，同他對我所有的熱心幫助一樣，長久以
來一直深深地留在我的腦海之中。

第二節　藏經洞裡的多種語言文書

第一天的成功使我信心百倍，而隨後的工作也收獲頗豐。我 ＜繼續搜寶
們清理藏經的工作依然是那麼的艱難。以後幾天重複性的工作
這裡無須贅述，我也不想將後來「發掘」過程中的每一項有意義
的發現跟記流水賬似的一一記錄於此。藏經洞裡的藏品顯然已不
再是原來堆放時的原始狀態，初次發現它時，人們曾翻來覆去地
在裡面尋找珍寶，一捆捆的經卷肯定已被翻動而失去了原來的位
置。後來，又曾將那塊大石碑從西牆上挪走，再一次擾亂了藏經
的擺放秩序。就是捆成一束的經卷，也很有可能被打亂了順序。
再說，經卷取出的順序也全憑王道士的意願。

當時所有的經卷在我手上只是匆匆一過，根本來不及一一細 ＜藏經的歷史
看。即使是那些我認為特別重要而挑選出來的卷子，也只能留
待以後耗時多年的系統、專門的研究。我將在下面的章節中對有
關研究工作作一回顧。這裡僅對當時有關藏經洞及其藏經的歷史
作一介紹。這些結論為以後在歐洲進行的專門研究所證實，也為
P.伯希和博士的實地考察所證實。在我離開王道士的藏經洞之後
的第二年，伯希和博士又造訪了它，收集了一些實地考察資料，
收效很大。

我最初的印象是，這一藏有大量漢文和藏文佛經的密室很可 ＜非漢文寫卷
能是一處僧侶們的藏經洞（圖書館）。本來，若要從中挑選出 的價值
（非漢文）文書，須得具備語言學知識的學者細細地找尋。幸好
這些卷束從外形可以很容易地分辨出來，它們規格不一，裝訂方
法各異。我在第一天就發現它們有很高的研究價值。它們當中主
要是一些繪畫織物、供奉的絲綢布匹、各式各樣的文書以及漢文
和藏文殘卷等，當時由於不再需要而被存放於此。

大部分**婆羅謎文**的婆提文書都是從這些參差不齊的卷束中發○ ＜婆羅謎文

○波羅謎文：「婆羅謎」原意是「來自大梵天的」，是印度古代使用最廣的文
　字。它由婆羅謎字母構成，這種字母是音節字母，自左向右橫行書寫。這種字
　母西元前6世紀已開始使用，主要用於書寫梵文著作。——編注

寫卷

現的，它們正面書寫漢文、反面則全部或部分書寫婆羅謎文。印度文文書主要是用婆羅謎文和和田文（Khotanese）書寫的，後者是一種已失傳的伊朗文字，霍恩雷博士和瓦萊·普桑教授認為，將這種在該地區廣為流傳的文字定名為「和田文」最為合適。新疆地區流行的另外一種印歐語系的文字是「龜茲文」（Kuchean），其流行範圍主要在塔里木盆地北部。它也是一種已經失傳了的文字，由西爾爾·烈維教授定名，現已被廣泛接受。藏經洞所見的「龜茲文」材料不多，僅僅是很少的幾頁。在這些婆提樣式的婆羅謎文文書中，最令我感興趣的是書寫在貝葉（palm leaves）上的、保存完好的《般若波羅蜜多心經》（Prajñā-pāramitā），總計有69頁。從其字體來看，它應該是在印度地區書寫的，因為其書法是霍恩雷博士所稱的尼泊爾「笈多正體」（upright Gupta，意為筆畫橫直的字體——譯者）。它很有可能是從南部地區傳入的，也就是說，是經由西藏地區傳入的。8～9世紀的歷史地理形勢合乎這一假設，因為當時敦煌正處於吐蕃的控制之下。

寫在漢文卷>
子背面的婆羅
謎文書

　另外一種婆羅謎文字體——「笈多斜體」文書如圖42所示，肯定是從

圖42　婆羅謎文書

中亞地區流入的，很可能是經新疆東部流傳到敦煌當地的。霍恩雷博士發現，所有寫在漢文經書背面的婆羅謎文全都是「笈多草體」，所以「笈多斜體」在當地很可能並沒有成為通用的書寫字

婆羅謎文字>
母表

體。從這些經書紙張和外形包括書頁正面的一絲不苟的字體一望即知它們出自藏經洞，顯然是後來的人們將這些背面空白的漢文經書隨手拿來抄寫婆羅謎文經書。當時我發現了大量的婆羅謎文字母表和習字作品，此容後詳述。這些發現很有意思，它表明在較晚的一段歷史時期，這裡的僧人既熟悉和田文，也懂「笈多草體」的婆羅謎文。

圖43 和田文婆提寫卷

圖44 和田文婆提寫卷

<婆提文書和佉盧文書

無論是正體還是草體的中亞印度文都曾見於婆提樣式的龜茲文書之中。卷頁完整、長達44頁的《金剛經》（圖43、44）和篇幅巨大、長達71頁的藥典書稿（圖38）可以作為兩個例證。這兩種印度文字體的文書都曾見於出土和田文的遺址之中。這些婆提文書究竟是被帶入敦煌地區的還是在敦煌當地在寫的，現在尚難斷定。非漢文寫卷中，一份長達70餘頁、寬近1英尺的巨幅卷子（圖45），以其篇幅和完好的保存狀況（現存1108行文字）最為令人注目。這份卷子是當地書寫的還是從他處傳入的同樣不是太清楚。其內容是用不標準的婆羅謎文書寫的佛經，中間夾雜著和田文，前者用的是正體，後者則用的是斜體。其文稿的樣式和紙張是以後的漢文文書和密室中文書所習見的，所以這份令人注目的卷子也有可能是某位信徒在當地書寫的。裝這份卷子的絲袋上的圖案紋樣也為此提供了佐證，絲袋圖案的主題風格同密室所出其他織物上的繪畫、裝飾題材是一致的。

<敦煌與和田兩地佛教的聯繫

當時，我可以盡情欣賞那些印度文經卷的語言學價值，而它們在考古學上的價值也令我關注。它們為敦煌地區佛教與塔里木盆地特別是和田地區佛教的交往提供了實物證據，當時敦煌地區的居民主要為漢人，他們與塔里木盆地一直保著密切的聯繫，這種狀況一直延續到以後的一段歷史時期。唐代以後，中國與西方的交通路線主要是取道哈密沿沙漠綠洲通往天山地區，而不是自敦煌直通羅布泊和和田地區，密室出土的印度文寫卷中和田文卷子的發現，證實敦煌和和田地區的佛教一直有著某種聯繫。下文中我們還可以從其他千佛洞遺跡中看到這類的證據。

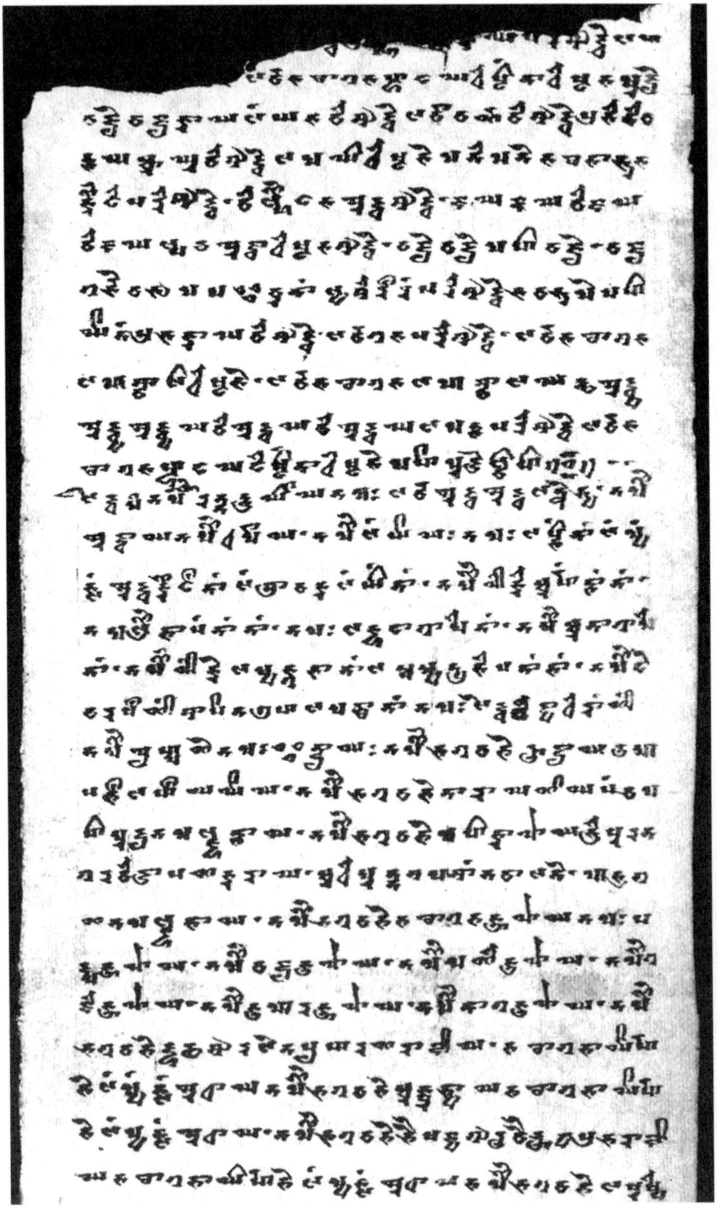

圖45　用梵文書寫的寫卷

儘管與塔里木盆地之間存在著聯繫，藏文經書的大量發現表 ＜藏文經卷
明，在一段歷史時期，敦煌地區的佛教更多的是受了南部西藏
地區佛教的影響。我們可以從考古遺跡中看出這一點。最初抱出
的幾束各式各樣的經卷就表明密室中保留有好幾百頁吐蕃婆提文
書。抱出來時這些文書被胡亂地堆在一塊，它們規格不一，我們
很容易將它們理出頭緒來。這些文書上面都有洞，但已不見了捆
紮的繩子。偶爾也能見到橫向書寫的藏文經書（圖37）。除了這
兩種文書以外，其他的藏文經書可歸為六類。

我本人不是一個藏學專家，所以無法斷定這一類的夾頁式藏
文寫經（？）與其他藏文佛經故事卷子有什麼差別，今天的佛教
信徒依然熱衷於印刷這一類的佛經。但有一點是清楚的，那就是
這類寫經所用的紙張粗糙而呈灰白色，與普通的經卷和婆提佛經
有明顯差別。它們大多紙張較薄、紙面發灰、紙張很次，就像晚
期的漢文卷子一樣。另外的一些藏文佛經則書寫在漢文卷子的背
面，紙面發黃，紙張厚實，質地上乘。這一類的漢文卷子的時代
多為唐代。這兩類藏文經書應該都是在敦煌的西藏僧人書寫的。
婆提佛經的紙張同其他紙張明顯不同，往往很堅韌，它們不禁使
我回憶起在安迪爾和米蘭遺址的發現來。敦煌的婆提佛經顯然是
從外地輸入的。

撇開它們的來源不看，為什麼密室中保存有如此之多的藏文 ＜吐蕃對敦煌
佛經的原因卻是很清楚的，它們的年代學價值也不容忽視。沙 的占領
宛在討論千佛洞出土寫卷時曾對有關的歷史文獻作過分析。文獻
已載8～9世紀很長的一段時期裡，敦煌為吐蕃所占領。大約在西
元759年吐蕃奪取了敦煌地區，到766年吐蕃進一步占領了甘肅全
境。占領敦煌對吐蕃方面而言意義重大，它是8世紀末吐蕃進入
塔里木盆地並最終占領整個塔里木盆地的大門。吐蕃占領敦煌地
區以後，行政權力仍掌握在當地世襲士紳和豪強的手中，894年
碑銘中的張議潮即是其中之一。西元850年，張議潮擺脫吐蕃的
控制，歸義於唐王朝。

密室中發現的那塊大型漢文石碑記載了敦煌歷史上的這一重 ＜敦煌重新歸
大事件，沙畹在其著作中對此作了詳細說明。此碑抄錄了唐大 順唐朝（850
中五年（851年）的兩份詔書，碑銘內容與吐蕃統治期間的敦煌 年）
佛教密切相關，這裡我們不妨對此作一簡明扼要的討論。第一篇

詔書的落款為「大中五年五月廿一日」，內容是褒獎「攝沙州僧政」洪辯與沙州釋門法師悟真在歸順唐朝方面的功績。第二篇詔書是皇帝（指唐宣宗——譯者）經悟真之手賜給洪辯的，詔書鼓勵他們繼續為唐王朝和釋門效力，並記錄了皇帝賞賜給他們的物品。賜給張議潮的詔令褒獎的是張議潮率世俗權力歸順唐朝的功績，這篇效文褒獎的則是洪辯與悟真率僧侶歸順唐朝的功績，兩件事是密切相關的，沙畹對此已有論述。

敦煌漢族僧人對吐蕃僧人的影響　　沙畹注意到，上述碑刻反映了漢族僧侶在敦煌地區的重要地位和他們對西藏僧人的深遠影響。唐宣宗特地褒獎了遣弟子入表朝廷的僧侶頭目，這表明僧侶們在這方面發揮了積極的作用，同時也表明帝國政府與偏處西北、長期被吐蕃割占的西陲重鎮的漢人之間有著某種聯繫。更值得注意的是，詔書特別提到漢人的佛教經義對當地胡族的精神意識產生了影響：「爾等誕質戒壇，棲心釋氏，能以空王之法，革其異類之心，獷悍皆除，忠貞是激。」賜給洪辯的詔書褒獎了敦煌的僧侶保持了好的品行。從詔令中可以看出唐帝國的政治意圖，同時也可以看出敦煌地區漢族僧侶與吐蕃僧侶之間的緊密聯繫。

敦煌再次被分割出去　　唐帝國借張議潮歸順之機在西陲重新建立了家族式的封建統治。千佛洞894年碑銘表明這種統治一直延續到了西元894年前後。10世紀初唐帝國崩潰，中國重又失去了對敦煌及其以東鄰近地區的控制。沙畹注意到高居誨（Kao chü-hui）曾提到了這一點。高居誨曾於西元938～942年作為中原帝國的使臣出使于闐，並順利返回。他發現當時的涼州附近已為党項族所占領，這也就是一個世紀以後西夏政權的前身。循著古道再往西到達甘州，即是回鶻的地盤了。出肅州，經過玉門關，穿過吐蕃邊界，便到了瓜州（沙州、敦煌，今安西地區）。他發現瓜州人口主要為漢族，政權由曹氏家族把持。從高居誨遊記中可以看出，這塊被吐蕃、回鶻和党項所隔離的中國的飛地，實際上為吐蕃所控制。

吐蕃對敦煌的控制　　8～9世紀，吐蕃在亞洲強盛一時，其勢力向東、西、北三個方向擴張，控制了遠大於其本土的廣大區域。敦煌的地理位置正好處在東西、南北交通的十字路口上，對吐蕃而言意義十分重要。西元766年前後，吐蕃從南部控制了敦煌，切斷了中國腹地和新疆東部的聯繫。西元790年，吐蕃最終奪取了這一中國西陲

重鎮。9世紀中葉，吐蕃勢力衰弱，回鶻從它手中奪取了新疆東部地區。這樣，敦煌便不得不轉向中國方面求得支持。但當時，唐朝也已國力衰弱，無力西顧，只能給敦煌以外交上的鼓勵，正如851年碑銘所記。因之，吐蕃勢力在敦煌地區又得以延續了相當長的一段時間。吐蕃實際控制敦煌的時間約有兩個世紀左右，考慮到這一點，無怪乎千佛洞的密室藏經和其他遺跡會有如此之深的藏傳佛教的印記了。

新疆東部地區與敦煌地區在地理上是毗鄰的，中國方面又曾 ＜回鶻文寫卷
在一段時期裡成功地統治過這兩個地區，所以二者之間一直存在著往來與交流。吐蕃對這兩個地區的政治、軍事占領並沒有對它們之間的聯繫產生實質性的影響。西元860年以後，突厥部落建立了橫跨天山南北的強大的王國——回鶻。10世紀，回鶻勢力向東南擴張，進入甘肅西北邊區。所以回鶻文寫卷在敦煌文書中也有發現。除了寫在漢文卷子背面的回鶻文以外，還發現有散頁的回鶻文書和少數如小冊子一樣的回鶻文寫本，其中往往有漢文的註釋和眉批，說明它們應該是從漢文佛經翻譯過去的。漢文註釋還見於兩份保存完好的小四開本回鶻文寫經（圖46、47），它們由薄薄的紙張摺疊、裝訂成漢文書籍的樣式。我將在以後對它們的時代和源出地點加以討論。

我從一開始就注意到，在突厥一回鶻文卷子中有一種不同字 ＜粟特文書
體的寫經，筆畫沒有那麼草，較為硬直，估計有可能為敘利亞語源（敘利亞變體）。回到歐洲以後，我弄明白它們實際上就是粟特文，一種在阿姆河流域北部地區流行的古伊朗語文字。F.W.K.穆勒教授在研究吐魯番出土文書時首次破譯出粟特文，那是一批早期的佛經譯著。自此以後，儘管R.戈蒂奧關於粟特文的研究取得了較大的進展，卻始終沒有將這種文字在新疆東部佛教界使用時代的上下限弄清楚，也沒有弄清這種文字到底有多大的使用範圍。千佛洞的發現很重要，這裡的粟特文書寫在唐代的漢文佛經背面，是一種在當地抄寫的寫經。伯希和教授對我從千佛洞帶回的部分漢文寫經進行的研究表明，大約在7世紀中葉，從撒馬爾汗來的粟特人曾在羅布地區建立過一個定居點。

在第三天，我從經卷中翻檢出一份很特別的寫卷，用傳入 ＜摩尼經的發
中亞的第三種敘利亞文寫成。這種文字在吐魯番被首次發現用 現

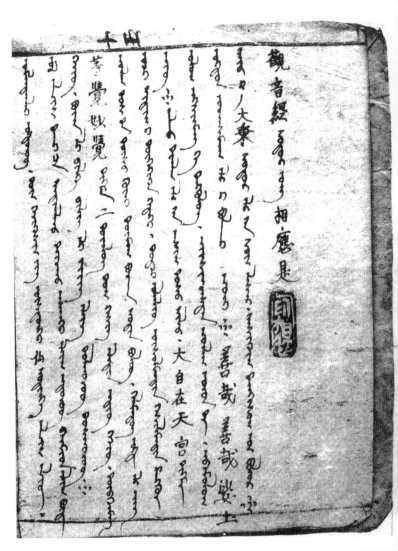

圖46　回鶻文寫本

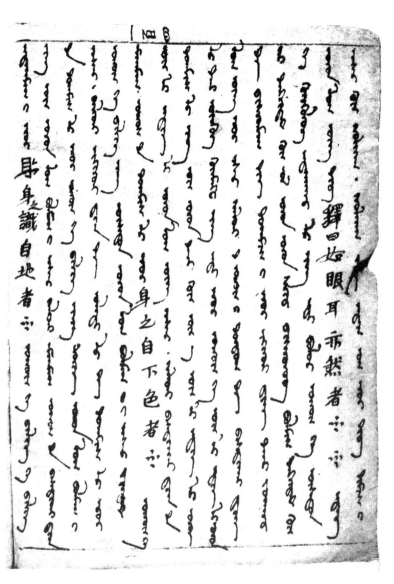

圖47 回鶻文寫本

於書寫摩尼經。
這份卷子保存很
好，紙張的寬幅
比較窄，展開來
的長度接近15英
尺（圖48）。字
跡也很秀麗，卷
頁基本上是完整
的。據勒柯克教授的研
究，這份卷子應該是突厥
語版本的《摩尼教徒懺悔
詞》在漢文佛經中發現摩
尼教遺物是一件有意思但
卻是毫不足怪的事。我們
在吐魯番的發掘就已經證
實，雖然摩尼教、佛教、
基督教在幾個世紀裡互相
之間存在激烈競爭，亞洲
腹地的摩尼教寺院卻往往
與佛教、基督教的聖地共
存。

圖48　摩尼教徒懺悔詞

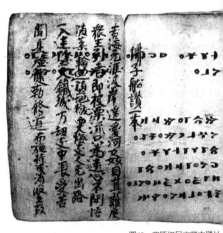

圖49　突厥如尼文寫本殘片

突厥語「秘密」寫本

　　下面討論的密室中的
一項發現也說明敦煌曾有
說突厥語的摩尼教徒。此
即圖49所示的突厥語「秘
經」小冊子。它是在清理
運至倫敦的密室所藏漢文
經書的過程中發現的。在
敦煌石窟我僅僅見到了一
些突厥語秘經殘片（圖
5），並據此認為在密室
封閉以前，這種時代最早
的突厥文字也為這一聖地
的人們所熟悉。

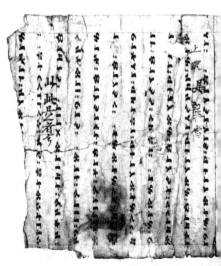

圖50　突厥如尼文寫本殘片

第三節　密室藏經和藝術品的獲取

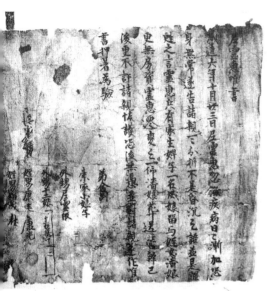

圖51　標有年代的漢文文書

儘管在此發現的多種語言文書很有學術價值，但它們對探討密室的封閉時間還是沒有太大的幫助。我以為，探討這個問題，更多的是應該從考古學的角度去進行研究。我首先發現，這些紛繁蕪雜的漢文寫卷中，有不少寺院文書、信件、記事錄、賬本等，它們對探討密室的時代會很有幫助。在蔣師爺的幫助下，我們按照文書內容、裝訂樣式和紙張質地（圖51）將這一類的文書從成堆的漢文佛經中迅速分揀出來。這些材料不僅對研究密室封閉前幾個世紀這一地區的僧侶組織和宗教活動有幫助，而且對了解諸如社會狀況和世俗生活一類的情況也有好處。

〈各式寺院文書等

我當時最為關注的是年代學方面的訊息。在我們的快速翻檢過程中，發現了一大批有準確紀年的材料。不久我們就收集到了足夠的證據（多為半官方性質的文書）來對密室藏經的封存時限作一個明確的推測。這些年代數據大多數都屬於10世紀，且多集中在西元925～975年之間（原著為10世紀的第二、第三個二十五年間，譯成925～975年——譯者），而南宋時期的年號則全然不見。其中時代最晚的一個年號屬於西元990～994年（當為北宋太宗「淳化」年號——譯者）。所以我推測密室的封閉時間當在11世紀初。繪畫和雕版印刷品（woodcuts）上的最晚的紀年分別為西元980和983年，與上述推測正相符合。

〈漢文卷子上時代最晚的紀年

未發現西夏 >
文書

我們還可以舉出一個反面的證據。西元1034～1037年間，西夏政權奪取了敦煌地區，此後西夏統治該地近兩個世紀之久。在密室出土的文書中，我們沒有發現一份西夏文書。而在敦煌石窟壁畫上除了有數百處漢文題記以及藏文、蒙古文和回鶻文題記以外，還發現有西夏文的題記。

封存廢棄聖 >
物的窖藏

密室的被封閉及終於被人們所遺忘，很可能是緣於某次破壞性的入侵行為，或許就是西夏党項族的入侵造成的。但也有一些證據表明，密室有可能是早期用來封存祭祀用過的聖物的，而這種做法後來沒有沿襲下來。我在密室中發現了許多包裝仔細、縫製精美的小袋子，裡面所盛的僅僅是一些漢文經書的殘紙斷片。今天的漢人仍有將祭祀焚燒後的字紙清點收集的做法，密室所見的小袋子的用途應該就是這樣的。在其他更大一些的包裹中所放的主要是帶有木軸的佛經殘卷、卷軸、綢帶及裝經卷的布袋等文房用具。另外在其他包裹中還發現有印製的眾神畫像、絲綢旗幡以及供奉所用的織物殘片、絲畫殘片、彩繪木製旗杆等。

供奉物品的 >
入藏

毋庸置疑，這些物什是出於宗教方面的原因而被封存起來的。這些重要遺物很有可能是由於突然而來的一場大變故而被收集、保存起來的。根據我在丹丹烏里克、安迪爾、喀達里克和米蘭的廟宇遺址的發掘經驗，如果能知道婆提文書和其他文書是否是從其他洞窟中挪入的，就可以弄明白這個問題。這些東西是被供奉在塑像基座前的聖物。藏經洞本是一處被流沙覆蓋於荒郊野外的古遺址，可惜的是，由於它是被無知而粗心的王道士首先發現的，一些有考古學價值的遺跡已遭破壞，有關探討上述問題的考古學證據已不復存在。

密室封閉的 >
考古學證據

有關密室的考古資料並不太多，現在作一簡單介紹。在密室全部清理乾淨以後，我曾對密室作過測量，東西9英尺，南北8英尺8英寸（圖3）。正對入口的北牆前面有一個像座，長5英尺，寬2英尺，高1英尺8英寸。像座的形狀及其所在位置表明這裡曾經是一個佛窟（龕）。窟中的塑像和背光已蕩然無存。北牆上部能看到已經褪色的裝飾紋樣，其餘牆面則都是空白。密室入口寬僅3英尺，所以裡面的光線很暗。因之，刻有敕文的《洪䶒碑》最初不可能立在這裡。《洪䶒碑》是精心豎置在這個密室中的，密室又是開鑿在大窟西牆的岩體上，所以它不可能是在緊急狀

態下匆忙之中挪入的。我以為，它很有可能是在釋門日趨衰落的時代，如西夏統治敦煌的數十年間（原著作decdnnia，英文中無此單詞，疑為decennial之誤——譯者），信徒們挑選了這個洞窟來保存這塊記錄了前任「沙州僧政」曾榮受帝恩的碑刻。《洪䚊碑》究竟是在收集藏經和其他物件之時被挪入的，還是在此之前挪入的，現已無從知曉。

圖52　漢文寫卷

我從一開始就認為，這批藏品在被封存時就已經是很有年頭的古董了。一年以後，蔣師爺著手對部分從千佛洞弄走的漢文寫卷做目錄，那時他可以從容地展開這些卷子細細鑽研它們的版本。我們驚喜地發現，有相當一部分卷子的年代可以早到西元5世紀初（圖34、35）。一份記錄了敦煌人口統計數據的卷子的年代可以斷定在西元416年（圖52），懷利博士已發表這方面的研究成果。如果想從這批卷子中找出時代最早的卷子，恐怕還需要在歐洲進行多年的專門研究。時間又已過去9年，我們仍然不能肯定何時才能完成這項工作。

＜最早的寫卷（西元416年）

因為不知道王道士能讓我們工作多久，所以我們第一天的工作是對所有藏經快速進行清點。藏經源源不斷地被清點出來，就連那些藝術品和非漢、藏文字的寫卷我也來不及一一仔細審視。我是後來才逐漸認識到那些非漢、藏文字寫卷的價值的。我當時所能做的就是確保這些珍品能被挑選出來「留待深入研究」，其實這只不過是我們的一個託辭罷了（我們的真實目的是要將它們

＜匆匆挑揀經卷

運走）。當時我真是
為自己漢學知識的貧
乏而痛悔。儘管蔣師
爺的工作熱情很高，
但由於藏經浩如煙
海，仍然不能避免一
些頗有史學和文學價
值的漢文卷子被疏
漏。這些卷子甚至就
是在我們的眼皮底下
溜走的。

圖53　漢文寫卷，出現「三界寺」一稱

「三界寺」＞　　在這些浩如煙海
的寫卷中，有一些令
人驚喜的發現。首先
是在一份有925年紀
年的漢文卷子上發
現了有關於千佛洞
早期建築的記載，
這就是「三界寺」
（圖53）。在其他
整卷的經書中，全
然不見「三界寺」
一稱。這個名稱現
在已不為當地人所
知，但我認為它
與千佛洞的「上
寺」、「中寺」、
「下寺」之間應該
有一定的聯繫。

圖54　紙畫，畫面主要是佛教諸神

雕版印刷文＞　　在漢文藏卷中還發現了眾神及淨土場景的神畫和版畫（圖
書和早期印刷　54），甚至還有一些已經散佚的卷子。它們都有紀年，且大多在
的文書　　　　10世紀後半葉，儘管我沒有這方面的專門知識，我也能知道它們
很有價值。其中最有價值的是一份有868年紀年的卷子，通篇雕
版印刷（圖55），卷首還有精美的雕版印刷畫。以前所能見到的

圖55　佛教題材的雕版印刷品

最早的雕版印刷作品屬於宋代，這份文書的發現，不但有力地證明了雕版印刷工藝的出現要遠遠早於宋代，還說明了在9世紀時期，雕版印刷的工藝已經達到了相當高的水準。

<挑選非漢文卷子

從紛雜的卷子中間迅速挑選別具價值的非漢、藏文寫卷、繪畫等遺物付出了整整5天的緊張勞動。這些東西都是我最想得到的。它們不像漢文和藏文卷子那樣捲得很緊，王道士在將這些藏卷重新挪入密室時，順手把它們放在了最上面或其他比較容易搆得著的地方。但仍有一些堆放在緊靠牆的地方，不易拿到。我很想把它們全部清理出來作一番挑選，但這一想法遇到了意想不到的困難。到目前為止，我們通過外交周旋和物質上的捐贈成功地避免了王道士由於勞累而產生的不滿。但現在面臨將所有藏品從密室中清理出來的任務，這有一定的風險，王道士明顯有些牴觸情緒了。

<徹底清理藏經洞

經過漫長的交涉，我們又追加了捐贈，王道士終於答應了我們的請求。我們將殿門緊緊地關閉起來，開始工作。王道士自己體力有些不濟，於是請了一個助手來幫忙。他們一邊幹，一邊不停地抱怨，到5月28日日暮時分，全部藏卷終於被運了出來，放在乾淨整潔的屋子裡，其中的大部分都放在寬敞的內殿裡。這些卷子總計約有1050卷，大致每12份卷子中有一份是歷譜。此外還有80餘份藏文卷子、11份婆提文書。婆提文書長2英尺5英寸，寬8英寸，厚近$1\frac{1}{2}$英尺。它們裝訂很好，內容很可能是甘珠爾的一部分。

<有帆布封面的卷束

這種寫卷幾乎全都有粗糙的帆布封面，裝訂也很緊。圖56所示的是一份未展開的寫卷的情形。這些封面是當時就有的還是

密室開啟以後新加上去的，現在很難斷定。據王道士的介紹，封面都是原來就有的。王道士一捆一捆地將這些卷子往外搬，卷子的封面往往都是敞開的，我在蔣師爺的幫助下，匆匆忙忙地對它

圖56　有帆布封面的寫卷

們進行檢視，看看在普通的漢文寫卷裡是否夾雜有婆提文書或其他非漢文的卷子，以及摺疊起來的小畫等有價值的物什。我們盡可能快地將它們分揀出來，但根本就沒有時間對這些卷子一一進行審視，也來不及看卷子的背面是否有印度文或中亞文字。

> 混在經書中
> 的藝術品

　　王道士的不滿情緒越來越明顯，清理工作如果再拖延下去肯定是不太好的。到了清理工作快結束的時候，我們突然驚喜地發現，在堆積的卷子的底部，靠近北牆根的地方，泥塑像壇的兩側，發現了一大

圖57　刺繡和花綢

堆珍貴的帛畫和一些精美的織物，其中有幾件帛畫的尺寸還很大（圖57、58）。在這些現身說法的圖像中，最值得一提的是圖59所示的一件刺繡畫像，畫像中央為佛陀，周圍為真人大小的菩薩形象。由於這些畫像被壓在靠近地板的最底下，修復它們很費工夫，第二天我為此忙碌了大半天。

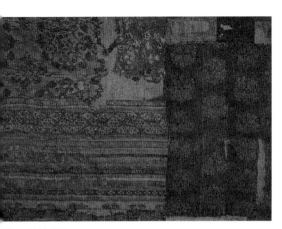

圖58　刺繡和花綢

與此同時，我們與王道士進行了漫長的談判。不知是由於擔心還是後悔（後悔讓我們接觸了他認為很有價值的漢文經書），他力圖盡早結束我們的搜尋工作。他一方面提出了更大的捐贈要求，另一方面又聲稱決不讓我們拿走那些「經書」（他將所有的漢文卷子都稱之為「經」），不管它們的內容如何。儘管王道士的態度令人不快，但總算是轉到了「交易」方面來了。將這些寫卷全力搶救出來，以免在那樣的保存條件下繼續散失，我以為這是我義不容辭的責任。我當然知道其間必然是困難重重的。我無法估量這些在藏卷中占絕大多數的漢文佛經的語言學價值。它們的內容顯然可以從韓國和日本印刷的漢文「三藏」中找到。那些具有考古價值和文學價值的卷子我也無法得到。將這些卷子整車地運走，肯定會使我們的行動暴露於光天化日之下，如果這樣，我將無法繼續在中國其他地點繼續進行工作。再說，這裡是在敦煌，決不能在這裡引起宗教方面的牴觸情緒，否則後果將不堪設想。此前我從我的一位清朝官員朋友那裡獲悉，這裡由於財政措施方面的原因，正醞釀著動盪的氣氛。在我離開敦煌不到一個月的時間裡，動亂終於發生了。當時我應該盡量避免這一動盪，以免它波及到我的計劃。

我決心放手一搏，寧願冒點風險，也要爭取獲得全部藏卷。蔣師爺身處其中卻並不知道我心中的擔憂，他一如既往地勸說王道士讓我們將這些寫卷運到印度的一家「神學院」（temple of learning）去進行研究。並稱將這些佛經運到佛教古老的故鄉去將是一件功德無量的事。我應允蔣師爺可以給王道士一筆款子（40錠馬蹄銀，約合5000盧比，如果需要，可以翻倍）作為交換

＜與王道士的交涉

＜不可能將藏經全部運走

＜獲取全部藏品的努力

圖59　刺繡吊簾

條件。這筆錢成了蔣師爺手中很有份量的籌碼。如果敦煌不宜停留，王道士可以拿了這筆錢告老還鄉，享受安逸的晚年。或者，他可以用這筆錢來修繕廟宇，來換取更多的功德和榮耀。

然而一切都是徒勞。先前我挑出那些我認為有藝術和考古價值的卷子時，王通士一直都是睜一隻眼閉一隻眼的。但現在他擔心他要失去全部珍貴的「經書」了。他第一次顯出了惱怒的表情，我們的關係也頓時緊張起來。我們經過小心周旋才避免了關係的破裂。王道士一再表示，這些藏卷的丟失遲早要被施主們發現，而這些施主又都曾為他的清理、修繕活動捐贈過資財，這是有目共睹的事實。一旦被施主們察覺，他花了8年時間辛辛苦苦掙來的好名聲將化為烏有，他一生的功業也將毀於一旦。有了這些擔憂，他開始為放棄那些藏卷而自責了，他覺得他的施主們更有資格得到它們。他一再地聲稱在作出任何決定以前，需要徵詢施主們的意見。 ＜與王道士交涉時遇到的困難

談判時斷時續，為清點新搬出來的藏卷爭取了時間，到第二天晚上，這項工作即已完成。次日一早，我準備從那些普通漢文卷子中再作搜尋，尋找頗具價值的中亞文字文書。到了那裡，卻遺憾地發現滿懷疑忌的王道士幹了一個通宵，將所有藏卷全部運回密室中去了。其間的勞累更增加了他心中的氣惱。幸好那些很有價值的繪畫、非漢文寫卷等已被我們挑選出來。有了這些，加之已經猜透王道士想得到一筆錢來修繕廟宇的心理，我確信我們在這場艱難的談判中會大有收穫。最後我們達成了一項協議，除了已經挑選出來的經卷以外，我還得到了50捆漢文寫卷和5捆藏文寫卷。為此我所付出的代價是4錠馬蹄銀，約合500盧比。當我今天回過頭來檢視我用4錠馬蹄銀換來的無價之寶時，這筆交易簡直有點不可思議。 ＜與王道士達成的協議

王道士膽怯的性格使我決計將這批漢文和藏文卷子盡快運走。此前一直是由我忠心耿耿的中國秘書蔣師爺一晚接一晚地將白天挑選出來的卷子運到我的帳篷裡的。這項新的任務完全由他來承擔已不可能，於是我讓另外兩個忠實的隨從伊布拉音伯克和提拉拜（Tila Bai）也過來幫忙。他們三人幹了兩個半夜，借著陡直堤岸的陰影的掩護，將所有物什安全運抵我的儲藏室，整個過程沒有被任何人發現，甚至我自己的隨從們也毫無知覺。很長時 ＜秘密搬運挑選出來的藏品

間已沒有香客來敦煌了，王道士的擔憂也與日俱增。我們的行動剛一結束，他便迫不及待地踏上行程，開始了他周期性的化緣活動。

額外所得和＞
物品的裝運

　　為了盡可能的消減王道士的擔憂，同時也為了留下我進行布舍的實物證據，我安排王道士在一個已遭廢棄的小窟裡樹立了一尊玄奘的塑像。敦煌工匠按期完工，但做出來的這尊塑像醜陋不堪。儘管如此，它也足可以幫助王道士擋住周圍懷疑的目光，以掩飾我在敦煌待的時間為什麼如此之久的真實原因。一個星期以後他回來了，確信這一秘密行動沒有被人察覺，他的名聲也沒有受到影響。這樣，他又敢開始一項新的交易，我為他的修繕活動再捐上一筆，他則再讓我挑選20多捆漢文卷子。當我後來開始捆紮時，這些卷子足足有七箱，還有五個箱子裝滿了繪畫、織物等。一箱子的重量相當於一匹馬的負荷。包裝帛畫是一件很細緻的工作，我正好利用上了因沙暴天氣而不能對洞窟進行照相的幾天工夫。我事先就故意帶來了幾個「空」箱子，裝箱子也是悄悄進行，這樣在我帶著這些大箱子離開敦煌時就不會有人懷疑了。

離開千佛洞＞

　　前期所做的精心準備並非徒勞。拘謹而老實的王道士終於放下心來，我也為之感到快慰。他彷彿感覺到將這些古代佛教遺物送到西方進行學術研究是做了一件積德的好事，這些遺物原本不為人知，或許將永遠封存在塵埃裡。當我最後終於要離開千佛洞時，他那古怪而稜角分明的臉上流露出習慣性的拘謹來，夾雜著一絲心滿意足的神情。我們的告別完全是悄悄進行的。他的友善給我留下的最深刻的回憶是，當我四個月後重返安西時，他又送給我一大堆漢文和藏文寫卷，總計超過230捆。蔣師爺是如何成功地勸說王道士這樣做的，整個過程又是如何的守口如瓶的，我都在我的另外的遊記中作了詳細介紹。當全部24箱沉甸甸的寫卷和另外5箱繪畫等藝術品安然運抵大英博物館時，我才如釋重負地出了一口氣。

第四節　後來對藏經洞的調查

詳細報道觀＞
察結果

　　前面如此詳細地介紹我從王道士那裡獲取藏經的曲折經歷有兩方面的考慮，一是因為藏經洞裡早期寫卷和藝術品的發現意義特別重大，它也許是迄今為止中亞和遠東地區出土古代文獻最多的一次重大發現；二是由於我是第一個親赴現場進行考察的西方

學者，我覺得我有義務將所有有關遺物保存狀況的細節披露出來，這些細節也許對探討我帶走的寫卷的特徵和內容有所裨益。出於同樣的考慮，我覺得也有必要把在我之後學者們對藏經洞的考察情況作一番介紹。

令人高興的是，特別是令研究中國古代史的學者們感到興奮的是，在我首次造訪千佛洞遺址後不到一年，一位更有資格研究密室藏經，特別是研究漢文寫卷的學者——鮑爾‧伯希和教授來到了千佛洞。我離開敦煌時，曾不得不將一部分寫卷留在了藏經洞裡。伯希和對這些留下來的寫卷進行了檢閱。這位才華出眾、學識淵博的法國人，曾受委派到中國新疆地區進行考古調查。1907年秋，伯希和在烏魯木齊停留期間從一些有學問的清期高級官員那裡獲悉有關千佛洞發現藏經的消息。伯希和從一開始就抱定了要對這個遺址進行詳細考察的目的，他於1908年初春抵達敦煌。在對洞窟進行了初步考察以後，他開始與王道士接觸。同年3月3日，他得到王道士的允許進入藏經洞，部分藏經仍被保存在那裡。

<伯希和造訪千佛洞

伯希和教授學識廣博、功底紮實，他一眼就看出剩餘藏經很有學術價值，密室藏經中，漢文經卷占大多數，而混雜其中的其他文字的卷子則更有價值。藏經中有不少殘紙斷卷，清點起來很費勁，伯希和蜷縮在小小的密室裡完成了清點工作，據他的估算，密室中藏經的總數約有15000卷。他推測將全部卷子打開檢閱一遍至少需要6個月左右的時間。最初的10天，他的工作效率達到了每天翻檢1000卷左右的速度，成功地將所有散落的非漢文卷頁和那些他認為別具年代學、考古學等方面價值的漢文卷子一一挑揀出來。

<伯希和所獲得的寫卷

王道士對伯希和的態度多少與對我的態度有點相同。毫無疑問，由於有了同我交涉的經歷，他在與伯希和打交道時會顯得更為自信。他樂於接受捐贈，以進行他那虔誠的事業。同時，由於我們的挑選很嚴格，表面上並沒有減少他手頭上的藏經數目，他的名聲也從未受到過影響。不管他有什麼樣的動機和打算，他仍然不肯全部放棄手頭的經卷。在得到一筆相當的補償以後，他應允伯希和可以將所有他挑選出來的東西拿走。

<王道士的心安理得

關於藏經洞＞
的時代，我與
伯希和不謀而
合

　　這裡無須贅述這批由伯希和挑選出來並安全運抵巴黎的寫卷的重要價值，也無須一一介紹法國東方學學者們在有關研究上所取得的多方面的突出成果。我這裡只想對伯希和的研究成果作一介紹，伯氏為探討藏經洞的封閉時間提供了兩點頗有考古學價值的證據。他在千佛洞現場時就曾對這一問題作了深入的思考，其觀點與我的結論可謂殊途同歸，這真是令人感到由衷的高興。在我拜讀伯希和先生的大作以前，我早已於1909年3月在皇家地理學會上宣讀了我最初的研究成果。正如我從經卷中發現的紀年材料「推斷密室的封閉時間肯定在西元1000年以後不久」一樣，伯希和先生也強調漢文經卷中所見到的最晚的年號為北宋「太平興國」（西元976～983年）和北宋「至道」（995～997年）兩個年號。他還說：此外，在藏經洞所有的文獻裡沒有一個單獨的詞「西夏（Si-hia）」，現有事實表明秘室是在11世紀上半葉被封閉的，而且很可能是接近西元1035年，也就是被西夏征服的時候。

晚期劣質寫＞
卷

　　伯希和精通漢學，他從10世紀時期文書書寫潦草的情況判斷，認為其時敦煌文化已經開始衰落。我後來也發現這類文書的紙張質量低劣，與7～8世紀文書結實耐用的紙張差異明顯。伯希和正確地指出，敦煌文化的衰落早在西夏征服敦煌以前就已經開始了，這一觀點也為我搜集的有晚期紀年的繪畫材料所證明。我倆都注意到了密室藏經中不見西夏文寫卷這一現象。但以此從反面論證密室封閉的年代卻是伯希和的功勞，這是我在這裡需要聲明的。

在其他洞窟＞
所發現的13～
14世紀的寫本

　　伯希和在清理千佛洞最北端的兩處吐蕃風格的洞窟時，發現了一些13～14世紀的漢、蒙、藏以及少量婆羅謎文的殘卷和文字材料，其間還有西夏文材料。這與藏經洞裡不見西夏文書的現象形成鮮明的對比。它們的發現，還可以澄清一些錯誤認識。如前所述，在我搜集的寫卷中，有少量回鶻文寫本，它們裝訂成冊，有點類似於西方書籍的樣式，而且它們全都保存完好（圖60）。其中有兩份寫在很薄的紙面上，這種紙張為晚期的中國印刷品所常用，但在密室中則僅此兩例。其中一份與其他回鶻文佛經一樣，是從漢文轉譯成回鶻文的（圖61）。E.丹尼森・羅斯（E.

推測藏經洞＞
年代在1350年
之說

Denison Ross）博士（現已為爵士）對所有回鶻文卷子作了仔細的檢視，他認為其中的一份佛教畫像上有西元1350年的紀年。於是他便在《西方摩尼教和吐魯番的發現》一文中提出，這份有

圖60　回鶻文寫卷

紀年的畫像表明藏經洞的封閉時間應當比伯希和和我所推斷的時間至少晚300年。1912年，羅斯博士的論文在皇家地理學會上由雷杰先生（Mr. Legge）進行了宣讀。

回鶻文小冊子可能的出處　我當時正在印度，並不知曉羅斯博士這項很有意思的發現。經過仔細推敲，我認為他關於密室封閉時間的結論是站不住腳的。據伯希和告訴他的情況，千佛洞最北端的洞窟屬於元朝時期，1900年王道士在發現藏經洞以後，又

圖61　回鶻文寫本

在這裡發現了藏有少量文書的洞窟。其中有兩個洞窟並未受到王道士「搜寶」工作的破壞，後來伯希和在對這兩個洞窟進行清理時，發現了13～14世紀的文書，其中就有回鶻文的材料。有1350年紀年的回鶻文卷子和另外那份回鶻文卷子，很有可能是王道士在這裡發現的，因為它們保存特別完好，王道士便自作主張地將它們拿到了藏經洞中。

晚期從他處挪入的回鶻文冊子　我認為上述解釋合乎情理，伯希和教授的實地考察結果也與此相符。密室中堆有大量未被損壞的晚期文書，這都是有力的證據。據伯希和的介紹，密室裡還發現了一份光緒年間（1875～1908年）王道士所寫的一篇文章，這說明王道士確實把這裡當做一個庫房。這也可以用來解釋為什麼密室中會有回鶻文的寫本。按我當時所做的記錄，這兩份卷子是從卷堆的最上面拿下來的，有彩繪的大封面。我清楚地記得，當時它送到我手頭上時是打開的，放在最上面。當時一起拿來的除了緊緊裹著的各式織物殘片外，還有用婆羅謎文書寫的婆提文書，樣式混雜不一。

　　總而言之，有紀年的回鶻文本子很可能是在1900～1907年間混入藏經洞的，王道士的文章也是後來放到藏經洞裡面的。當然，被混入藏經洞的物件有可能不止這些，偶爾造訪的遊客和其他人員隨時都可以進入這個洞窟。但據伯希和的考察，以及後來在大英博物館對我帶回的寫卷的仔細清點，數千卷文書中並未發現其他晚期的東西，這說明1900年藏經洞被發現後，晚期竄入密室中的東西並不會太多。依通常的情況來看，密室封閉的時間也絕不可能晚到11世紀前半葉以後，在它被封閉以後至1900年之間也不可能被重新開啟又關閉過。但我們也必須承認，推斷密室封閉的時限不可能像法律宣判一樣來個一刀切。看一看1900年藏經洞被發現後的情形及其以後藏經洞所遭遇的情況就會知道，要想完全準確地推斷密室的封閉時間幾乎是不可能的。　＜密室被封閉的時間

　　這裡再介紹一下伯希和造訪以後仍留在王道士手頭的藏經的遭遇，這批藏經的數目仍很可觀。藏經洞發現重要漢文寫卷並被王道士送走的消息很快就被一些中國學者知道了。1909年上半年，當伯希和還在北京時，京城裡的一些學者就曾對伯希和手頭的一些珍貴的寫卷進行了研究和拍照，其中還包括一名很有學問的總督大人。不久，朝廷就下達了一道命令，將所有密室藏經全部運抵北京，並為修繕廟宇撥給了一大筆款子作為補償。　＜留在王道士手頭上的經卷的命運

　　1914年3月我重返敦煌，獲悉1909年底或稍後確實有過這麼一道命令，可惜這只不過是一個良好的願望而已。王道士把我當做一個老施主和好香客熱情地歡迎我的到來，他告訴我，我所捐贈的款子已全部用於廟宇的修繕，而朝廷撥下來的銀兩，則被各級衙門層層剝扣。全部的藏經經過包裝以後，被用馬車運走。在敦煌停留了一些時日以後，便開始了送往北京的漫漫征途。在敦煌停留期間，不少經卷被盜走，我自己就曾見到過送上門來的精美的唐代佛經卷子，價格很低廉。隨後的保護工作肯定也好不到哪裡去，因為我在肅州和甘州又曾收購了一批藏經。還有一些卷子肯定已流入新疆地區，因為我在新疆的許多衙門裡都見到了此類的經卷，我甚至還從一些低級官吏那裡弄到一批卷子。至於有多少文書被運到了北京，又是如何保管的，那就只有天知道了。　＜一路拋撒：經卷被運往北京

　　經歷了官府對他所珍愛的「經書」的一番折騰，王道士深為1907年自己的做法後悔不迭，當時我曾經蔣師爺之口提出過獲得　＜1914年再獲一批經卷

所有的藏經的請求，但王道士卻沒有長遠的考慮，也沒有足夠的勇氣，他回絕了我們的請求。王道士在敦煌辛辛苦苦募集的錢財中，捐資數目最多的是我，其次便是伯希和。他用這些錢建了一處華麗的廟宇和一幢寬敞舒適的客棧，這使他感到很稱心。將錢用在這裡，也是王道士對官府巧取豪奪最好的嘲諷。當官府下令運走藏經時，王道士曾設法將一部分他認為特別有價值的漢文寫卷另藏了起來。這批卷子的數量想必也不會太少，後來我再度造訪這一遺址時，還有豐厚的收穫，滿滿地裝走5箱子的漢文經卷，大部分保存完好。為了獲得這些經卷，捐贈自然也得增加。我懷疑直到現在王道士的小庫房還沒有被取光。到這裡，「王道士的故事」也就講完了。

在千佛洞石室發現的繪畫

第一節　繪畫的發現和研究過程

　　上一章我談到，在封閉的石室中匆匆翻檢之後我發現了許多 ＜搜集繪畫
東西，其中我一眼就看出那為數眾多的繪畫的價值和意義（它們
都裹在各種包裹裡或寫卷裡）。幸運的是，王道士對這類珍品漠
不關心，它們的藝術價值和宗教特性都沒有引起他的注意，這極
大地方便了我的挑選工作。所以儘管在倉促翻撿中遇到了一些困
難，我還是成功地搬走了石室中所藏的繪畫、素描以及類似藝術
品的大部分。它們數量很多、意義很大，所以我首先來說這些繪
畫。

　　在王道士的石室中我挑選得十分倉促，根本沒有時間細看這 ＜在發現時繪
些精美的佛教藝術珍品。但我發現它們時，這些繪畫的保存狀 畫的狀況
況，以及後來把它們安然無恙地捆紮好所費的功夫，都使我覺得
十分幸運，自己能有機會把它們從王道士漠不關心的照管之下拯
救出來。大多數畫是畫在很細密的絲綢上（有的絲綢紋理像紗）
的，其餘的畫所用材料是麻布或紙。多數畫使用的是更珍貴的絲
綢，這一點本身就很有價值，因為我很快就發現，絲綢上的畫作
一般畫得更細緻，工藝更高超。但因為材料很細緻，它們也更容
易受損，這極大地增加了安全轉移和研究的難度。

　　在各種包裹裡發現的一些窄幢幡是整齊地捲起來的，絲綢依
然柔軟、有彈性，所以幢幡可以輕鬆地打開。由於它們是埋在還
願用的織物、廢紙中間，所以絲綢沒有受壓，也沒有變硬。

　　但其他包裹中的畫境遇要糟得多。有些畫夾在包裹中間，包 ＜絹畫受到的
裹中是厚重的漢文卷子。我們一眼就能看出，它們幾個世紀以來 損傷
承受了多大的重壓。如今它們已經變成了十分緊實的小包裹，又
脆又硬。任何想當場打開它們的舉動，都可能會使脆硬的織物破
裂或剝落。那些大絹畫（我們後來發現，其中有些高達7英尺）
由於摺疊起來，受了近900年的重壓，加之在封人石室之前可能
也沒有得到精心的料理，所以遭受了更多的損壞。有些大畫似乎
在當初存放起來時是用某種固定的方式摺疊的，但我還是不敢將

其完全打開，生怕加劇它們所受的損傷。但絕大多數畫或大畫的殘片，看起來完全是一小堆亂七八糟、皺巴巴的硬脆的絲綢，根本無法判斷其中有什麼內容。當時我還看到，很多大畫上沾了灰，或用粗陋的針腳縫過，或用粗紙裱過，還有其他類似的修補之處。這些都充分說明，早在被封存之前，它們就飽受漠不關心、煙熏火燎及塵封之害。

對捲成團的 >
絹畫的處理

　　把這一卷卷脆硬細緻的絲綢打成包裹來運輸，真是一件艱巨的任務。而在運抵大英博物館之後把它們打開，則更為艱難。好在大英博物館繪畫部的全體工作人員都被調動起來，花了六年多的功夫，終於克服了這些困難。大多數繪畫，不論大小，都要先經過一種特別的化學處理，然後才能由專家來將其安全地打開，之後才能進行研究。這段工作給人帶來不少驚喜，因為有些綢卷乍看起來很不起眼，但當皺縮、易碎的絲綢重新恢復了原來的柔軟性之後，我們驀然發現，它們竟是精美的繪畫。儘管有些畫已殘破不全，但仍有很高的藝術價值。用這種方法，某些大畫缺失的部分時常可以從另外一團髒污的綢卷中得到。

對絹畫的處 >
理

　　表面經過精心處理之後，每幅絹畫都要加固，以確保人們能安全地拿取它們。小型絲綢幢幡畫被臨時裱在有大網眼的細紗上，以便人們也能看到其背面（因為小幢幡背面也畫了畫），然後再裝在玻璃框中。大絹畫先得裱在薄薄的日本紙上，這樣就能用遠東國家的傳統方式把它們捲起來加以保存，圖62、63即為裱在絲綢上

圖62　絹畫，畫面為佛教淨土

的絹畫。我們最終要將這幾百幅畫永久性地裱在精心選擇的日本絲綢上，用輕巧的木框裝起來。這項工作費時費力，加上第一次

圖63 絹畫，畫面為兜率宮彌勒淨土

世界大戰的影響，至今（1917年）任務尚未完成。有些圖版拍攝的日期較晚，拍下這些畫最終裱在絲綢上的樣子，這種待遇對它們來講才算公平。

<這些漫長的工作主要是在勞倫斯·賓勇先生精心的長期監督下進行的。由於他淵博的知識和不懈的努力，加上開始時錫德尼、考溫爵士的幫助，學者們才能方便地研究這些精美的佛教藝術。對此，人們不能不心懷感激。工作人員盡量不做任何修復。但是，大絹畫本來用素綢或其他織物做了鑲邊以便於把畫懸掛起來，但這類鑲邊有的沒法保留下來（圖64、65）。因為，絹畫裱貼之後，由於鑲邊的材料與絹畫主體不同，會發生收縮，不利於絹畫的保存。於是，有幾件大畫原來的鑲邊被換成了一條條適當的日本織錦，用傳統的掛畫方式裱貼起來，這樣人們一眼就能看出裱貼物是現代的織物。上述保存和處理方法在做了適當調整後，也應用於麻布畫和紙畫。雖然麻布和紙便宜，不太細緻，麻布畫和紙畫的藝術價值一般也沒有絲綢畫高，但由於麻布和紙比較結實，所以減少了保存所需的工作量。

<把絹畫裱糊起來

在石室中一眼見到這些畫時，我就意識到它們高超的藝術水準和它們在中亞、遠東佛教發展史和佛教造像史上的地位。但是，只有當大英博物館在保存它們的過程中越來越多地揭示出它們的豐富性和多樣性之後，我才完全認識到它們的多種意義，以及對它們進行細緻研究所需的工作量和難度。最初發現這些畫的位置和它們的保存狀態，以及某些畫上標注的日期，都清楚地表

<絹畫的藝術特點

圖64　絹畫，畫面為觀音及供養人

圖65　絹畫，畫面為觀音及供養人

明這些面作絕大多數屬於唐朝和唐朝之後的一個世紀。同樣可以確信的是，它們的內容幾乎都是大乘佛教的神祇及故事場景——當時，大乘佛教正流行於中國的西部邊陲。從它們的題材和風格中，我們可以清楚地看出直接取自希臘化佛教藝術的因素，這種藝術在途經中亞或西藏時所發生的變形及其對中國本土藝術的強烈影響，儘管各種影響在不同畫作中的比重有所不同。

> 各種藝術影
> 響的融合

這些新發現的畫作表現出了一種混合風格，這不僅增添了人們對它們的興趣，同時也增加了對它們進行準確分析的難度。從藝術的角度看，人們一眼就會發現，中國風格和情趣是佔主導地位的，這顯然更增添了它們的藝術價值，因為據我所知，唐代畫作的真品保存下來的極少。從造像的角度來講我們也很快發現，這些基於印度觀念和形式的畫作，清晰地顯示出佛教在向中國傳播並被中國接受的過程中，所發生的不小的變化和發展。我們可以把它們同後來遠東（尤其是日本）的佛教藝術相比較來進行研

> 對絹畫題材
> 的解讀

究。此外，要想解讀這個佛教「萬神殿」，還應依靠許多絹畫上的題識，不管它們是題榜還是獻辭。這些題識不僅能提供關於供養人及日期的訊息，而且能提供關於神及場景等的情況。顯然，要處理這些題識，我急需一個工作夥伴，他應當對佛教造像藝術有專門研究，並且熟悉漢學和遠東藝術。

不僅我自己急於找到這樣一位工作夥伴，而且富歇先生也提出了這樣的建議。1919年夏天，富歇先生研究了當時可以研究的畫作。憑著他對佛教造像無與倫比的學識，他給我提供了雖然簡短卻很有價值的筆記，闡述了繪畫題材的大體分類和相關的造像藝術問題。關於這些繪畫在藝術上的不同特徵，我有幸得到了勞倫斯‧賓勇先生的極有益的幫助——他是專門從事遠東繪畫的，並一開始就對這些繪畫產生了濃厚的興趣。

> 與彼得魯奇
> 先生合作

通過賓勇先生的友好介紹，我找到了一個極合適的工作夥伴拉斐爾‧彼得魯奇先生，來共同研究這些畫作。彼得魯奇先生已在不止一個研究領域有傑出表現，他不僅是一位熱忱的遠東藝術家、鑑賞家、收藏家，而且在沙畹先生的指導下正在學習漢學。這位極有天賦的學者已經連續出版了好幾本關於中國和日本藝術的重要著作，這足以證明他完全有能力承擔我上文所說的艱巨任務。1911年秋，在彼得魯奇先生多次參觀了這些藝術品之後，他

表示願意承擔千佛洞繪畫作品的系統研究工作，我非常欣慰、滿意地接受了他的提議。1911年11月16日他給我寫了份備忘錄，其中詳細說明了他給自己設定的任務以及完成這一任務的詳盡的工作計劃。

在此後兩年中，彼得魯奇先生為完成這一任務傾注了大量心血。他仔細研究了繪畫和畫中的題識（有的是通過原件，有的是通過專門為他準備的照片），還收集了有可能對繪畫造像提供解釋的漢文佛經。作為這些研究的第一期成果，他於1913年給了我一份介紹性章節的草稿，其內容是畫中的題識及從題識中可以發現的訊息。約在同時或是在1914年初，他在另一篇文章裡討論了複雜的大畫，或稱「曼荼羅」，這是藏品中尺寸最大、藝術價值最高的一些畫作。彼得魯奇先生從漢文佛經中還成功地收集了大量章節，用以識別畫面主體及兩側條幅上的佛本生故事場景、個別神祇等。當此之時，由於德國入侵比利時，他無法回到比利時的家，所以也無法利用那裡的寫卷等資料。

＜彼得魯奇先生的勞動

在第一次世界大戰中，彼得魯奇先生約有兩年無法繼續對這些畫進行研究。他參加了比利時紅十字會，大部分時間忙於從事自願的醫療護理工作。因為，除了其他方面的科學成就外，他還精通醫術。即便如此，他還抽出時間來再次看了藏品，並對藏品如何在印度政府和大英博物館之間分配提出了建議。同時，幸運的是，他還把寫卷安全地轉移到了荷蘭的朋友那裡。我於1916年回到歐洲，在我的要求下，他安排別人將他手寫的有關筆記、摘抄資料等謄抄了一遍（威德希教授監督了謄抄工作）。年末，在英國外交部的幫助下，大量的寫卷安全地送到了當時在巴黎的彼得魯奇先生手中。

＜彼得魯奇先生收集的資料

他的材料被挽救了出來，又可以用於完成那項艱巨的工作，這是命運賜予這位熱情的學者的最後一件樂事。1916年5月我途經巴黎時，發現他正精神抖擻地全身心投入在工作中。但幾個月之後，一種內科病開始折磨他。儘管秋天他還能支撐著對《千佛洞圖集》（The Thousand Buddhas）的準備工作提供熱心幫助（我想在這本書中選登有代表性的畫作，以供研究遠東藝術的學者們參考），但到了1917年2月，他的病情已很嚴重，必須做大手術。手術顯然是成功的，但一周後殘酷的命運擊中了他，在醫院

＜彼得魯奇先生提供的最後幫助

裡感染的白喉奪走了他的生命。

對他所給予的幫助我滿懷感激。為方便將來其他學者做更細緻的研究，1911年我在製作圖版時收入了盡可能多的有代表性的不同種類的繪畫、素描以及版畫的照片。出於同樣考慮，我在書中盡可能收入了所有繪畫的描述資料，以便學者們對那些沒有圖版的畫也有可參考的資料。下面的工作是必須先將畫作歸為幾類，然後再將各類畫加以比較，才能知道其造像和藝術處理上的基本特徵。彼得魯奇先生研究工作的第二大部分中就含有這一內容。由於他的早逝，不得不由我來做這個分類，儘管能力有限，我卻只能勉力而為了。

關於畫作的分類，我有幸可以參照彼得魯奇先生的備忘錄，以及富歇先生1910年參觀藏品後交給我的那些雖不長卻很有益的筆記。無疑，無論是畫作所用的不同材料（絲綢、麻布或紙），還是不同風格，或是憑現有知識能確定的它們所屬的不同時期，都不足以作為分類標準，於是只能將畫按題材分類。考慮到造像的題材，我覺得下述分類法是最方便不過的。

按題材給繪>
畫分類排在第一位的顯然應當是那些關於喬答摩生平的絲綢幢幡畫，它們的顯著特點是它們的處理方式是純粹的中國風格。再往下就是那些「造像」畫。根據它們所表現的是個別神還是一群神，可以將其再分成兩大類。表現個別神的畫又可以分成三類。首先似乎應當是少數佛像。第二類是數量要多得多的各類菩薩像——有的菩薩無從者，有的有從者和供養人。菩薩像一類中，首先應當說的是數量極多的幢幡。幢幡中神祇的身份大多難以確定，但可以依照風格分類，看它是更多地遵循印度佛教藝術原有的模式，還是表現出中國藝術對佛教原型的改造。類似的大菩薩絹畫也可以通過造像特徵分類。第三種是天王像和護法金剛像（天王和金剛是佛教神話的所有侍從中最受中國信徒歡迎的），這類畫的造像特徵和風格都比較明確。

第二大類包括表現成群的人物且一般較大的畫作。我們將先討論畫一組神或一隊神的畫。然後再討論那些絢麗的、在佛教藝術上有重要價值的淨土畫，尤其是阿彌陀佛的西方淨土（或稱極樂世界）。這類畫中有大量天堂人物，充分展示了半俗世的歡樂

場面。

第三類是一組風格題材不一的畫。它們大多數是素描（其中有幾個是非佛教題材），還包括大畫和壁畫的草圖、人體圖或符咒圖等。最後我們將簡略地討論一下版畫——大多數版畫上印著文章或發願文，表明版畫藝術很早以前在中國就達到了相當高的水準。

第二節　繪畫的時間和環境

關於繪畫的日期和來源，某些畫上的題識可以給我們提供精確而充分的指導。題識全是漢文，都是發願性質，其日期為西元864年到983年之間。983年已接近11世紀，據我們判斷，石室就是在11世紀初被封起來的。但畫作中極有可能有比864年還古老的。藏經洞中許多漢文寫卷的年代就比864年早幾個世紀。而且，我們不應忘記，在較大的絹畫中，有的從其非凡的風格和處理方法來看，似乎屬於較早的時期。正是這些畫受損較嚴重，所以其底部連同底部可能有的題識都缺失了。

＜有題識的畫作的年代

總的來講，似乎可以下這樣的結論：大多數絹畫等都出自石室封存前的兩個世紀。上文曾說過，約在850年，敦煌從長達一個世紀的吐蕃統治下解脫出來，重歸唐朝，這很可能使這一中國最西部的重鎮更加穩定，至少在一個半世紀後唐朝滅亡之前應當是如此。這樣一個相對和平的時期也可能使千佛洞受益，人們又在其中添加了藝術上的裝飾品。

＜敦煌重歸唐朝

我們知道，唐以後不久，鄰近敦煌的瓜州再次與中國隔絕。由於東邊和東南的回鶻、西夏的勢力日增，這一隔絕狀態保持了好幾個世紀。但縱使在此前我們提到的那段和平時期，敦煌與帝國有效統治區的政治、貿易聯繫也不可能太緊密。因為，自從西域被突厥人和吐蕃人控制後，敦煌便只是邊陲的一個綠洲而已，對中原帝國已不太重要了。這一點足以解釋為什麼在9世紀和10世紀，作為布施品出現在敦煌千佛洞的繪畫大多來自當地。幸運的是，關於這一點，繪畫上有發願性質的題識也提供了直接的證據——題識中記錄著那些為死去親屬的靈魂祈禱，或為獲得健康、和平、發達等福祉而獻畫的人的名字。

＜敦煌與中原帝國的隔絕狀態

畫均出自當 > 地

在彼得魯奇先生研究的題識中，有十幾個供養人及其家人都是官員，有幾個官員的頭銜表明，他們都是地方官。在六七件畫作中，我們也可以得出同樣結論，因為供養人的名字表明他們屬於張、曹兩族——從歷史記載中我們知道，在好幾個世紀中，敦煌及其鄰近地區形成的「半獨立王國」的首領都是張、曹兩家的（圖66、67）。別的題識還表明供養人地位不太高，有的是僧、尼，這說明他們獻的畫一定產自本地。

敦煌保留著 > 中國文化傳統

唐朝在西疆的勢力削弱後，敦煌在政治上多災多難，並且在地理上與中國內地相距遙遠。但是在上述時期內，當地居民肯定完整地保留著中國的文明和語言。歷史記錄（儘管數量不多）、石室中的大量寫卷、石窟壁上或畫上的題識都可以證明這一點。我們應當注意到，繪畫和版畫中的供養人不論僧俗，一律著漢服，五官也是漢人。我們之所以認為供養人像有價值，是因為在我們看來，供養人像都是現實主義風格的。如圖64中父親的左眼被如實地畫成是瞎的。

新疆和西藏 > 對敦煌的影響

同時，敦煌的位置可以說是亞洲腹地的十字路口，所以它一定易於受到來自西邊的新疆和南部吐蕃的影響。顯然，千佛洞的繪畫和壁畫中的佛教造像形式在很大程度上受到來自新疆的影響，從某些方面講這種影響有時甚至是佔主導地位的。但是，憑我們目前的知識，很難（甚至不可能）確定，敦煌在何種程度上感受到來自中亞佛教藝術的影響，這種影響又有哪些是在漢傳佛教之前就已傳入並被漢傳佛教吸收的。無論如何，有足夠證據表明，塔里木盆地、敦煌北部和西北地區等中亞地區的佛教人士到過敦煌，因為在石室中藏有大量梵語、和田語、龜茲語、粟特文和回鶻文卷子。

吐蕃藝術的 > 影響有限

考慮到敦煌有整整一個世紀處在吐蕃的控制之下，此後也與吐蕃部落相鄰，某些畫中或者顯示出吐蕃風格的影響，或者寫有藏文，也就不足為奇了。有一組彩繪幢幡數量不多卻很有趣，所畫的菩薩像在處理方式上顯然是印度風格，顯示出來自更遙遠的南方藝術的影響。這種影響可能來自尼泊爾，經西藏傳到這裡，但同長期的政治紐帶聯繫相比，同石室中發現的大量藏文寫卷和版畫相比，吐蕃或半吐蕃風格的畫看起來數量就很有限了。對此，大概可以作如下解釋：儘管住在佛寺中的吐蕃僧人可能為數

66　絹畫，畫面為觀音

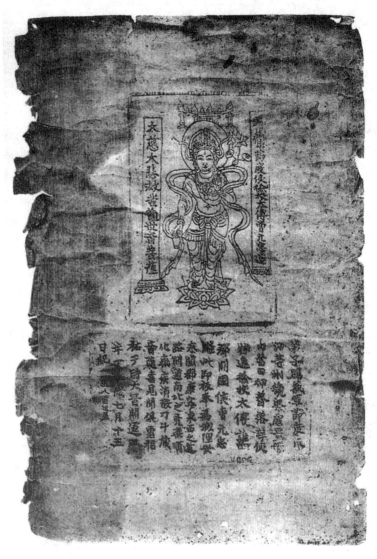

圖67　雕版印刷的佛教祈禱文

不少，還有一些吐蕃僧人常來此地（如今也是這樣），但那些以獻畫方式裝飾寺院的虔誠的供養人幾乎都是當地漢人，或者偏愛漢族藝術。過了很長時間之後，藏族風格和喇嘛教才對中國的沒落佛教藝術產生重大影響。

還有一點可以證明敦煌藝術品受到的吐蕃影響很有限。我指的是，千佛洞繪畫和壁畫完全沒有密教的那種誇張或不堪入目的猥褻場景（這一點很讓人高興），這類場景在後來的一些西藏及受其影響的北部地區喇嘛教藝術中十分常見。敦煌的一些西藏風格畫中確實已經出現了扭曲的動作、誇張的肢體、猙獰的面目等跡象，這些都是後來藏畫風格的顯著特徵，但是莊重的中國審美觀卻從未誤入這種歧途。正如富歇先生在上文提到的筆記裡所說的：「敦煌的各種神像都是為了滿足供養人的需要而畫的，供養人的趣味都是很嚴肅的，而僧侶們則更注意體面。」

〈沒有密教中那類誇張場面

彼得魯奇先生在關於供養人那一章中討論了一些畫的題識，這些題識告訴了我們人們獻畫的目的。相當多的題識是為死去的父母和親人祈禱安寧，還有大量題識是祈禱供養人及其家人的健康和發達。除了這些常見的內容外，有一些題識是為本地祈禱和平與安全的。在此值得注意的是，這類供養人都是高官，幾乎都出自張、曹兩姓——上文已經說過，在幾個世紀的時間內，敦煌的地方官都出自這兩個家族（圖66、67）。彼得魯奇先生還提請大家注意，除了完全符合或基本上符合正統佛教教義的思想和願望外，題識中流露出的想法和希望常常同中國傳統思想或道家思想有關。它們反映出，各種思想已經開始融合，結果是產生了一種奇怪的混合物，這就是如今在中國佔統治地位的宗教和迷信。

〈獻畫的動機

毋庸置疑，向朝聖地獻上畫有佛教神祇和佛教神話場景的畫，這種做法可以上溯到大乘佛教最開始在印度傳播的時期，甚至可能更早。但在印度，由於氣候等不利因素的影響，除了阿旃陀（Ajaṇṭā）山洞和其他幾個不太重要的地點外，這類繪畫都沒有保存下來。很可能，在印度佛教經典或中國朝聖者留下的關於印度的記錄中，曾提到過這類可以攜帶的繪畫，但是我沒有時間尋找這種記載，甚至沒時間確證一下，這類記載究竟是否存在，或是在哪裡出現過。但從和田到吐魯番的中亞地區，有大量考古實物可以證實在朝拜地獻畫的做法，無需求助於詳細的文字記

〈可攜帶的佛教繪畫

載。其中，只需提一下我1900年在丹丹烏里克佛寺的雕像底部發現的彩繪木板（這可能是其起源和性質均可證實的第一件此類中亞遺物），還有格倫威德爾和勒柯克教授在吐魯番遺址挖掘出的絹畫，其類型和題材很像千佛洞發現的大量絹畫。

宋雲關於廟中幢幡的記載 > 　　不論其所用材料和題材如何，這些畫都是用來掛在廟中的。我們在上文提到的宋雲所做的一個有趣的記載就證明了這一點。他提到，西元519年他來到和田之東的一個著名佛寺，在那裡，「懸掛著數以萬計的幢幡和刺繡華蓋（或稱吊簾），半數以上的幢幡都是北魏時期的」。此處我們不必考慮，宋雲所指的幢幡

捐獻品被保存了下來 > 是否一定來自中國。有一點值得注意，他進一步提到，在有漢文題識的幢幡中，許多題識上的日期相當於西元495、501和513年，「我發現，只有一個幢幡的日期是後秦時期的（384～417年）」。由於這位中國旅行家有很高的文物鑑賞力，我們可以相信上述記載的可靠性。由此可知，佛寺常把獻來的畫、刺繡等保存很長時間。敦煌石室中出土的大量繪畫等物，說明這種習俗在這裡也很盛行。西方的寺院從古至今也有類似做法，這總是有助於裝點教堂。熟悉東方或西方朝聖地的人都會明白，除了審美和宗教原因外，這種做法大多有其現實原因。寺院的住持顯然願意對從前的施主表示敬意，因為他不僅得益於施主的布施，還希望借此來吸引新的布施者。

殘缺不全的畫及還願用的「破布」 > 　　正是因為寺院從自身利益出發保存布施物，我們才會在石室中發現兩種奇特的藝術品。第一類是數量極多、殘破不全的絹畫、幢幡頂飾等——早在封入石室之前，它們肯定早已殘破了；另一類是數量同樣很多的各種窄條紡織品，它們無疑曾一度作為特別的捐獻物掛在石窟寺中，這種做法至今在東方仍極為常見。下一章我將討論到這類還願布，在此只需說明一下，這些已成碎片的複雜的拼貼布和裝飾性吊簾充分表明，當地寺院把即便是最普通的捐獻物都精心保存了起來（圖68、69）。

還願用的畫的製作過程 > 　　既然這些繪畫是被朝拜者們當做布施之物捐獻給佛寺的，這無疑會影響到繪畫的性質和製作過程。只有在供養人家道頗豐並特別虔誠的情況下，繪畫才有可能是按供養人的要求，由專門藝人繪製的。這種情況是很少見的。某些藏品中的大畫需要藝術家的大量勞動，所需費用肯定也比較高，還有些較小的畫的

圖68　各種窄條紡織品

圖69　織錦條

精美做工和畫藝表明其出自大藝術家之手，這兩類畫大概屬於上述情況（圖70、71、72）。但是，可以說，大多數繪畫都是為市場而作的，儲存在敦煌以便賣給有意捐畫的朝聖者，或者在特別的節日期間運到千佛洞來當場出售。你只需在朝聖者很多的時節逛一逛巴黎聖穌爾比斯（Saint-Sulpice），教堂附近的畫店、雕塑店，就會發現，那裡也有大量的藝術品出售，東西方之間的這種相似性很能給我們以啟發。

　　這些畫的用途很大地影響了它們的工藝及其相對單調、有限的題材。這個問題雖然很有討論價值，卻太大了，此處篇幅有限，無法述及。但我們一眼可以看出，許多畫有一個奇怪的特徵，這一特徵顯然是其用途造成的。我指的是，大量畫上面或兩側的題榜是空白的，而本來題榜上無疑是該寫上名字或題識的（圖73）。這並不難解釋。題識跟漢字的書法藝術有關，寫題識也就不是畫匠的事了。在多數情況下，由於畫匠作畫不是為了某個雇主而是為了到市場上出售，並不知道畫將賣給誰，所以他自

<畫上的空白
題榜

圖70　絹畫，畫面為毗沙門天王及隨從的神靈鬼

71　絹畫，畫面為觀音

圖72　畫面是佛及星

圖73　絹畫，畫面為毗沙門天王及其眷屬

圖74 絹畫，畫面為地藏菩薩及侍者和供養人

然將題識空著，由未來的買主花錢、費工夫將其填好。而買主也常常不可能為題識去費工夫，尤其是因為，他很可能只是在將朝聖之前或當時才想起要捐點什麼——這也是人類的普遍弱點。富歇先生提到，寫卷中不少本來應該是小畫像的地方也是空白，這也可以佐證為什麼千佛洞畫作中有如此多的空白題榜。更奇怪的是，有些情況下，本該寫上供養人名字和發願文的地方也是空白的（圖74）。可能捐畫者確信，即使不寫發願文，神也知道他們是誰，他們的願望是什麼。

第三節　畫的結構、材料和工藝

圖75　絲綢幡幅及紙幡幅，畫面為菩薩

＜掛在牆上的畫

如果不考慮畫的題材、材料，並且將為數不多的非捐獻品（比如速寫、印花粉印圖、示意圖等）也排除在外的話，根據畫的懸掛方式（這必定會影響到畫的安排和形狀），我們可以將所有畫作分成三大類。第一類畫顯然是要掛在石窟寺的牆上的，這類畫幾乎全畫在絲綢或麻布上，而且尺寸常常很大。我們要注意，在石窟寺中，內廳、過道及大部分前廳牆上都畫了複雜的壁畫，已形成布局很完整的裝飾，無論再用什麼方式掛上畫，都會破壞壁畫的裝飾效果。於是我們想到，這些畫，或其中更大的那些，大概是用來裝點寬大的木製遊廊的——如今一些大石窟寺就有這種木製遊廊（圖31），其修建年代都不太久遠，但很可能在較遠的古代，也曾有過類似的建築。還有一個事實大概可以證明，它們要麼是掛在遊廊上，要麼是掛在僧侶居住區的大廳和前廳中（圖75）。由於石窟內透進來的光線很微弱，人們幾乎無法看清這些畫上複雜的細節部分，更無法體會其高超的藝術價值。

圖76 絹畫，畫面為佛、菩薩及供養人

圖77　麻布畫，畫面為佛、菩薩及供養人

大畫的鑲邊＞　　這類畫只有極少數裱在紙上或布上，似乎平時它們是捲起來存放的，其餘的只是用絲綢或其他紡織品做了邊。邊通常為紫色，無花紋，但有幾幅的邊上繪著或印著植物圖案。有幾幅畫仍保留著可將其懸掛的吊環（圖76、77）。不管最初為什麼沒有把大部分畫裱糊起來，總之，由於主體和鑲邊在長期懸掛過程中被拉長的程度不同，它們在封入石室之前就受了損。由於同樣的原因，大英博物館的工作人員不得不把許多畫的鑲邊取下來，然後才能把畫裱糊在絲綢上並裝框。當然，無論這類掛在牆上的畫用的是什麼材料，它們的背面都沒

圖78　絲綢幢幡，畫面為菩薩　　圖79　絲綢幢幡，畫面為菩薩

有繪畫。這類畫的總數為168件（包括雖然不完整卻仍可辨識的幾件），其中131件畫在絲綢上，26件畫在麻布上，11件畫在紙上。

幢幡的材料＞　　第二類畫是幢幡，其數量在藏品中是最多的。幢幡的樣式顯然
與結構　　表明，它們可以隨意地掛在石窟寺內廳、過道或前廳、遊廊的頂上。幢幡主體為窄矩形，上面幾乎一律畫著單個神祇，神祇頭上一般有華蓋，底下一般有一條長菱形組成的帶子。大多數神祇畫在絲綢上，也有的畫在麻布或紙上。但不論幢幡是何種材料製成，完整幢幡的頂上一律都有三角形頂飾以便懸掛（圖78、79）。

幢幡從頂飾的頂點掛起來，可以在風中飄動、捲起，觀者便會看到幢幡的兩面，因此，幢幡反面也一律畫有與正面一樣的畫。正面神像的姿勢從造像上來講一般是正確的，染色等也比較精細。絲綢幢幡幾乎都用的是透明的紗，在反面繪畫也相當容易，因為從反面可以看到正面的畫，只需將線條描下來，加工一下就行了。顯然，人們是有意用紗來做幢幡的。紗製幢幡還有一個好處：當它們像上文所述那樣掛起來時，不至於太多地影響石窟內的採光，因為我們已說過，石窟寺只能通過窟前的過道、前廳來採光。

圖80　絲綢幢幡，畫面為護法金剛（左）
圖81　絲綢幢幡，畫面為護法金剛（右）

＜三角形的幢幡頂飾

幢幡三角形頂飾的材料一般與幢幡主體相同，不少頂飾上畫著與其空間相適應的裝飾性圖案，也有的頂飾是空白的（圖80）。但有幾件幢幡頂飾上不是彩繪圖案，而是縫了塊刺繡（圖81）或其他手織的華麗紡織品。我們還發現，有些三角形頂飾的鑲邊是精美的織錦條，以用來承受整個幢幡的重量（圖82）。頂飾鑲邊的頂點有一個吊環。

＜飾帶、重垂板

　　沿矩形彩繪幢幡主體的頂部和底部有窄窄的竹片或木條，以便使幢幡舒展開來，如圖83所示，頂部竹片或木條連著三角形頂飾。底部竹片或木條下掛著一長條絲綢、麻布或紙（與幢幡主體材料相同），與幢幡等寬，但縱向分成四條、三條或兩條。有些畫底部的長條上繪著或印著單色的簡單植物圖案。長條的底端繞

在一窄條竹篾上，然後用膠黏在一塊扁平的彩繪木板上。木板可以將幢幡拉直，防止它被風捲起，上面通常畫有植物圖案（圖84）。利用這塊木板還可以很方便地將幢幡捲起來，便於運輸或存放。我本人就曾這樣做過。這無疑說明，幢幡這樣捲起來後保存得極好。矩形頂部的竹（木）條（或說是三角形頂飾的底部）掛著兩條無花紋的長飾帶，與幢幡主體材料相同，但顏色不同。安德魯斯先生告訴我，這兩條飾帶可以自由地飄來飄去，使幢幡顯得有動感，同時又不會損壞畫面，或損害畫面的效果（圖85）。

　　藏品中的幢幡共有約230件（含殘件）。幢幡中絲綢和麻布的比率不及第一類那些大畫高，約有176件絲綢幢幡、47件麻布幢幡，另外9件是紙幢幡。

圖82　絲綢幢幡，畫面為菩薩　　圖83　麻布畫，畫面為菩薩

其他畫和素描＞

　　剩下的第三類畫十分繁雜，包括各種繪畫、素描等，其共同之處在於，它們都無法歸入上面說的那兩類，而且全部是紙畫。其中有一些是表現佛教神祇的小畫或素描，可能是比較寒薄的捐獻品，用來放在神像底部或黏在廟門上，現在也有類似的做法（圖86、87）。某些形如日本長卷軸書畫作品的畫肯定也是捐獻物，其中一幅畫的是佛教地獄場景（圖88），大都分素描也有宗教含義，雖然它們不一定都是捐獻物。還有很多符咒、神秘圖形或曼荼羅（圖89、90）。最後，在一些漢文或藏文寫卷中，

還有小插圖和素描——這類寫卷幾乎都與宗教有關（圖91）。還有一小類是印花粉印圖或速寫，它們數量雖少卻很有趣，因為從中可以看到大畫最初是如何製作的。歸入第三類的紙畫共有100多幅。

此外是一組版畫，同以上三類的工藝均不同。它們是世界上已知的最早的版畫，其中最古的一件是一個雕版印刷的漢文卷子的開頭部分，其年代為西元868年（圖55）。我們發現，在50多件版畫中表現了上述除幢幡外各種畫作的題材。較大的版畫數量不多，其中大部分是單個神像，並常印有漢文或藏文祈禱文，顯然是還願用的（圖92、93）。 ＜版畫

下面再簡略地說一下敦煌繪畫的材料和工藝。我們已經知道的材料有絲綢、麻布和紙，其中絲綢用得最多，絲綢畫、麻布畫、紙畫各佔約62%、14%、24%。所用的絲綢可以明顯地分成兩類。上述第一類 ＜畫中用的絲綢

圖84　絲綢幢幡，畫面為天王　圖85　佛教題材的雕版印刷品

圖86　紙畫，畫面為佛教神祇（人物）

圖87　紙畫，畫面為佛教神祇

圖88 長卷紙畫，畫面是地獄審判場景

掛在牆上的畫中所用的幾乎全是編織細密的素綢，而幢幡中用的絲綢雖也同樣結實、細密，但紋理卻更像紗。上文說過，之所以如此，是因為幢幡是要掛在空中的，所以用透明的材料比較好。麻布則

畫中用的麻＞布

更像質地不盡相同的帆布，織得很緊密，安德魯斯先生說它們像「當代畫家用的未塗底色的帆布」。專家們用顯微鏡觀察了幾件這種帆布似的材料，發現它用亞麻纖維製成，但這並不排除有的布是棉布——大約從漢代起敦煌地區就已使用棉布了。紙畫所用

畫中用的紙＞

的紙張，單憑肉眼和觸覺就

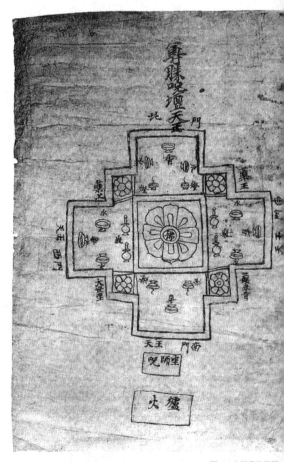

圖89 白描佛教符咒

圖90　白描佛教符咒

可以發現其紋理、顏色等不盡相同，但至今未對它們用顯微鏡分析過。馮·威斯納教授曾用顯微鏡成功地研究了麻布，如果也用這種方法來研究紙畫及千佛洞有紀年的漢文卷子所用的紙，大概可以對紙畫年代的確定有所幫助。

<繪畫工藝

由於多種原因（首先是由於我那德高望重的工作夥伴阿瑟·丘奇爵士的逝世），迄今為止尚無人對絲綢、帆布和顏料做過化學分析。但可以看出，繪畫工藝無疑是中國式的。除了一個特例外，所有的畫都是水彩畫。這幅特例是在帆布上先塗層蠟，再用蛋彩畫成，畫的是精美的多羅女神像。此畫的風格和題材無疑都是吐蕃式的，更證明了上面所說的那個規律。我的同事和我都與原件相隔萬里，無法對原畫進行系統研究，也無法得出詳細的結論。既然如此，我在此很樂意把安德魯斯先生給我的關於這些畫的工藝的一張便條抄錄下來。

<安德魯斯先生論繪畫的工藝

所有的畫用的都是蛋彩水膠顏料，顏料中加入了水和一種黏合劑。主體顏料（如紫色或猩紅色）上薄薄地塗了層透明顏料。織物似乎先要在漿或礬中浸一下，以便顏料能塗得均勻，並防止較薄的顏料流散得過開。

上過漿後，把圖樣轉移到材料上去，其方法或者是用針刺的印花粉印圖樣，或者當所用材料為彩色薄紗時，只需把圖樣放在紗下，將其描下來即可。然後用小號毛筆蘸灰色顏料將輪廓線固定下來。當所用材料為彩色且顏料較淡時，輪廓線有點像細細的墨線；當所用材料顏色較深時，輪廓線顏色則較淺。然後在輪廓

圖91 紙畫，畫面為四大天王

線內薄薄地塗上顏料。

顏料碾成極細的粉末，很有覆蓋力。幾乎所有顏料的主體都是一種十分有效的白顏料，在單獨使用這種白顏料的地方，可以清楚地看到它的精細質地。由於至今尚未對它進行分析研究，所以它的成分尚不得而知。但它純度很高，經過這麼長時間也沒有變色，說明其中大概不含鉛。可能用的是一種質地很細的白色石頭，類似於至今在東方仍用於繪畫的石灰岩。

圖92　佛教題材的雕版印刷品

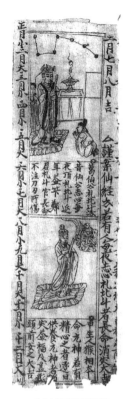

圖93　佛教題材的雕版印刷品

　　顏料主體均勻地塗上去之後，再極為精細地進行暈染，描繪顏色的細微變化。人物的臉頰、指尖、足尖、肌肉、蓮花上的粉色極為精緻，在精美的絹畫中尤其如此。最後用果斷、流暢的毛筆線條畫上輪廓線，許多輪廓線都畫得極好，表明畫家對素描十分熟悉。

　　很可能最後的線條是由技術更高的畫家畫的，因為經常發生這種情況：最後的輪廓線並未完全遵循開始的灰色線條，而是將其進行了改進。灰色線條常常是猶豫不決、軟弱無力的，似乎是新手畫的，而最後的輪廓線則幾乎總是顯得果斷而有力。所用顏料種類很多，其中包括金色，但幾乎每幅畫都顏色和諧，賞心悅目，許多畫色彩均衡，十分精美。

畫受過處理＞　　　最後我要簡單說一下，許多畫本身表明，它們在封入千佛洞石室之前經過了處理。有些畫粗略地修補過，說明它們尚未被用於裝飾洞窟的時候就已遭到了損壞。還有幾幅畫沒畫完，可能香客太急於獻畫了。有幾幅畫底部縫了另一幅畫，上面的確畫著供養人，但根本不是原來那幅畫的供養人，大概是因為信徒比較粗心大意，或者是住持只為了面子上好看，在一幅破畫上打了補丁。還有一些顏料已褪色或已損壞的絹畫，被刮去原畫後重新作畫，或者在舊畫殘片上再畫新畫。

第四節　佛傳故事幢幡

幢幡上場景＞
的排列方式　　　按上文的分類法，第一類畫畫的全部是佛的傳奇生平或與此相關的內容。這類畫不僅在造像和藝術上相當有價值，而且其題材、風格和外部特徵也很有特色。它們共有26件，有的完整，有的不完整。我們一眼就看得出，它們全是窄窄的絲綢幢幡。其中最大的一個長度為25英寸多一點，其餘的不算附件的話，可能都不超過這個長度。它們的寬度也很類似，其變化範圍為$6\frac{3}{8}$～$7\frac{3}{4}$英寸（圖94）。由於幢幡較窄，所以各場景總是從上到下排列。大概由於幢幡的長和寬之間一般有個比例，每幅場景又都需要一定的空間，因而每幅幢幡上畫的場景一般都是4個（圖95），但也有例外。

圖94　絲綢幢幡，畫面為菩薩

圖95　絹畫殘片

各場景之間或是用橫邊隔開（有的有花紋，有的無花紋），或是用風景等來表示場景之間的轉換。場景上常常伴有黃色、土黃色或類似顏色的題榜，多數沿垂直的邊放置（圖96）。但不幸的是，只在少數情況下，供養人才捨得花工夫和錢讓人在題榜中寫上說明文字。當然，大部分場景對當時的信徒們來講是不言自明的，對我們來說也是這樣。但為了解釋某些場景，我們卻需要題識的幫助。所有佛傳幢幡的兩側都用手繪了邊，邊上常常有複雜的植物圖案，也有的沒有圖案。

〈場景間如何隔開以及題榜

圖96　絲綢幢幡，畫面為　圖97　絲綢幢幡，畫面為傳說中的
　　　傳說中的佛傳故事　　　　佛傳故事

這類幢幡不僅題材和外部特徵類似，而且風格也類似。用富歇先生的

〈場景為中國風格

話說，「最值得注意的一點是，這些傳統題材都是用純粹的中國風格處理的。在當地藝術家手中，它們經過了變形，正如基督教傳說在意大利和荷蘭畫家手中經過了變形一樣」。這一規律也適用於畫在阿彌陀佛淨土畫等大畫邊上的佛傳故事或佛本生故事，我們在下文將詳細討論這一點。用賓勇先生的形象說法來講，世俗人物的身材、服裝、運動及畫面的背景（無論其是建築還是風景），「都被畫成了漢族風格」。與此形成鮮明對照的是，在所有幢幡和大畫中，佛和菩薩的身材、服裝都多少遵循著起源於印度並經中亞傳來的佛教藝術傳統。

從多個角度來講這個問題都很有趣，所以它一開始就引起了我們的注意。但大家對此所作的解釋不盡相同。彼得魯奇先生認

〈對中國風格的解釋

為：「在非世俗題材上，外國傳統很容易保留下來。但在表現釋迦牟尼的實際生平時，中國環境要求畫上的形象對中國人來講具有真實感。於是在來自西方的傳說中，中國人加入了自己的觀念。」而賓勇先生卻認為，這一現象的原因大概在於：「這些畫的原型在中國出現時，中國還只有口頭傳播的佛教傳統，那時大乘佛教還不流行，人們對印度造像還不熟悉。佛教在中國最初傳播時，釋迦牟尼本人的形象肯定比後期重要。所以這些幢幡中很可能保留著很古老的繪畫傳統。」

雲岡石窟浮 > 雕中的佛傳

　　我們對中國佛教的早期造像尚缺乏足夠的知識，我本人的知識更是有限，所以我似乎沒有資格對這個重要問題做出判斷。但我覺得，有一些考古學上的事實與這個問題直接有關。首先，我們應當注意到，山西北部雲岡石窟中也有一些引人注目的淺浮雕，雕的是佛祖生平故事，這些佛像的年代約為5世紀中葉，是中國已知的最早佛像。沙畹和彼得魯奇先生已充分指出，佛像的大量特徵無疑受了犍陀羅藝術的影響，剛剛提到的出自雲岡第二窟的那11塊佛傳浮雕中就可以明顯看出希臘化佛教藝術的影子。但同時我們也可以清楚地發現，人物的身材和服裝已經發生了變形，顯然變得更中國化了。為說明這一點，我將特別提到「出遊四門」場景中所畫的悉達多王子和其他地位不及他高的神祇。

雲風石窟中 > 的「出遊四門」

　　我們的佛傳幢幡與雲岡石窟浮雕之間有一個很重要的相似之處，那就是「出遊四門」。這個事件發生在佛決心棄絕塵世之前，是佛教傳統的重要內容。但在迄今為止發現的上百件犍陀羅浮雕中，沒有一件是表現這個故事的。而在雲岡石窟中，我們發現這個故事體現在連續的浮雕之中。我們的幢幡無疑也表現了其中的三個場景，並很有可能把四幅場景都表現了出來（圖97）。而在古代印度，包括犍陀羅藝術在內的所有佛教藝術都把這個故事完全忽略了。這種差別必定說明了什麼問題，並且有可能揭示各種藝術源泉對千佛洞繪畫的不同影響，但這個題目只能留給後來人解決了。

神像遵循的 > 造像傳統

　　第二點要提請人們注意的是，佛傳幢幡「變形」成了中國風格，這並不適用於另一些人物，他們並未介入喬答摩王子成佛之前的真實生平中。他們的形體和服裝是由犍陀羅造像藝術確定下來的，在佛傳幢幡中以及其他畫作中都得到了完整保留，圖97能

清楚地說明這一點。畫家在同一幅幢幡中明顯地劃分兩種風格，這似乎表明，半世俗的人物之所以在中國發生了變形，是由中國人的真實觀造成的。

　　第三點注意事項與考古學有直接關係，這就是佛傳場景中所有世俗人物（包括成正覺之前的喬答摩）的服裝。他們的服裝顯然並非是當時的服裝式樣，因為不論是頭飾還是袍子都明顯不同於其他畫中男女供養人的服裝。由此我們可以得出這樣的結論：佛傳幢幡中所畫的服裝是屬於晚唐之前的古代服裝，而我們的畫作中有紀年的最早的畫就出自晚唐。 <世俗人物穿的古代服裝

　　還有一個事實可以證實上面的這個結論：佛傳幢幡中的服裝與早期繪畫或雕像中的服裝很接近。我們已經說過，佛傳幢幡中大臣和其他顯要人物頭上戴的高高的錐形頭飾（指幞頭——譯者），與龍門石窟中北魏的大臣很接近（這些浮雕的年代為7世紀中葉），袍子也是如此。有趣的是，大繡像中（圖59），供養人的頭飾與佛傳幢幡中畫的大多數男子的頭飾是一樣的，女供養人的頭飾也與幢幡中的女子很接近。有很多事實表明，這幅繡像比千佛洞其他藏品的年代都要早。 <人物的古代頭飾

　　最後我要說一下，把幢幡背景中的事物與實際保存下來的文物比較之後，人們得出了什麼考古學結論。彼得魯奇先生已經指出，大量佛傳幢幡是以建築物為背景的，這些建築的風格（圖95）與日本奈良風格極為相似，奈良風格與元明天皇遷都奈良有關（這位天皇的在位時間為742～748年）。彼得魯奇先生還指出，「悉達多王子在迦毗羅衛的生活」及「睡眠的婦女」場景中所畫的樂器，正是虔誠信佛的元明天皇捐贈給奈良正倉院的大量珍寶中的樂器——這些珍寶被保存至今，成了「世界上獨一無二的私人博物館」。我還要請大家注意圖97中宮牆和門柱上的裝飾圖案，這種圖案顯然起源於犍陀羅藝術。宮門上還有一個獸頭形狀的門把手，它一方面使人想起一件漢代浮雕中門上的裝飾，另一方面又使人想起在約特干的陶瓦罐上十分常見的怪異的雕鏤作品（圖98、99）。 <從「物品」中得到的啟示

　　許多佛傳幢幡的背景是風景，其式樣和布局完全是中國式的，這也是這些幢幡藝術最吸引人的特徵。在很有限的畫幅內，風景給 <幢幡裡的中國風景

人以空間廣大遼闊、山形變化多姿的印象，並精緻、真實地刻畫出了由於大氣的影響而產生的色彩變化。這些高超的技藝都顯示出，風景畫在中國有很多大家，並且有源遠流長的傳統。要想充分欣賞到這些風景畫，要看比例更大的照片才行（圖96、100）。

圖98　陶塑

圖99　陶塑

布局和處理 >
上的多樣性

雖然所有的佛傳幢幡都純粹是中國風格，它們的布局和處理方法卻很多樣。我們自然想到，由於佛傳場景（不論其最初起源如何）在中國發生了變形，藝術家不必太拘泥於造像儀軌，這

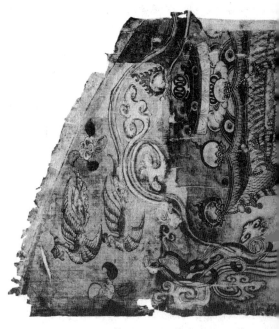

圖100　絹畫殘片，畫面是佛傳故事

就造成了（或至少促進了）布局和處理方式的多樣性。進一步觀察後我們會發現，佛傳幢幡可以分成幾類，這更加有利於我們考察它們的多樣性。之所以能將幢幡分類，是因為，即使只是表現釋迦牟尼俗世生活中那些最為人所熟知、最重要的場景，也需要不止一個幢幡。既然一個幢幡中只能表現小部分佛傳，人們自然會使用一組或至少一對幢幡。

　　在我們的藏品中，最大的一組佛傳幢幡包括五件作品，它們不僅大體風格一致，而且大小、組裝方式也相同，這證明它們屬於同一系列。另外一組幢幡與上一組一樣，題材和色彩也很有限，但筆法不如上一組真實、有活力。第三組有三個幢幡，其筆法都粗疏而草率，但它們也有特別的價值，因為其中所畫場景的內容迄今為止尚無法確定。第四組的共同特點是筆法雖然不是很精細，但卻很有表現力，色彩豐富、和諧，運動場面畫得真實而生動。

＜成組的幢幡

　　在成對的幢幡中，圖95、101是一對在藝術上最完美，保存得也最好的幢幡。其筆法既精細又有活力，色彩強烈而清晰。背景中的風景畫得很有技巧，給人一種遼遠、開闊的感覺。另一對幢幡雖然色彩沒有這麼精緻，但人物畫得生動而有表現力，風景也畫得很有魅力，圖96為其中之一。只有幾個幢幡是沒有配套作品的，其中的一個幢幡，人物的著色十分精細，風景中的色彩沉靜而和諧。

＜成對的幢幡

　　說過了幢幡的風格和分組之後，我們來看一下它們的題材。我無力系統地論述這些題材同印度、中亞、遠東繪畫或雕像上的同樣題材有何關係，也無力對照一下不同時期、不同流派的佛教經典中所記錄的釋迦牟尼的生平。下面我只是把場景歸一下類，並概述一下它們內容上的特徵。

＜幢幡中的題材

　　首先我們應該注意到這樣一個事實：不論其所選的場景是什麼，佛傳幢幡總是把各場景按照時間先後排列，這與犍陀羅浮雕中的做法一樣。根據幢幡的形狀和懸掛方式，一般越到幢幡底部，場景的時間越靠後，但也有例外。當用一組幢幡來表現一系列場景時，很可能也遵循著時間先後順序。但我們無法得知每組幢幡是從左向右還是從右向左排列的。

＜場景的順序

　　在分析佛傳幢幡的題材時，我們首先會注意到一個有趣的現象。佛的俗世生活是從乘象入胎開始，到樹下成正覺結束的。全部佛傳幢幡共有約73個場景（有的完整，有的不完整，其中10個內容尚未確定），只有4幅是在佛的俗世生活之外的。就是說，絕大部分場景畫的是從佛出生到其成佛之間的事。只需看一下犍陀羅雕像中這類場景與佛後來宣揚佛法的場景之間的比例，就會

＜喬答摩的世俗生活場景佔多數

看出，佛傳幢幡與犍陀羅浮雕之間存在著明顯差別。我們似乎可以得出這樣的結論：對當地的中國信徒們來講，描繪釋迦牟尼個人生活的故事，比他後來成佛和宣揚佛法的故事更真實。

有的場景在>
犍陀羅浮雕中
未出現過

還有一個有趣的現象：佛傳幢幡中有很多場景在犍陀羅浮雕中也很常見，但另有一些場景雖然見於佛教經典中，卻沒有在犍陀歲浮雕中得到表現。下文對各場景的詳細描述表明，16種場景也見於犍陀羅雕像藝術中，但有17種場景迄今為止在希臘化佛教雕像藝術中還沒有出現過。兩種場景的數目也比較接近，分別是30個和33個，這在一定程度上可以說明中國人對兩類場景的喜歡程度。

要想解釋為什麼有些場景在犍陀羅浮雕中沒有出現，卻出現在幢幡中，我們必須研究一下中國佛典，以及印度、爪哇、印度支那等遠東地區（包括犍陀羅藝術在內）的早期佛教造像。在此我想指出兩點。第一點，至少到目前為止，犍陀羅繪畫藝術沒有留下任何遺物，而把它們與幢幡相對照，本來會給我們更多的啟示。第二點，各場景不論造像起源如何，都是純粹的中國風格，這也可以解釋為什麼藝術家不拘泥於犍陀羅模式而自由地選取廣泛的題材。下面我們來看一下各個場景，從中可以很容易地看出，它們在什麼地方與犍陀羅藝術相符，在什麼地方有明顯差別。富歇先生在其經典著作中把各場景按時間先後排了序，這種排序法對本書來講也是再合適不過的。

燃燈佛本生>
和摩耶之夢

犍陀羅浮雕中，佛本生故事（即佛的前生）場景數量不多，在我們的幢幡中也只有一個場景，即圖95最上面的場景。它畫的是未來的佛祖向燃燈佛致意，燃燈佛預言他將來的偉大成就。這是犍陀羅雕塑家們最喜歡的題材，但他們將其處理得更加複雜。再往下就是喬答摩乘象入胎，共有3幅。這個場景在印度早期雕像及希臘化佛教雕像中都很常見。在希臘化佛教雕像中，摩耶總是向左臥，這個姿勢與佛傳是符合的，佛傳中講，未來的佛從她右臀入身體，在那裡還可以看見光線。但在這個幢幡中，摩耶是向右臥的，這一差異很有趣，因為巴爾護、山奇和波羅一波多爾最早的乘象入胎場景中，摩耶也是這種姿勢。不知道這表示幢幡是在模仿犍陀羅藝術之前的印度佛教雕像，還是該把這種非正統的方式歸於藝術家的粗心大意。幢幡中還有一點值得注意：嬰兒

狀的佛祖所騎的白象出現在雲端，表示這是個幻象。這與佛典原文完全相符——在佛典中，乘象入胎不是一件真事而只是摩耶做的一個夢。

據我們所知，犍陀羅雕像中沒有這個場景，佛典中也沒有相關文字。其配套幢幡最上面的場景也是如此（圖101），畫的是摩耶以與「乘象入胎」中同樣的姿勢躺在同樣的一個亭子中，但左邊有三個人物跪在亭子外的雲上，呈朝拜的姿勢。這三個人穿著佛傳幢幡中常見的漢族服裝，但沒有光環。對這個場景尚無確定的解釋，但它大概與「釋夢」場景有關——犍陀羅浮雕中常雕有釋夢場景，但「釋夢」場

<王子出生之前

圖101 絲綢幢幡，畫面為傳說中的佛傳故事

圖102 絲綢幢幡，畫面為傳說中的佛傳故事

景在我們的幢幡中別處沒出現過。這個場景下面又是個犍陀羅藝術中沒出現過的場景，但它的內容卻很明確，畫的是摩耶在去藍毗尼園的路上。摩耶坐在轎子中，四個轎夫迅疾的運動被很好地表現了出來。

再向下就是喬答摩的出生，這也是所有時期、所有流派的佛教藝術中的常見題材。嬰兒從摩耶的右肋生出，摩耶抓住一根樹幹，這都與正統佛典相符。但印度傳統要求的是由群神給嬰兒接生，而圖101中幫助摩耶生產的卻只有她的侍女，而且摩耶的大袖子巧妙地遮住了出生過程。從這些方面都可以看出中國人的羞

<「樹下出生」「七步生蓮」「九龍灌頂」

恥觀。圖101最後面的是「七步生蓮」的場景，蓮花從嬰兒腳下
生出，畫得很有生氣。「七步生蓮」在另一幅幢幡中出現過（圖
102），在「樹下出生」之後緊接著畫「七步生蓮」，這與犍陀
羅雕塑家們的做法是一致的。但有的佛教經典是這種順序，有的
則把「九龍灌頂」插在這兩個事件之間。佛教經典的不確定性恰
好可以解釋為什麼幢幡中場景的順序有所不同。圖101、102中兩
個「樹下出生」場景的共同之處在於，只有婦女目睹了佛出生的
場面，九龍灌頂意即讓龍（或稱雨神）來給新出生的佛祖洗浴。

　　遵照富歇先生的做法，在繼續向下進行之前，我們應該提一
下圖103，其中畫的是幾個與佛同時出生的人和動物。它自然該
與「樹下出生」場
景排列在一起。這個
幢幡是不完整的，在
7個與佛同時出生的
人和動物中只畫了3
個：羊羔、牛犢、馬
駒，以及它們的母
親，都畫得很高明。
所畫的馬駒就是佛未
來的坐騎犍陟迦，我
們馬上就會看到，它
是佛傳幢幡中一個反
復出現的形象。犍陀
羅雕塑中也把犍陟迦
畫成是與佛同時出生
的。

「七政寶」＞　　　圖101、104畫的
是「七政寶」，它們
雖不屬於佛傳，但
也應設在此順便提一
下。根據佛典，每個
轉輪王都有七政寶，
佛教傳統從早期起就
認為，佛也應該有七

圖103　絹畫殘片，畫面是佛傳故事（左）
圖104　絲綢幢幡，畫面為傳說中的佛傳故事（右）

玫寶。七政寶中五個是與佛同時出生的，即未來的妻子（耶輸陀羅）、大臣、將軍、馬、象，圖101中畫有這五寶，他們的形體和服裝與其他場景中一樣。值得注意的是，七政寶雖然見於古代印度雕像中，卻沒有在犍陀羅浮雕中出現過。

幢幡中有許多場景是描繪悉達多王子的童年、青年時期的。圖95畫的是悉達多青年時經歷的一系列訓練，這些場景在犍陀羅雕塑中很常見，並嚴格遵循著印度佛典中的順序。最上面畫的是「寫字較技」，與犍陀羅浮雕中常畫的「學校裡的較技」類似。再向下畫的是體力訓練，其中一個是摔跤較技，一個是舉重較技。最下面畫的是年輕的王子把他的堂弟調達（Devadatta）所惡意殺死的象擲出去。最後這一個場景表明，雖然犍陀羅藝術中常在體力較技之後畫王子訂婚，但中國繪畫中卻並非如此。 ＜喬答摩的童年、青年

再往下就是喬答摩由菩薩變成佛的那段時期。根據佛典，有兩個外部原因促使他意識到自己的宗教使命。一個是他在父親的鄉間別墅第一次入定；另一個是「出遊四門」，使他親眼目睹到了人世間的三種惡（老、病、死），以及擺脫它們的辦法。犍陀羅雕塑大量表現了第一次入定。但儘管出遊四門很適合用雕塑來表現，卻被犍陀羅藝術完全忽略。而在幢幡和雲岡石窟浮雕中，這種情況恰好顛倒了過來。這一事實很引人注意，似乎更說明，幢幡場景從造像上來講並非起源於犍陀羅藝術。 ＜沒有畫「初次入定」的場景

在圖95中，王子的三次所遇畫在了一個場景之中，上面生動地畫著被攙扶的老人、臥榻上的病人和僵硬的死屍。從死屍身上颳起一朵雲，雲上跪著一個人物小像，顯然表示死者的靈魂正離體而去。人物小像面朝坐落在遠處雲上的一個王宮般的建築，這個建築代表的是死後的天堂。這個場景中沒有畫喬答摩，也沒有畫苦行僧，這一點也不足為奇。因為在佛教經典中，苦行僧代表的是擺脫俗世的方法，但在中國人的眼裡，他已被天堂的幻象所取代，在天堂中人們可以繼續享受塵世的幸福。我們的大絹畫表明，在虔誠的敦煌人眼中，對極樂世界（阿彌陀佛淨土）的嚮往已完全取代了對涅槃的嚮往。 ＜「出遊四門」

在佛教傳統中，「睡眠的婦女」與喬答摩決心棄絕塵世聯繫在一起，這之後他才「逾城出家」。犍陀羅雕塑家常把這兩個內 ＜「逾城出家」

容分開來，而在中國這兩個內容被融合在了一起。

告別犍陟迦 >
和落髮為僧

　　王子逾城後的場景明顯分成兩組。第一組是有關喬答摩本人和他的同伴的。另一組則發生在他的父親淨飯王的宮中，是關於淨飯王命人尋找王子的。只有第一組也出現在犍陀羅雕像中，所以我們先來看這一組。最先發生的是王子告別車匿和犍陟迦。顯然這一場景也最能打動信徒，因為在幢幡中，它出現了不止四次。在這個場景中，喬答摩仍穿著王子的服裝。圖96中，犍陟迦跪在王子面前，其姿勢尤為感人。「告別犍陟迦」後便是「落髮為僧」，其中畫著兩個神人將要為王子剃髮，這是中國化的佛傳中才有的內容。

尋找王子 >

　　王子逾城後迦毗羅衛宮中的婦女和士兵被帶到淨飯王面前盤問——正因為他們睡著了，所以王子才能不為人知地逾城出家（圖96）。據佛典記載，淨飯王一發現王子出走，馬上命人尋找他，勸他回來，不要放棄塵世生活。國王的使者四處尋找王子，最後無功而返，向淨飯王報告（圖97）。

成正覺後的 >
場景

　　我已說過，表現喬答摩成正覺之後的場景極少，表現那些直接導致他成佛的事件的場景同樣也很少。但在圖96中有所體現。該圖最底部畫的是喬答摩在尼連禪河中洗浴，人們很熟悉這一事件，但犍陀羅藝術中未表現過它。洗浴之後，佛才來到了他最終成正覺的地方。成正覺這件大事（其標誌是佛施觸地印）是印度各時期佛教思想的核心，卻未出現在我們的幢幡中。但似乎是為了彌補這件大事留下的空白，我們的幢幡中出現了五弟子宣布佛成正覺的畫面，其中生動地再現了佛的五個弟子（圖105上部）。這個幢幡未遵循時

圖105　絲綢幢幡，畫面為佛傳故

間順序，所以，苦行的佛下面的那一對鹿肯定畫的是貝那勒斯
（Benares）鹿野苑初轉法輪。

第五節　佛和菩薩

圖106　紙畫，畫面為佛傳神祇

在畫有單個神祇的絹畫造像中，第一類是佛像。這類畫數目較少，這不足為奇，因為我們知道，所有時期、所有國家的大乘佛教都把注意力轉向佛以外的地方。另一方面，有趣的是，在佛像中，人物的身材、姿勢、服裝都嚴格遵循著原來的印度造像儀軌，其程度超過絹畫中的任何其他

＜佛像為印度風格

中，千佛洞的壁畫也是如此。看起來似乎是，不論在中亞還是在中國，人們一方面更加被佛以外的更有人情味的神所吸引，另一方面，在處理到佛教信仰的最高人物時，出於敬意都相當保守。這個題目太大了，在此只能淺嘗輒止。但我至少要請人們注意，佛的服裝幾乎與犍陀羅佛像完全一致（圖106）。

　　而且，由於佛的姿勢大都為施論辯印，所以更難確定究竟畫的是什麼佛（見圖107）。如果不算畫有佛和其他天宮神祇的絹畫的話，除了一個例外情況，所有的佛像上都只畫有佛一個人（圖108、109）。這個例外是一幅絹畫，它本來是按照掛畫方式裱糊的，漢文題識中的日期相當於西元897年。上面畫的是熾盛光佛（Tejahprabha）坐在兩頭牛拉的車上，周圍簇擁著五大行星之神。這幅畫不僅筆法精細，色彩豐富，而且題材也很有價值，因為，千佛洞最大、最精美的一幅壁畫中畫的就是這個題材，畫

＜不同的佛

＜乘車的熾盛光佛

圖107　紙畫，畫面為佛傳神祇

作技藝高超、充滿動感（圖110、111）。至於對這兩幅畫進行詳細解釋和對照的工作，則只能留給專家了。

<菩薩像居多

有一個事實能極好地說明菩薩在遠東大乘佛教中所佔的重要地位，那就是：在千佛洞繪畫中，約有半數以上畫的是菩薩（有的是單個菩薩，有的還畫著隨從的神祇）。雖然菩薩像數目很多，其造像類型卻不多。我們知道，在大乘佛教的發源地印度北部，儘管從理論上來講有諸多不同的菩薩，但只有少數幾個菩薩在人們心目中繫下了

圖108　絲綢幢幡，畫面為佛傳神祇

圖109　麻布幢幡，畫面為佛

根。即便這幾個菩薩，在繪畫和雕像中也只是以不同法器區別開來。我們發現，千佛洞菩薩像也是如此。

雖然菩薩像的造像類型不如其數目那麼繁多，我們卻在兩個　<不同風格和方面得到了補償。首先，這些菩薩像的風格、處理方法都不盡　處理方式相同，使我們能清晰地辨別出來自印度、中國、中亞以及西藏的影響，正是這些不同影響匯合成了敦煌的佛教藝術。另一方面，

除了大量模式化作品外，還有相當數量的作品很有個性和藝術價值，尤其是一些大觀音像（觀音是最受歡迎的菩薩）。此外，絲綢畫、麻布畫、紙畫中都有菩薩像，也使這一大類畫工藝上比較多樣。

圖110　千佛洞Ch. VIII洞窟甬道南壁壁畫

菩薩像的分類　　首先我們將把數量眾多、畫有單個菩薩的幢幡分一下類（有一些菩薩的身份迄今為止尚不明確），並由此考察一下菩薩像的不同風格。然後我們再討論幢幡以外的菩薩像。在這類畫像中，先來說觀音像之外的、菩薩身份明確的畫像，這類畫數目不多。由於古代敦煌居民極為崇拜觀音，觀音像數目很多，所以我們要把觀音像單分出來討論。這類畫可以按觀音的不同面貌分類（比如人形、四臂、六臂等）。在依次描述這些觀音像時，我們還將提及伴有不同數目眷屬的觀音像——這類畫的布局都很規則，彼得魯奇先生按照日本的說法，把它們稱為觀音曼荼羅。

尼泊爾風格的菩薩幢幡　　在畫有單個菩薩的幢幡中，能清晰地看出不同風格對敦煌佛教繪畫的不同影響。第一類數量不多卻特色鮮明，圖112～115是一組純粹印度風格的菩薩，做工也極為相似。它們出自同一個倉裏，大小幾乎一樣，可見肯定是一套作品。它們在畫面布局、人物服裝、飾物等方面十分接近於11世紀兩個尼泊爾卷子中的小菩薩插圖——富歇先生在一篇寫得很好的論文中討論了這些插圖的造像風格。看一下洛里默小姐在文物目錄中詳細描述的這些幢幡的共同特徵就會知道，它們受到了流行於印度恆河平原的晚期佛教繪畫藝術的直接影響，而這種畫風在尼泊爾相當程度地保留了下來。很可能這一畫風是從南面經西藏直接傳到敦煌的。

111　千佛洞Ch. VIII洞窟甬道南壁蛋彩壁畫，展示跟有行星占卜者陪從人員的佛車部分場景

圖112　絲綢幡幅，畫面為佛傳神祇　　　　　　　　圖113　絲綢幡幅，畫面為佛傳神祇

圖114 絲綢幢幡，畫面為佛傳神祇

圖115 絲綢幢幡，畫面為佛傳神祇

印度風格的＞
菩薩幢幡

下面要說的這類菩薩像比前一類要大，畫法也比較多樣，人物的姿勢、身材、服裝、著色較嚴格地遵循著印度儀軌，這一類可稱為「印度式」菩薩像。我們發現，這種風格在絲綢幢幡中有很多，麻布幢幡中更多，紙幢幡中則只有一個可歸入此類。人物為立姿，細腰，身體通常在臀部彎曲；上身赤裸，佩戴著大量飾物，披一條窄披巾；下身裙摺的處理方式與犍陀羅雕塑很相近。所繪人物不同，其膚色也不同，這也是印度造像

圖116　絲綢幢幡，畫面為佛傳神祇　圖117　絲綢幢幡，畫面為佛傳神祇

的典型特徵。已有確鑿證據表明，中亞佛教藝術中重現了印度原型，敦煌極有可能經中亞接受了印度的影響。由於篇幅所限，我就不討論相關的證據了。關於這一類型的詳細特徵及其變體，參照下文洛里默小姐的描述。

中、印混合＞
風格

只要看一下圖116～119即可知道，雖然印度風格的畫在造像上很引人注意，其布局和著色上的藝術性卻遠遜於中國風格幢幡中的優秀作品，後者在數量上也遠多於前者。這兩種風格的幢幡主要產自當地，這一點似乎沒什麼疑問，因為大量幢幡（其中

有些分明是同時製作的一套或一系列）中混合了這兩種風格。我還要提一下，有的成卷的絲綢上畫有菩薩像，大多為印度風格，一般只描了輪廓線。這些絲綢雖然稱不上是幢幡，但很可能也是用來掛在洞窟中的。

在此我們不必描述中國類型不同於印度類型、混合類型的詳細特徵，這些特徵都可見於 「文物目錄」中的代表作品之下，圖83、121比任何文字更能生動地表現出它們的特

＜中國風格菩薩幢幡

圖118 麻布畫，畫面為佛及菩薩　　圖119 麻布畫，畫面為佛及菩薩

點，以及為什麼稱它們為中國風格。儘管在人物的身材、服裝、珠寶飾物、某些法器和附件上仍能看出原來印度傳統的影響，但它們在整體風格和藝術處理方式上都是純粹的中國風格。幢幡表明，中國風格菩薩像的畫法已臻於成熟。正如洛里默小姐在一段筆記中所正確指出的：「所有中國風格的幢幡在人物身材、服裝、珠寶、華蓋等方面均相似，只在細節上有不同之處。題材和處理方式已定型，所以，從藝術想像力上來講，這些幢幡顯得有些單調、無生氣，但就外部特徵來說，它們是優雅而莊嚴的。尤其是在人物衣紋的處理上，充分體現出中國畫家對線條的把握。」

圖120　絹畫殘片，畫面為菩薩

辨認幢幡中＞
菩薩的身份

　　正是由於其模式化的風格，使我們很難確定每個幢幡中畫的究竟是哪位菩薩。騎獅的文殊、騎象的普賢、呈沙門相的地藏比較容易識別。除此之外，能夠憑法器或題識加以區別的菩薩數量極少。即便題榜中有題識，有時對我們也幫助不大，但「無畏菩薩」或「雙手合十菩薩」很可能指的是觀音。非幢幡的菩薩像大多數是觀音，由此大概可以推斷出，幢幡中大部分身份未明的菩薩也很可能畫的是這位大慈大悲的觀世音。

藝術價值較＞
高的菩薩幢幡

　　關於菩薩的披巾、手姿或其所持的香爐、玻璃罐究竟有何含義，我只能留待專家們將來解決。在此我只想提一下那些由於藝術性等原因而顯得與眾不同的幢幡。圖78就是具有中國風格幢幡的典型作品，它保留著所有的附件，色彩依舊清晰。其中有一幅幢幡（圖94）保存得極好，做工十分精湛，它的與眾不同之處在於菩薩的姿勢是走離觀者。有的幢幡十分引人注意，所畫的人物既處在急速的運動之中又不失莊重，服裝上的色彩很絢麗，並且五官明顯不是中國人的五官。「無畏菩薩」像色彩也很鮮艷，線條精緻而優雅。許多的工藝在模式化作品中是無可挑剔的，著色也十分和諧。其中有一幅（圖122）特別值得注意，因為它很有裝飾性效果，人物的表情也很個性化。除了很有特點的幢幡外，還有一些幢幡與藏品中的其他幢幡一模一樣，這是不足為奇的。

西藏風格的＞
菩薩像

　　幢幡之外的菩薩像絕大多數畫的是觀音（有的只畫著觀音，有的還畫著眷屬），還有極少數畫著其他菩薩（也是既有單獨出

圖121　絹畫殘片，畫面為菩薩　　圖122　大絹畫殘片，畫面為菩薩

現的，也有帶眷屬的）。但在討論這些畫之前，我先要談一下四幅很與眾不同的畫（其中兩個是殘件），它們是藏品中僅有的西藏風格作品。這些畫很難歸入其他類別，而且其中一幅畫的不是菩薩，而是女神多羅。其中有一幅是完整的麻布畫，其顏料以膠畫法塗在一層白色蠟狀物上。它體現了成熟的西藏風格，大概是現存最早的西藏風格畫。畫中間是多羅女神坐在漂浮於水中的蓮花上，周圍環繞著8個小多羅像，小多羅像之間分散著一些遇難和脫險的場景。前景中畫著一個引人注目的鬼怪騎在馬上。還有一幅純粹西藏風格的畫是大畫，在編織緊密的麻布上畫著觀音，觀音像外套著層矩形框，框中圓滿了小菩薩像和法器。此外尚存兩幅大紙畫殘件，以純粹的西藏風格畫成，其中之一大概是個密教神祇曼荼羅，另一個上只剩下一些坐姿菩薩像。

　　所畫菩薩不是觀音的面數量較少，所以我們先來說它們。文殊騎獅像（圖123）風格與幢幡中一樣。紙畫出現的還有金剛手

<觀音像以外的菩薩像

圖123　紙畫，文殊騎獅像

和日光菩薩，日光菩
薩還頻繁地出現在下
文將談到的**觀音曼荼**○
羅中，其標誌是太陽
鳥。有一組為數不多
的紙畫上是狀如菩薩
的神騎在鳳凰、孔雀
或牦牛上，其身份尚
未確定。

圖124　絹畫，地藏菩薩坐像

　　但無論從造像還 ＜地藏像
是從藝術價值上來
講，遠為重要的是地
藏像——在遠東的佛
教萬神殿諸菩薩中，
以受歡迎程度來講，
大概只有地藏能同觀
音相比。地藏是八大
菩薩之一。他通過無
數化身來拯救生靈，
他因能戰勝地獄而受
到尊敬。他一手持錫
杖，敲開地獄之門，
一手持水晶珠，照亮地獄的黑暗。作為旅行者保護神的地藏，手
持錫杖、水晶珠，戴頭巾，畫得相當有魅力（圖124）。還有一
幅大絹畫的是作為六道之主的地藏，地藏呈坐姿，穿僧侶的服
裝，從他身上升出六朵雲，雲上畫著象徵神道、人道、畜生道等
的形象。另一幅絹畫上有題識，題識中的日期為西元963年，畫
的也是六道之主地藏像，但其服裝與作為「旅行者保護神」的地
藏像一樣，還有兩個跪姿的隨侍菩薩（圖125）。

　　另一類「地藏曼荼羅」把他畫成地獄靈魂的保護神，周圍環 ＜地藏曼荼羅
繞著地獄十王，還有其他隨從——彼得魯奇先生詳細論述了這
類畫的造像特徵。地獄十王、其他隨從、地獄審判場景、畫底下

○參見本節下文。——原注

圖125　絹畫，地藏菩薩及傳者和供養人像

的供養人像都完全是中國風格，地藏本人的服裝則與作為「旅行者保護神」的地藏一樣。一幅奇特的紙卷軸似乎也應該歸入這一類，其中用生動的線條畫著佛教地獄中的審判、懲罰場面。穿僧袍的地藏出現在紙卷軸的最後，接引被惡鬼追趕的地獄靈魂。最後，兩幅絹畫的地藏曼荼羅中，把他作為「六道之主」和「地獄之主」的兩種身份融合在了一起，後一幅畫的色彩十分精美，給人很深的印象。

<觀音像的分類

　　慈悲菩薩觀世音在敦煌佛教萬神殿中的地位，正如他在當代中國、日本佛教信仰中的地位一樣重要。之所以這麼說，是因為在千佛洞繪畫中，觀音像足有99件，這還不算很可能畫的也是觀音的大量幢幡。似乎可以按照觀音的不同面貌（或是獨自出現，或伴有隨從）將這一大組畫分類。當然，這些畫在風格上也有明顯差別，但在複雜的觀音曼荼羅中（即畫有眷屬的畫中），風格上的差別不像觀音面貌上的差別那樣明顯。按照從簡單到複雜的通常做法，我們將從人形觀音開始，到四臂、六臂、八臂、千臂觀音（至少理論上有千臂），及相應的多頭觀音。

<印度風格的人形觀音

　　沒有帶從者的人形觀音既有立姿的，也有坐姿的，常持蓮花或甘露瓶，頭飾前面常有阿彌陀佛像，這都是印度造像中的常見標誌，此外，由於遠東地區的一個佛教傳說（下文將說到它），垂柳枝也成了觀音的特殊標誌。在觀音像中，既有印度風格，也有中國風格。印度風格觀音像中構圖十分優雅、精美。其中（圖126）絹畫畫的是坐姿觀音。大多數麻布觀音像和紙觀音像都有印度菩薩特徵，中國風格觀音像數目不多，其中一幅大絹面的藝術性很高，觀音畫得很有個性，這主要是因為，雖然其姿勢和服裝為印度風格，臉卻畫得很年輕。

<混合風格觀音

<坐在柳樹下的觀音

　　一些繪有立姿觀音的絹畫和麻布畫也混合了印度和中國風格，畫藝都很高超。其中有兩幅與眾不同的畫中把中國風格和印度式服裝、飾物混合在一起，在這兩幅畫中，觀音坐在水邊岸上的垂柳樹下，手持垂柳枝。其中一幅是布局和做工都很精美的紙畫（圖75）這兩幅畫在造像上特別有價值，因為，據說是一個宋朝皇帝在夢中看見了水邊觀音，並命人把他的夢畫了下來，但無疑，這個題材的年代要更早。

帶從者的人>
形觀音

下面我們來說帶著從者的人形觀音像。其中首先應當提到的是兩幅引路觀音像，觀音或立或行，被導引的靈魂都畫成中國女子，跟在觀音後面。其中一幅完全是中國風格，布局極為精美，色彩和諧、柔美。畫面上方的雲朵上是天宮，觀音將要把她的信徒引到那裡去（圖71）。另一幅中觀音穿印度菩薩服裝，手持幢幡，頂上也畫有天宮，但畫得比較粗略。這幅畫雖然做工比較精細，但似乎是前一件的翻版，水準也次於前一件。這兩幅畫都是以掛畫方式裱糊的。還有一個自成一類的絹畫，題識日期為西元963年，畫的是一尊印度風格的觀音立在橢圓形背光內，背光外分布著一些災難場面（下文

圖126　絹畫，觀音像

要說的曼荼羅中也有這種場面），大慈大悲的觀音菩薩將把她的信徒們從這些災難中拯救出來。

觀音的從者>

上一段中說的觀音像中，其身材、姿勢、服裝都反映了印度傳統，觀音旁邊是不同身份、不同數目的隨從神祇。許多圖畫中都畫有隨侍的菩薩，有的圖畫中還出現了天王（有時與菩薩同時出現）。在上述最後一幅畫中還畫著兩個年輕的人物，他們可能與善惡童子有關。在另一幅畫中則把善惡童子畫成兩個年輕男子，分立於觀音兩側，並有題識說明了他們的身份。還有一幅畫中的觀音兩邊也站著兩個男子，戴著奇怪的頭飾，大概也是善惡童子。

　　四臂觀音數量較少，除一個外，其餘的上兩手均托日月輪，<四臂觀音像
我們發現日月輪及日月菩薩經常與觀音聯繫在一起。一幅絹畫
中的觀音各方面均遵循著印度儀軌，而兩個年輕的侍者（可能也
是善惡童子）以及畫面四周觀音救苦救難的場面則完全是中國風
格（圖64）。畫在紙上的四臂觀音像有三幅，其中最後一幅紙畫
上，觀音四周環繞著其他菩薩和四臂小神。

　　六臂觀音像數量極多，大多數六臂觀音為坐姿，其身材、姿<六臂觀音像

勢、服裝為印度風格。按照頭
的數目可以將六臂觀音像分成
幾類。大量六臂觀音只有一個
頭，其中大多數上兩手分別托
日月輪，其餘的手或持法器，
或施手印。除了一個例外，所
有的六臂觀音絹畫都畫著不
同數目的從者，包括菩薩、天
王、功德天、婆藪仙等（有一
幅圖災難場面取代了從者）；
在幾幅麻布畫或紙畫中，還出
現了上文提到的善惡童子。還
有一幅圖比較奇怪，觀音下面
的供養人對面畫了一尊雙手合
十的彌勒佛。九面觀音只出現
過一次，是一幅紙畫，但除此
之外，此畫並無特別之處。

　　六臂觀音中數目較多的一<十一面觀音
類是十一面六臂觀音，其中兩
個頭位於主頭兩側，呈側影，
其餘的八個小頭呈金字塔形堆
疊在頭飾之上，最上面的那個
一般是化佛頭。這些畫在風
格、手姿等方面都遵循著上文
說過的儀軌，而且只有兩幅沒
有畫從者（圖127）。還有兩
幅是十一面八臂觀音像，其中

圖127　麻布幢幡及麻布畫，佛及菩薩像

一幅的構圖極為華美。在這幅畫中，除了十方之佛、天王等眷屬外，還出現了兩個佛弟子（與某些佛教淨土畫中類似）。畫中所有神祇旁都有題識，在造像上也極有價值。

千手觀音＞　　　　現在觀音像中只剩下了一類，即千手觀音像，觀音四周幾乎都圍繞著數目不等的神祇，構成觀音曼荼羅。這類畫中有一些是所有藏品中最有裝飾性效果、色彩最豐富的。雖然千手觀音像構圖都很複雜，我們在此卻不必贅述，因為它們的布局基本上是一樣的，對此洛里默小姐在「文物目錄」中有詳盡的論述。看一下兩個精美的代表作就會感受到它們的豐富色彩（圖40、128）。此外，彼得魯奇先生還詳細討論了與觀音眷屬造像細節有關的大量有趣問題。

千手觀音的＞
造型　　　　　　　在千手觀音像中，中間是大觀音像，觀音周圍有一圈雲霧般的圓盤，這是由他向外伸出的一千隻手（理論上是如此）組成的，向
○外的每隻手掌心中都有一隻睜開的眼睛。朝裡的手數量各不相同，持各種法器。除了有兩幅是十一面外（頭的排列與六臂或八臂觀音一樣），其餘的千手觀音只有一個面。在所有絹畫和麻布畫中，千手觀音都是坐姿。絹畫中只有一幅千手觀音像未畫從者，而畫在紙上的三幅千手觀音像中，有兩幅無從者（紙畫中的千手觀音為立姿）。觀音曼荼羅中的隨從神祇數量差別較大，有兩幅中只有兩個，而其他一些圖畫中則畫著大量佛、菩薩、天王等眷屬。

千手觀音的＞
眷屬　　　　　　　在千手觀音的眷屬中有些值得專門提一下，提日月菩薩是因為他們幾乎從未缺場過，其他人物之所以被提及，或是因為其個性特徵，或是因為其只出現在觀音曼荼羅中。畫的底部常有面目猙獰的金剛（顯然源出密教），還有兩個呈人形的龍站在觀音下的水池中托著觀音的光環。值得注意的還有兩個常見的眷屬「功
○德天」和「婆藪仙」（？），藝術家總是把他們表現得很巧妙。有兩幅圖畫中眷屬的數量尤其多，幸運的是，眷屬旁的題榜中都寫了題識，這更增加了這兩幅畫的造像價值。在這兩幅畫中，不僅出現了因陀羅、大梵天等印度教神，還有摩醯首羅和大黑天等濕

○觀音的千手排列成這種姿勢，是象徵著這位慈悲的神想要同時拯救所有的人。
　千手觀音在印度晚期佛教造像中也很常見。——原注
○一幅圖畫的題識中是這樣寫的。——原注

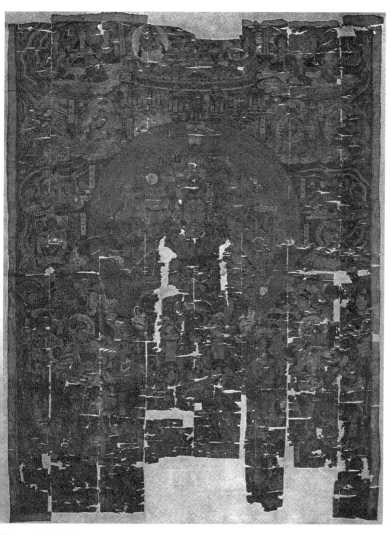

圖128　絹畫，觀音像隨侍的神祇像

婆教神。它們充分證明，即便在後期，印度佛教也沒有停止對中亞和遠東的佛教信仰產生影響。

第六節　天王與金剛

天王觀念起>
源較早，十分
流行

　　大量菩薩像不僅難以分類，而且圍繞其造像內容產生了許多疑問。現在我們可以比較輕鬆地來看一下四大天王像了，它們數量比菩薩像少得多，但從多種角度來講也很有價值。儘管天王只是小神，但他們在佛教造像上的地位卻不容忽視。印度傳統和藝術都證明，天王觀念起源很早。他們在遠東也極受歡迎，至今，中國和日本的廟裡面和廟門上仍有大量天王像。這些當代造像從根本上來講，直接源自千佛洞繪畫中清楚表現的造像傳統，這更增加了這些繪畫的價值。

印度類型的>
天王

　　四大天王一律呈武士狀，頂盔貫甲，腳踏夜叉（即鬼怪）按照早期印度的說法，天王是統治夜叉的。儘管天王像在細節上很豐富多樣，整體形象卻是模式化的，表明其畫風已完全確定，有幸的是，最近在新疆東部發現的壁畫和雕像使我們能將這種畫風追溯到中亞，並一直追溯到犍陀羅。在此我就不描述這一畫風的發展過程及其主要時期了。關於印度早期的天王像，我想說的是，在巴爾護一根柱子上，已經有作為財神的夜叉王北方毗沙門天王像，他以典型的姿勢踏在鬼怪身上。犍陀羅雕像中也表現過他，其特徵在千佛洞繪畫中仍可見到。

新疆、中國>
的天王像

　　我在丹丹烏里克一個寺院中，發現過一個泥雕的毗沙門天王像，穿著複雜的鱗片甲，腳踏俯伏的鬼怪，這都與千佛洞繪畫一樣，但它的處理方式中卻全不見中國風格的影響。我還發現，四大天王雕像守衛著大拉瓦克—威亞拉的大門，它們是與犍陀羅藝術有關的較早作品，但已清晰地體現出服裝和標誌物上的典型特徵。從那以後，庫車、焉耆、吐魯番附近佛寺壁畫和雕像中開始大量出現天王。其中很多要麼很像千佛洞繪畫中的天王像，要麼清晰地顯示出天王像的發展歷程。幸運的是，從雲岡石窟和龍門石窟中，我們可以相當精確地判斷出對天王的崇拜是從何時起在中國流行起來的。雲岡石窟中沒有天王像，這點很引人注目，而龍門石窟的題識表明，那裡的天王像是672～675年開鑿的。看一下收在沙畹先生圖版裡的大天王像，就可知道它們源自印度，於唐初便在中國紮下了根。

圖129　手抄本插圖，佛教神祇

＜辨認天五的身份

雖然天王在體形、服裝、姿勢上都很一致，但在從印度傳幡到日本的過程中，每個天王所持的法器都發生了變化，所以相當難以確定很多絹畫中究竟畫的是哪個天王。所幸的是，有一個專門記有四大天王的漢文寫卷消除了我們在這方面的任何困惑，其中的天王像旁的題識與一些絹畫中的題識完全吻合（圖129）。於是我們從中知道，天王中地位最高的是北方毗沙門天王（也是財富之神），他總是持戟；東方持國天王持弓或箭；南方增長天王持棒；西方廣目天王持出鞘的寶劍。

＜天王腳踏的人物

如果不算用來掛在牆上的大畫（其中有些只是殘件，有些畫著天王和他們的隨從），在大量幢幡和紙畫中，我們發現，天王幾乎總是腳踏鬼怪而立。在這些俯伏的扭曲人形中，我根本無法區分出，他們究竟是佛教神話中與天王相關的哪一種半神。但有一幅畫中，天王腳踏的不是鬼怪，這就是有趣的幢幡。畫中是典型的毗沙門天王，但腳踏的不是俯伏的鬼怪，而是一個秀美的女子的雙手，女子的頭和胸從下面的一朵蓮花中探出來。這個女子伊朗人般的五官、頭飾等無疑使人想起和田繪畫、雕像等文物中出現的那類美女。與此極為相似的是，上文說到的拉瓦克一威亞拉入口處的天王像下也是女子半身像。

＜托杠天王的女子

我上文曾說過，表現悉達多王子逾城出家的著名犍陀羅浮雕中，白馬犍陟迦腳下也有女子，或單個出現，或成對出現，奇怪的是，她們與天王腳下的女子很相似。格倫威德爾教授猜測，她們大概代表的是古典藝術中的大地女神該亞（Gaia），他的猜想很有創見和說服力。但無論對她們作何解釋，有一點是毋庸置疑的：這種相似性又一次證明了千佛洞絹畫與塔里木盆地（尤其是和田）的佛教藝術之間的聯繫。關於和田藝術對中國佛教繪畫的影響，歷史上記載的于闐王子和畫家尉遲乙僧為我們提供了明確而有趣的證據。

上文說過，有鮮明的標誌性特徵使我們能將各畫中的天王像區別開來，既然如此，我們最好按照造像題材的順序來描述天王像。但在此之前，先得說一下其整體特徵。天王全被畫得既像武士又像國王，除了其手中的武器外，沒有其他個性特點。在他們繁複的服裝中，武士成分佔主導地位（表現在其複雜的鎧甲上）天王幢幡大致可分成兩類，這兩類人物的身材和整體風格差別較大，鎧甲上的差別則不太顯。為方便起見，洛里默小姐

把第一類稱做印度風格，但考慮到它的起源，將它叫做中亞風格其實更準確。此類比第二類更古老。在這類畫中，天王總是面朝觀者，五官雖有時顯得很狂暴卻總是人形，姿勢和服裝有點生硬（圖130、131）。眼睛有時睜得極大，但一般呈水準線，臉顯然不是中國人的臉。腰較長，上身較瘦，這些都明白地顯示出非中國的、半伊朗風格的男性美觀念。服裝、項光等方面也與第二類有差別，比如，天王腳上

圖130　絲綢幢幡，佛教神祇

總是穿緊裹的鞋，而中國風格的天王則穿麻鞋。此處我只強調一下，這類天王的身材同第二類相比更具有中亞風格。

洛里默小姐把第二類天王像稱做是中國風格，其特點不僅在「文物目錄」中有詳盡的描述，從為數眾多的圖版中也可看出來（圖132、133、134）。這類天王都是四分之三側影，身體呈平滑的曲線，上身向一側挺出，衣紋流暢，線條自由而靈動。鎧

甲和服裝也有特色，腳穿麻鞋。眼睛一律呈斜上形，五官顯得怪異甚至猙獰（圖84）。這種風格無疑起源於前一類（即中亞類型），但貫穿於其中的卻是中國藝術精神。考慮到千佛洞所有繪畫均出自中國人之手，藝術價值最高的天王像自然出自這一類之中。

　　四大天王的服裝和鎧甲很繁複，其細微的變化之處都畫了出來，這無疑為方物研究提供了大量有價值的次料。勞弗博士（Laufer）憑著淵博的學識和不

<天王的服裝與鎧甲

圖131　絲綢幡幅，天王像　　　圖132　絲綢幡幅殘片，天王像

懈的努力，最近就寫出了這樣一部著作，其副標題為「甲冑史論」。但此處我將不討論這類問題，而只想提一下洛里默小姐關於天王像所做的筆記，並簡單地說幾個考古學上的專門問題。把天王像中畫的鱗片甲與尼雅、米蘭出土的皮質鎧甲實物相對照，或同新疆其他遺址的泥雕相對照，會得出很多有益的結論。對於細節問題，比如鱗片甲的重疊方式、串連方式，在此將不贅述。我只想指出一個有趣的事實：鎧甲下擺上的鱗片兒乎總是矩形的，而上身的鱗片則多是圓形（圖84、132、133、134）。參

照著丹丹烏里克一個寺廟出土的毗沙門天王像，我曾指出過，鱗片的這種排列方式也出現在一個著名的犍陀羅浮雕中魔王手下兩名士兵身上。而且，敦煌天王像中只有一幅畫著鎖子甲。

鞋＞　我們開始就假定，天王像中的鎧甲和其他裝備都是不同程度地模仿當時的實物，而天王穿的無裝飾的鞋或繩編的鞋與從米蘭、樓蘭、古長城發現的實物完全一樣，這更證明了我們的假定。已有紀年明確的文物表明，

圖133　絲綢幡幢，天王像

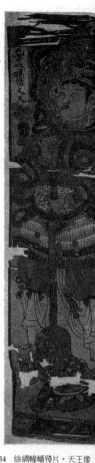

圖134　絲綢幡幢殘片，天王像

這種鞋在唐朝和唐朝之前流行過幾百年。還有一些有趣的考古學上的細節，比如某些天王像中不同的劍鞘、劍柄、披覆末端的獅頭狀裝飾物，對此我就不再細說了。

西亞風格的＞
頭飾
　我要專門說一下頭飾，因為大多數天王戴的頭飾顯示出了西亞風格和趣味的影響。不論他們的頭飾形狀如何是沉重的金屬冠還是嵌著寶石的髮帶，頭飾後面都有輕盈的飾帶在風中飄揚，彼得魯奇先生已正確地指出，一幅天王像中的飾帶模仿的是薩珊時期波斯國王的典型頭飾（圖135）。在兩幅圖毗沙門天王及其

圖135　絹畫，畫面為天王

眷屬的精美絹畫中，天王頭上戴的都是高高的三瓣冠，冠上嵌著寶石，這種頭飾很可能也起源於波斯（圖73）。在某些毗沙門天王和廣目天王像中，天王肩上升起奇怪的火焰，這可能也是從西亞藝術中借鑑來的，但目前我缺乏資料，無法繼續探討這個問題。但它很可能與古代伊朗人對「聖光明」（即波斯古經《阿維斯塔》中的qarenaṅh）的崇拜有關。

　　現在我們該按造像給天王像分類了。北方毗沙門天王的位置自然是最高的，這不僅表現在畫他的天王像數量最多，而且只有他曾與其部眾同時出現過。其中最精美的是掛畫形式的絹畫，這件作品藝術價值很高，顯然出自大家之手，而且所幸保存得極好。畫中是天王駕雲渡過波濤起伏的海面，一群衣著華麗的部眾跟隨著他（圖70）。它在構圖和著色上的藝術性有待於專家來作出評論，在此我只說幾點造像上的問題。同部眾相比，天王畫得極大，這與希臘化佛教藝術和後期古希臘化藝術的做法是相符的。他大步而行，右手持戟，左手托一朵雲，雲上有個小佛塔——佛塔是這位神的第

＜毗沙門天王及從者圖

二個標誌物，在別處也出現過。他的眷屬中既包括鬼怪（顯然代表夜叉），也包括純粹是人形的人物，這些人形人物個性很鮮明，但其身份尚未有定論。他們是：一個獻花仙女；一個畫得很

好的老者，所持之物可能是金剛杵；兩個服裝和姿勢都有僧侶特徵的男子；第五個人是個面得極好的弓箭手，正要射天空中的一個狀如蝙蝠般的鬼怪。空中的鬼怪顯然是揭路荼，射揭路荼是吐魯番壁畫中常見的題材，犍陀羅雕像中也有不少長翅膀的揭路荼形象。

毗沙門天王的傳說和法器 >

另一幅大畫雖然工藝可能沒這麼精緻，但構圖卻同樣有生氣，畫的是毗沙門天王縱馬過海，周圍是一群部眾。前景中畫了些鬼怪正與天王的群眾爭奪東西，還畫了散在各處的錢幣和珠寶，大概畫的是毗沙門從龍手中奪寶的傳說（圖73）。「文物目錄」中敘述了這幅畫的其他特點，其中我要特別提一下的是天王坐騎所佩戴的精巧的頭飾。另一幅殘件中，從頭到肩裹著虎皮的隨從比較引人注意，因為他站在一堆錢幣上（表示毗沙門天王也是財富之神），右手持銀鼠——銀鼠也是這個天王的標誌物，但在藏品裡別的畫中卻沒有出現過。在7件畫著毗沙門天王的絲綢幢幡中，可以把其中兩幅（一幅天王的姿勢比較奇特，腳下是個女子；另一幅天王的面目十分猙獰）分別當做「中亞」和中國風格的代表作。

圖136　絹畫，畫而為佛教神祇

其他三個天王的畫像 >

以其他三個天王為題材的畫中，只有東方持國天王在大畫中出現過，這幅畫筆法和著色都很好，不幸的是已殘破不全。除此

之外，畫有天王的還有5件幢幡（圖135）。除毗沙門天王外，在畫作中最常見的是持劍的西方廣目天王，共出現在12件幢幡中，其中有些幢幡工藝很高超。持棒的南方增長天王似乎是最不受當地信徒們喜愛的，因為只有兩幅畫是以他為題材的，其中一個是幢幡。最後，還有一件幢幡所畫的人物風格和服裝都與天王一樣，但腳下沒有鬼怪，手中也未持標誌物（圖136）。

＜護法或金剛

　　除了天王像外，我們還會注意到一組為數不多的絲綢幢幡和紙畫，畫的是護法或忿怒金剛——至今他們仍是遠東佛教神祇中最受歡迎的人物。他們的形象源出於犍陀羅藝術中的「持雷電者」，在龍門石窟中就已出現了。龍門石刻護法金剛的姿勢和發達的肌肉，後來在我們的藏品中成了他們的模式化特徵。要想把這種畫風追溯到中亞，從庫車到吐魯番的北部綠洲中發現的壁畫大概可以提供豐富的資料。關於我們藏品中的護法像，富歇先生指出：「他們已不免使我們想起日本那些肌肉健碩的鬼怪和喇嘛教的可怕神祇。但應該注意到，他們既不像喇嘛教護法那樣數量最多得驚人，也沒有猥褻的特點。」

＜猙獰的金剛

　　九件護法幢幡中，除一件外，均保存得相當良好，其風格彼此差別不大，有幾個顯然一模一樣（圖80、81）。所有護法都姿勢緊張，肌肉發達，頭部奇形怪狀，眼睛下視，持代表雷霆的金剛杵（金剛杵上有繁複的裝飾）。雖然他們的珠寶飾物很多，衣物卻不多，顯然這是為了充分展示誇張的肌肉。對肌肉的處理方法儘管是模式化的，卻相當有技巧，有幾件幢幡還巧妙地表現出了立體感。衣紋複雜，頭飾兩端的髮帶向上飛起，畫面上方還有捲雲，有些畫中，護法舉起的手臂旁是背光上的熊熊火焰，這些都增強了忿怒金剛像的表現力。為了增強這種表現力，畫上用的都是強烈而清晰的色彩，常常造成十分醒目的效果。最後，我還要提一下一個跟種族有點關係的小問題，那就是，有些護法的虹膜是綠色的。

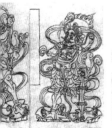

圖137　白描紙畫，畫面為金剛像

除了幢幡外，還有一幅掛畫形狀的三頭金剛紙畫，是畫得很生動的、不同姿勢的金剛速寫像（圖137）。

第七節　成組的神祇

**成組神畫像>
的分類**

現在我們來看第二大類即畫有多個神祇的畫。顯然，方便的辦法是先討論以兩個或兩個以上佛教神祇為主要人物的畫，再討論那些畫兩個或兩個以上菩薩環繞在中央佛的畫，最後再看構圖精美華麗、人物眾多、表現天堂快樂生活的淨土畫（不同淨土是由不同的佛主宰的）。

**再現了佛、>
菩薩的像**

既然從最簡單的開始，我們當然要把一幅不幸已殘破不全的大畫放在第一位來描述。雖然它已碎成殘片，卻很有價值。畫上的不同位置畫著數量眾多的、純粹為犍陀羅風格的佛像和菩薩像（圖138）。是彼得魯奇先生從不同人像間極少數依舊可讀的題識中辨識出的，這幅畫畫的是人們在印度的不同聖地所朝拜的雕像。這一發現揭示了此畫在造像上的重要價值，彼得魯奇先生求人在吉美博物館所作的關於敦煌繪畫的演講中就強調了這一價值。洛里默小姐在文物目錄中對此畫作了極為詳盡的描述，所以在此我就不討論細節了。但我想請大家注意幾個基本問題。此畫中完整或部分完整的人像總共有18個，其中13個的位置是確定的。憑其典型姿勢或法器，我們目前能夠確認6個人物的身份，其他人物的身份還需要專門的造像專家來研究。

金剛座佛像>

另一個人物畫的極有可能是釋迦牟尼在成正覺之前受到魔王○進攻的那一著名場面，因為此畫中**釋迦牟尼手放在所坐的石頭上（即成觸地印）**，三個鬼怪的頭形成一個冠狀物放在頭上，代表的是魔王的鬼怪大軍。佛教傳說記載，釋迦牟尼在聖地波德－加亞（Bōdh-Gayā）成正覺時就是這種姿勢——玄奘把這一造像叫摩訶菩提金剛座（the Vajrāsana of Mahābodhi）。這個人物旁邊的漢文題識說，所畫的是摩揭陀王國的一尊雕像，更證明了我們上面所做的判斷。中國史書記載，「金剛座」用中國朝聖者們的話來說，意思是「金剛座真正出現」是7～11世紀印度最受崇拜的佛教偶像，因而這一偶像出現在我們的繪畫中是不足為奇的。

○這一姿勢源自犍陀羅，在晚期印度雕塑品中則成了佛「成正覺」的模式化姿勢。——原注

圖138 絹畫，菩薩像

我們的畫中還有一尊盤坐並施觸地印的菩薩，所幸其旁邊的題識沒有剝落。按照彼得魯奇先生的簡要解釋，題識中稱，其原型是劫國的一尊銀像。

鹿野苑說法＞
和舍衛國降伏
外道

　　儘管別的題識都對我們幫助不大，但憑著其他跡象，我們還能辨識出4個人物的身份。在這幅人物畫像中，背光環繞著一尊立佛，背光的S型頂部內有一對鹿，說明這裡畫的無疑是佛在貝拿勒斯鹿野苑的初轉法輪。另一幅畫像比較有趣，畫的是一尊佛像，右手舉起施無畏印，全身環繞在一個橢圓形背光之中，背光中呈放射狀畫滿了小佛像，小佛的姿勢與大立佛相同。這幅畫的所有細節，都與我1901年在和田大哈瓦克－威亞拉的南牆角發現的兩個大泥浮雕像完全相同，甚至連衣摺都相同。富歇先生後來證明，它們以及犍陀羅浮雕中小得多的類似雕像表現的都是釋迦牟尼於舍衛國降伏外道。還有一幅肯定是觀音像，人物佩戴著大量飾物，持蓮花和頸瓶，他兩側的大量小從者也證明了畫的是觀音像。

釋迦牟尼在＞
靈鷲山像

　　同上述人物相連的就是立佛像，此像在造像上很有價值。佛的姿勢相當生硬，背景中是斑駁的岩石，再加上對衣紋的處理方式，使我們得知畫的是靈鷲山上的釋迦牟尼。同一題材還出現在精美的絹畫和大繡像中。這3幅畫中都畫有岩石，即靈鷲山（釋迦牟尼後期生活中的很多事件都發生在這裡，人們認為這座山就是王舍城附近有名的石山），而藏絹畫的山洞上方還畫了隻禿鷲，更證明畫的是靈鷲山無疑。不幸的是立佛像畫面旁沒有題識，使我們無法得知這三幅畫所模仿的究竟是哪個印度原型。而三幅畫中，佛雙手的手姿都完全相同，對衣紋、頭髮、服裝等的○處理方式也極為相似，說明它們肯定是模仿同一個藍本。我們一眼就看得出，這個藍本要麼是個希臘化佛教風格的雕像，要麼受這種風格影響很深。但必須注意到，迄今為止人們只發現過一個犍陀羅浮雕是以靈鷲山為背景的，雕的是佛坐在靈鷲山山洞之中。

○只需看一下，這三幅佛像中佛的右臂都是直著向下伸，右臂的立體感表現得很生硬，右肘關節也一樣，左手都在胸前提著衣服，左臂的輪廓線都是很模化的。殘破不全的菩薩絹畫和大繡像在細節上的一致之處也是很引人注意的。即使在縮得很小的顯現在雕像側景的雕塑中也可清楚地看出它們的輪廓。——原注

我們已說過，三個畫像即便在細節上都嚴格模仿某個原型，　<忠實地再現
這一結論相當重要，因為它使我們更有理由認為，殘破不全的　了造像原型
大幅的菩薩絹畫中的其他畫像也都是臨摹某些原型。我們還可以
引述一個佐證：11世紀尼泊爾的寫卷中有一些小插圖，其所附題
識告訴我們，插圖繪的是印度佛寺的某些實際場景或雕像。富歇
先生對這些小插圖進行了研究，得出了極具啟發性的結論。他證
明，這些畫在造型、手姿、著色、主要人物的固定標誌物等方
面，都秉承了長期流傳下來的傳統模式。顯然，當尼泊爾的畫家
繪製這些聖像插圖時，他們極少發揮自己的想像力來增刪或改變
什麼，這幅菩薩絹畫的作者很可能也是如此，但憑現有知識，
我們很難確定，這位作者是從什麼渠道得知這些聖像的**傳統模型**○
的。此畫鮮明的犍陀羅風格表明，這些模型很可能間接來自犍陀
羅，並最早經中亞傳入敦煌。畫上只有輪廓線，幾乎未著色，這○
與和田壁畫的工藝很接近，此外，整幅畫朽壞得極厲害，表明它
可能年代較早。另一幅大繡像也有類似特點。

　　上文說過，有三件作品的的中心人物是靈鷲山上的釋迦牟　<畫有釋迦牟
尼，其中第三件所受損壞較嚴重。但在它保留下來的左半邊中，　尼在靈鷲山的
我們仍可以看出釋迦牟尼的右肩和右臂，其右臂也是呈僵硬下垂　畫
的典型姿勢，與那幅菩薩絹畫和大繡像一樣。佛的背光上有大量
裝飾物，背光上方是畫得很生動的岩石背景，岩石之上立著一隻
禿鷲（是此畫的標誌物）。佛旁邊是一個帶項光的佛弟子，畫得
巧妙而充滿個性，可能是舍利佛。沿畫面左邊是一系列小場景，
全以中國風格畫成（下文我們將會看到，大淨土畫兩側的佛本
生故事條幅也都是這種風格）。

　　這些小場景的內容目前都還沒有確定，但其中兩個馬上引起　<傳說場面
我們的注意。最上面的場景中畫的顯然是一尊與中央佛一樣的

彼得魯奇先生提出了一個假設，說殘破不全的菩薩絹畫的作者本人有可能去過
印度聖地，並將佛像臨摹了下來。考慮到上述以佛在靈鷲山為題材的畫所有細
節都完全一樣，這一假設大概是站不住腳的。——原注

在此想提出一個問題：此畫和類似畫的用意是不是因為某人確曾去過這些遙遠
的聖地，所以畫家把這些地點畫下來，以彰顯這種朝聖行為？印度很多地方就
有一種習俗：在小佛塔底部的四面畫上佛生平中的四大事件（分別發生在迦毗
羅衛、加亞、貝拿勒斯、拘尸那）。富歇先生對此提出了一種相當有說服力的
解釋，認為這表示人們很看重到這四個地方去朝聖。——原注

佛像，佛像下是個蓮花座，佛像後可能座廟，一個穿和尚服裝的人物指點著佛像，似乎想引起底下行人的注意。它下面緊接的場景我們就不說了。再往下畫著一個動作狂暴的雷神，四周是雲，雲下面又是一個中央佛的翻版，雖然不大，卻可以看得很清楚，佛像後面也是以岩石為背景。尤其引人注意的是，佛像外圍了一圈高達其肩部的木製腳手架。佛像後的腳手架上高高地站著兩個工匠，似乎在忙碌地雕著佛像的頭，底下一座殘破的建築或院落後面有個男子，似乎想極力引起工匠們的注意。

雖然我們仍找不到任何線索來解釋兩側小場景，但此畫主體○部分很可能與一種傳說有關——傳說，**佛像是可以奇蹟般地從一個地方自動移到很遠的另一個地方的**。這尊「靈鷲山上的釋迦牟尼」雕像顯然很有名，但它原來在什麼地方，又自動移到了什麼地方，這些我們都無法得知。無論如何，我們都應注意到，中央佛體態生硬，嚴格邀循著造像傳統，與此形成鮮明對比的是，畫面的其餘部分畫得自由灑脫，充滿生機和活力。

一對觀音的>
畫像

在以並列的神祇為題材的畫中，我們先來說保存極好的一幅大畫。這幅畫畫的是兩個約真人大小的觀音對面而立，畫得十分精美，屬於上文討論單個菩薩像時所說的「中國風格」，人物細節和華麗的服裝上所用的色調豐富而和諧（圖139）。左邊觀音持花，右邊觀音持淨瓶和柳枝，這些都是人們熟知的標誌物。透過畫面上方的題榜，大概可以知道畫的是哪種形式的觀音，但目前題榜尚無譯文。另一幅已嚴重破損的絹畫可能畫的也是一對中國風格的觀音。

四觀音像>
（西元864年）

還有一幅保存完好的大絹畫有特別的價值，因為它在藏品裡有明確紀年的畫中，是年代最早的（獻辭中的紀年為864年）。它也是把兩種風格結合了起來：上半部分並排畫了四尊生硬的觀音像，反映的是起源於印度的造像傳統；下邊則是中國風格，顯得有活力得多，畫的是分別乘白獅和白象的文殊和普賢，帶著

○中國朝聖者們記載過，和田地區流行一種傳說，認為佛像可以奇蹟般地從一個地方飛到另一個地方。玄奘就曾在和田都城附近的一個地方見過一尊佛像，們告訴他，這尊佛像是從庫車飛來的。玄奘和宋雲都在和田以東的媲摩（Pimo）見過一尊著名的檀木立佛像，人們認為，這尊佛像本來是喬賞彌國王優填王命人造的，後來飛到了這裡。——原注

圖139　絹畫，菩薩像

自的隨從。我們的藏品中，普賢和文殊總是雙雙出現，吐魯番、塔里木盆地北部綠洲中的石窟壁畫裡也有不少這樣的例子。他們倆總是對稱的，臉朝向對方，這也是下文即將說到的大曼荼羅畫的最典型特徵。底下的文殊和普賢很容易認出來，而上面的四尊觀音除了一些小差別外，姿勢和服裝基本一樣，只有旁邊的短題識能告訴我們所畫的是觀音的哪種形象。這幅畫雖然做工比較精細，色彩也很豐富，從藝術價值上來講卻無法與下文即將說到的大曼荼羅畫或成對的菩薩像相比。但從兩個方面來講，它具有相當的造像價值和文物學價值。首先，下半部分的人物畫得很熟練，這證明，早在9世紀中葉，大量中國風格的絹畫所遵循的儀軌就已經完全定型了。其次，由於此畫有明確紀年，所以從底下的男女供養人像中我們可以獲得關於當時服裝、髮型的有用訊息。

＜帶從者的文殊和普賢

　　有一組畫的題材很相似，如果保存完整的話，它們應該歸入淨土畫一類中。畫上一邊是文殊，一邊是普賢，各帶著自己的從者向中央的人物行進（如今中央的人物已缺失，但極有可能是一尊佛）。還有兩個菩薩像是一幅大畫的左右兩部分，頂部呈弧形，雖然它們已殘破不全，仍高達7英尺——可見，原畫頂部為拱形，尺寸還要更大。兩個大菩薩各自坐在坐騎上，帶著一大群菩薩、天王及其他天宮侍者，深色皮膚的崑崙奴牽著獅和

象，崑崙奴前面是一對樂師。此畫各方面都遵循若大曼荼羅畫的那種對稱布局，線條和著色都很精美，雖不完整，構圖卻仍能給人以深刻印象。弧形頂表明，原來的大畫可能本是掛在石窟中佛重的後牆上，或石窟前廳牆的最頂部。

另一幅大殘件上可見文殊及其侍者，布局與上一幅畫類似，其懸掛位置肯定也與之相同。屬於同樣情況的還有較小的殘件（圖120），因為它的邊也呈弧形。它上面畫著飄飛的兩隻鳳凰、浮雲和一個仙女（可能代表的是從雲中飛出的天女），畫得自由而大膽，給人以強烈的動感。某些細節則畫得很粗略（比如，仙女的四肢太短），這無疑表明，此畫是讓觀者從遠處仰視的。

觀音曼荼羅中的文殊和普賢 >

圖140是個精美的殘件，原來的大畫肯定本是幅觀音曼荼羅，只因為在這個殘件中文殊和普賢佔據了顯著位置，所以把它放在這裡來討論。中間的大千手觀音像只剩下了胸以上的部分，觀音兩側的兩個大菩薩保留下來的則更少，這之上是文殊和普賢帶著大群從者從兩

圖140　絹畫，畫面為佛教淨

側向中間行進。文殊的隊伍和普賢的隊伍之間有個大題榜，其中的漢文和藏文題識已不可識讀。現存畫面的最頂都是釋迦牟尼像，左手持化緣缽，右手施論辯印，佛兩邊各有一尊印度風格印度姿勢的坐姿大菩薩，佛和大菩薩周圍簇擁著一群年老的佛弟子和中國風格的供養菩薩。這幅畫風格莊重，布局、著色、工藝都很精細，在藏品中佔有重要位置。

　　現在我們來說比較簡單的眾神畫，它們都把兩個或兩個以上人物對稱排列在一個中心人物兩邊，從這類畫我們可以方便地過渡到淨土畫。一幅畫畫的是阿彌陀佛站在觀音和大勢至菩薩之間（這就是大乘佛教有名的西方三聖），三者均為印度姿勢和印度風格。另一幅絹畫構圖同樣很生硬，畫的大概也是西方三聖。有一幅做工極糟的絹畫構圖與此類似，其年代為939年，畫的是東方藥師佛坐在文殊和普賢之間，文殊、普賢為中國風格。還有一○幅圖畫保存得很差，兩側的菩薩可能也是文殊和普賢，但沒有題識來確定他們的身份。在一幅紙畫中，藥師佛則坐在觀音和金剛藏之間。

<一佛二菩薩組合

　　另一幅畫構圖要複雜一些，保存得也較好。中間是一尊佛，可能是釋迦牟尼佛，周圍對稱分布著菩薩和兩個佛弟子，通過題識我們知道，佛弟子是目犍連和舍利弗。在另外一幅圖中，中間是尊菩薩坐在香案後（顯然是觀音），周圍有很多尊坐姿菩薩，藏文題識表明，其中三個分別是普賢、文殊、地藏。最後要說的是一個殘件，它無疑本是一幅大曼荼羅畫的一部分，但保留下來的部分中卻缺乏西方淨土畫的典型特徵，比如七寶池、伎樂隊等。由於此畫損壞得很嚴重，只有橫向上是完整的（寬有4英尺多），所以無法確定中央佛的身份。在佛兩側，除了兩尊被背光環繞的脅侍菩薩外，還嚴格按照對稱原則畫了一大群神祇，包括12尊供養菩薩、十王、6個帶項光的羅漢。雖然此畫在藝術上只是中等水準，但卻畫了大量天宮人物，就讓我們把它當做下一節大淨土畫的序幕吧。

<其他神祇的組合

第八節　佛教淨土畫

　　淨土畫尺寸較大，構圖複雜，其中阿彌陀佛淨土居多，其他淨土則較少。這類畫是我們的藏品中特別引人注目的一個重要部分，關係到遠東佛教藝術發展史和造像上的許多問題。十分幸運的是，彼得魯奇和沙畹先生專門研究了大量淨土畫上的題識和其他方面的特點，其研究成果一部分將收在彼得魯奇先生的附錄中，一部分收在他們二人的合著《東亞備忘錄》中，但這些成果目前我卻無從得知。因此，請讀者原諒的是，我的概述只能很簡短，

<淨土畫的價值

○還有一幅圖值得提一下。它保存較差，畫在編織緊密的麻布上。中間是觀音，左右的兩個菩薩只比他稍小一點。上面是化佛像，化佛兩側也有兩尊菩薩。人物純粹為印度風格，未經任何分組地分散在畫面上。另一幅大麻布畫剝落了許多，畫的是佛及隨侍的菩薩。──原注

某些有趣問題也只能一筆帶過，有些解釋甚至可能是錯誤的。

阿彌陀佛的>
「西方淨土」

　　我們都已知道，在亞洲北部（尤其是中國和日本）的佛教信仰中，阿彌陀佛統治的西方淨土（或稱極樂世界）佔有重要地位，這一點已無須贅述，在此我也不想說淨土觀念的起源和發展過程。中國人一向十分看重現實生活中的舒適和享樂，對他們來講，淨土觀念顯然是很有吸引力的——在淨土中，篤信佛法的人的靈魂將超越一切塵埃，再生於蓮花池中，並加入天堂神祇們的行列，享受萬年甚至永遠的極樂和安寧。據說，日本佛教繪畫中的大量西方阿彌陀佛淨土圖，都是直接或間接模仿8世紀被帶到日本的一幅中國畫，此畫至今仍保存在塔馬吉（Taïmaji）廟中。彼得魯奇先生也曾指出過，這幅中國畫在布局、特徵上與我們的大多數阿彌陀佛淨土畫是一樣的——中間也是極樂世界場面，左右兩邊的小條幅中，也畫著與釋迦牟尼有關的阿闍世王和頻婆娑羅王的傳說。千佛洞的某些壁畫中也清晰地保留著這種布局。

布局出自中>
亞

　　顯然，構圖上的共同規律說明，早在這些畫出現之前，這種構圖方式就已完全確定了，所有場面均與《佛說阿彌陀佛經》吻合，也證明了上述結論。這種構圖極有可能先是在中亞佛教藝術中發展起來的，至少部分如此。雖然我們迄今為止尚未看到這方面的實證，但彼得魯奇先生在《歷代名畫記》中卻找到了一段重要文字，其中記載，隋朝605～617年間，來自和田的畫家尉遲跋質那在東都洛陽的皇宮中畫了一幅極樂世界壁畫（按《歷史名畫記》記載，東都大雲寺有靜土變，尉遲畫——譯者）。

簡化的西方>
淨土圖

　　我不能解釋尉遲跋質那的壁畫（它無疑是中亞風格的）、古代日本的那幅中國畫和我們的淨土畫之間的確切關係。但有一點是確定無疑的：我們的淨土畫有不止一種類型。上文說的阿彌陀佛淨土畫數量眾多，背景極為華美，畫滿了菩薩和各種各樣的小神，兩側條幅中畫著傳說中的故事。除此之外，還有一類淨土圖風格要樸素得多。在上一節的末尾我已說過幾幅畫，畫的是阿彌陀佛、觀音、大勢至，這就是阿彌陀佛淨土中的西方三聖。從這類畫我們可以過渡到一組數量不多但很有趣的畫，畫中佛的主要隨從也是以大淨土圖的方式排列，但卻沒有天堂生活及享樂的場面，而這種場面卻是大淨土畫的重要特徵。

　　例如952年的一幅絹畫，畫的是阿彌陀佛坐在一個帶欄杆的平台上，平台出自池中——這些都與大淨土畫一樣。但他的隨從只有對稱分布的六尊菩薩、四個天王，畫中既沒有天堂伎樂隊，也沒有新生的嬰兒。底下的供養人畫得很仔細，給我們提供了10世紀服裝和髮型的確切資料。所有的大淨土畫則都沒有日期，這可能是因為這些大絹畫底部一律遭到了損壞的緣故。但有幾幅中底下的一部分供養人像保存了下來，把這些供養人以及兩側條幅中人物的服裝同這幅絹畫相比較，有時可以得出其大致年代。另外○一幅大畫（圖141）上半部分是典型的極樂世界場面，中間為阿彌陀佛，左右為觀音和大勢至，每一側還有兩尊小菩薩、一個天王、一個佛弟子。佛前面的香案上放著供品，佛身後則有兩棵樹——這些都是極樂世界圖的典型特徵。下半部分畫的是「父母恩重」場面，與底下的供養人以及952年畫的那幅絹畫中的供養人比較一下，我們就可以看出「父母恩重」場面中人物的服裝是10世紀的。

<口10世紀的西方淨土畫

　　有一對畫年代可能要早些，很能給人以啟發。它們在風格、布局、著色、處理等方面有不少共同特點，表明二者關係密切。其中一幅畫的是阿彌陀佛坐在一朵蓮花寶座上，兩側是觀音和大勢至，前面有兩個小菩薩，後面是六個個性鮮明的佛弟子排成一排。雖然未畫七寶池，但人物的布局及畫面細節（比如，兩棵葉子為星形的樹，把一個華麗的華蓋支在阿彌陀佛頭頂）都表明，所畫的是一幅淨土圖。

　　這些特徵在另一幅大畫中表現得更充分。它是幅超過5英尺見方的完整的大畫，畫阿彌陀佛和兩個脅侍菩薩坐在蓮花座上，蓮花座出自七寶池中。前景中的大平台是很多天宮形象，包括嬰兒狀的純潔靈魂、神鳥等，這些都是大淨土畫的特徵。平台後面的橢圓形蓮花蕾裏住嬰兒的靈魂，旁邊還有題識，說明新生的靈魂在天堂中的位置。空中，中央華蓋的兩側有駕雲的小佛、飄飛的嬰兒靈魂、優美的天女、樂器——這些也是典型淨土畫的常見內容。

○參見本節下文。
　這幅絹畫的風格、布局與另一幅麻布畫很接近。後者畫的是一佛四菩薩坐在樹下，圍著一個平台般的香案；做工粗糙，底下的供養人穿的是10世紀服裝。——原注

圖141　絹畫，畫面為佛教淨土

但此畫的構圖與大淨土畫也有顯著差別，比如背景中沒有畫任何天宮建築，主要人物間隔得較遠，這些都表明，這幅淨土圖的布局是獨立發展起來的，不同於千佛洞絹畫和壁畫中的正統布局，而日本的淨土畫都是這種非正統布局。更為有趣的是，我們可以看到，這兩幅畫中的供養人服裝明顯不同於所有有紀年的10世紀畫作，並顯然比上文說的864年的大絹畫年代要古老。繡有一佛二弟子的大繡像更清楚地顯示出這種古老服飾的風貌：男子戴有「尾」的小帽，女子穿窄袖的胸衣，髮髻上無裝飾（圖59）。大繡像與前面提到的那對畫還有其他共同之處，因此可能〇與它們屬於同一時期。上文曾說過的另一個事實似乎也可以說明這三件作品年代較早：它們供養人的服裝和髮型很像佛傳幀畫以及雲岡、龍門佛傳浮雕中的**古老風格**。〇

<「非正統」的西方淨土畫布局方法，供養人的服裝說明年代較早

我們的藏品中有十幾件作品體現了唐朝阿彌陀佛淨土畫的正統風格。由於畫面人物眾多，畫幅較大，這組作品大多數遭到了相當程度的毀壞，有幾個甚至成了碎片，但也有幾幅保存得較好，這些豐富的材料使我們能夠看清此風格的所有特徵。在此我只想說一些要點。博學的日本專家矢吹先生1916年研究了藏品中的淨土畫和其他大畫，並提出了一些解釋。他說，淨土畫都是圖解著名的《佛說阿彌陀佛經》中的西方淨土和其他傳說的。

<「正統」的西方淨土畫

淨土畫左右兩側小條幅的內容也來自這部經。一側畫的是頻婆娑羅王及其邪惡的兒子阿闍世王的傳說，此傳說記載在《佛說阿彌陀佛經》的第一部分中，與釋迦牟尼傳播佛法有關。另一側畫的是頻婆娑羅王的王后韋提希觀想阿彌陀佛淨土中的各種事物，也載於該經的第二部分中。由於篇幅所限，對這些條幅的造像特點我只想說幾點。傳說故事完全以中國世俗風格畫成，人物服裝也是半古代式的，這些都與佛傳幀畫一樣。表現運動的場面一般都畫得很生動，而韋提希觀想的場景則比較單調，其中韋提希是呈靜止姿勢的。我要專門提到兩個場景，因為它們與釋迦牟尼有關。一個畫的是著名的佛本生故事，即釋迦牟尼前生為白兔時，獻身於一個獵人以使他免除飢餓。另一個場景中畫著釋

<兩側條幅中的頻婆娑羅王傳說和韋提希之觀想

<白兔本生故事

〇除了供養人的服裝等外，其他共同之處還有：華蓋兩側都有衣袂飄飄的天女飛下，脅侍菩薩的袍子都有織錦鑲邊，蓮花座的蓮蓬都是灰綠色，佛弟子的頭都畫得很真實。──原注
〇參見本書本章第四節。──原注

迦牟尼上半身出現在一座小山後面，這是他從遠方的靈鷲山現身，鼓勵獄中的頻婆娑羅王。後一個場景比較重要，因為一個日本評論家認為，日本佛教藝術中的一個常見主題——所謂的「Yamagoshi-Amida」——就起源於此。

大群天宮侍> 者

兩側條幅中人物不多，風格樸素。但當我們再來看畫面中間的極樂世界時，馬上就會被它豐富的細節和華麗的風格所打動。在欣賞這複雜甚至有點擁擠的構圖時，我們不禁想起彼得魯奇先生的話：「敦煌作品把數量最多、最華美的佛教造像呈現給了我們。」第一眼看這些淨土圖時，大群的天堂人物和他們繁複的裝飾可能會讓人有點不知所措。但仔細研究一下我們就發現，畫面都是按照既定程式布局的，不論是什麼佛的淨土，構圖都是類似的（只有極小的差別），人物的分布全是對稱的，這顯然表明，在藏品中年代最早的極樂世界圖之前，淨土畫的模式就已經確定了。

西方三聖>

藏品中有一幅小素描畫的是淨土畫的簡單輪廓（彼得魯奇先生第一個請人們注意它）。中間是阿彌陀佛的蓮花座，右為觀音，左為大勢至——日本極樂世界圖中也是這西方三聖。阿彌陀佛和兩個脅侍菩薩之間畫著釋迦牟尼的弟子藥王和藥上，這使我○們有可能確定其他淨土畫中央佛兩側佛弟子的身份。

成群的供養> 菩薩

三聖兩側和前面有成群的坐姿或跪姿小菩薩，其服裝和姿勢比其他人物都更嚴格地遵循印度傳統，他們數目不等，但總是佩戴著大量裝飾物。三聖及其從者位於畫面中間的大平台上，平台則坐落在七寶池中。再往下有一個較低、較小的平台，上面坐著

天宮樂伎隊>

天宮樂伎隊，樂師的服裝與菩薩類似，但有時其五官是現實主義風格的，更像男子。他們演奏的各種樂器具有相當的考古學價值，施萊辛格小姐對此做了專門的筆記。這個平台的前面總是有個引人注目的舞伎隨著音樂翩翩起舞。她顯然是個女性（可能是天女），衣袂飄舉，手揮長巾，舞姿迅疾而優美。

○各畫中佛弟子的數目有所不同。有些畫中的弟子畫成光頭和尚，有些畫中弟子的頭髮剪得很短。值得注意的是，草圖中三聖周圍的四大天王在此類淨土畫中沒有出現，但在簡化的淨土畫中有天王（見本節上文）。彌勒淨土中也有天王（見本節下文）。——原注

畫面左下角和右下角是兩個獨立的平台，上面各是一尊地位
較低的佛坐在香案之後，並帶著兩尊隨侍的小菩薩。這些平台有
台階通向水池，台階上總是有一些嬰兒貌的往生靈魂，正沿台階
而上，準備加入神祇的行列，與他們共享天堂之樂。前景中央的
池子中有個筏子（或低矮的平台），上面常有個迦樓羅，迦樓羅
面前是四隻神鳥。畫面最上面一般畫著天宮，可見寬敞的遊廊、
雙層樓閣，兩側的塔上面是敞開的佛龕，均以中國風格和透視
法畫成。仔細研究一下這些建築大概可以提供一些考古學上的訊
息，正如看了佛前面香案上的布後我們便知道，敦煌石室紡織品
遺物中那些大拼貼布就是蓋香案用的。（圖39）畫面最頂部是深
藍色的天空，其中畫滿了駕雲的坐佛小像、飛舞的飾帶和華蓋、
繫著飄帶的樂器等。最後我要說的是，綠色調常在淨土畫中佔主
導地位（尤其在其背景中），這不僅是淨土畫也是千佛洞其他壁
畫的一個引人注目的特點。

　　在這組大淨土畫中，只有一幅保留著供養人。儘管保存得很
差，他們的服裝和髮型卻分明接近於864年和891年兩幅畫的供養
人，因此這幅畫可能是唐朝晚期的作品。還有兩幅大絹畫也應該
被歸入阿彌陀佛淨土一類中，它們畫的是無量壽佛淨土（無量壽
佛是阿彌陀佛的一種特殊形式）。畫面主體部分的布局和兩側小
條幅基本上都與阿彌陀佛淨土一樣，只不過無量壽佛右邊是文
殊，左邊是金剛手。這兩尊脅侍菩薩的姿勢和整體處理更接近印
度風格，通過其標誌物我們得以斷定他們的身份。無量壽佛身上
也顯示出更多的印度風格。

　　但我們的淨土畫並不全是阿彌陀佛（含無量壽佛）淨土。如
果彼得魯奇先生的判斷是正確的話，有兩幅保存比較完好的畫
畫的是釋迦牟尼淨土（阿彌陀佛是釋迦牟尼的一種神秘化身）。
這兩件作品與其他淨土畫的不同之處在於，它們的兩側小條幅中
畫的是善友太子和惡友太子的傳說。其一的小條幅中有較長的題
識，根據沙畹先生的判斷，這些題識的一部分出自一部漢文佛經
（此經的譯本將由他於1914年出版）。兩幅畫的整體布局與阿彌
陀佛淨土是類似的，但也有一些小差別。在這幅畫中，左下角和

＜畫面下方的
人物

＜畫面上方的
天宮

＜無量壽佛淨
土

＜釋迦牟尼淨
土

○參見本章第七和本節上文。——原注
○釋迦牟尼淨土畫（？）也是這樣，見下文。——原注

右下角獨立的平台上不是地位較低的佛，而是伎樂隊，中央佛兩側是兩尊脅侍菩薩和四個光頭弟子（其中一個弟子又老又瘦）。彼得魯奇先生辨認出，在另一幅中，釋迦牟尼兩側的題識中寫著舍利弗和目犍連的名字。

這兩幅中的另一幅的構圖相對要簡單一些，其前景的安排也有特別之處。左下角和右下角是兩個優美的迦樓羅，迦樓羅之間的大平台上坐著一尊很少見的佛，其肩上畫著日輪和月輪，胸前畫著須彌山，彼得魯奇先生認為這是釋迦牟尼。兩幅畫的供養人都保存了下來，有趣的是，他們的服飾與864年、891年那兩件作品類似，而不同於10世紀的供養人。

藥師佛淨土＞　有兩幅精美的畫藝術價值都很高，畫的是東方藥師佛淨土（圖142）。亞洲北部從西藏到日本自古就很崇拜藥師佛，因此發現藥師佛淨土畫是不足為奇的。畫面兩側的小條幅中都畫著與藥師佛有關的傳說，這些傳說場面都是純粹的中國風格，並伴有題識，沙畹和彼得魯奇先生將對它們進行詳細的解釋和評論。藥師佛淨土主體的布局與阿彌陀佛極樂世界總的來講是一樣的，但也有不同之處，可以看做是藥師佛淨土畫的特徵。這些特徵包括，前景中獨立的平台上畫有藥師佛12將，均頂盔貫甲，服飾華麗，與天王很相似，底部還畫了兩尊地位較低的佛及其從者。由於其中一幅的最頂部已缺失，所以無法得知，藥師佛曼荼羅中是不是在左上角和右上角分別畫著千手觀音和千臂文殊像。

本幅畫在細＞　這兩幅畫中的另外一幅畫得很有活力，做工十分精細，幸運
節上的引人注　的是，它的色彩依舊保存得很完好。它的許多細節之處都值得注
目之處　　　意，但這裡我只能說幾點。彼得魯奇先生辨認出來，中央佛兩側的脅侍菩薩是文殊和普賢。右上角另外還畫著持1000個化緣缽的文殊像，這是藏品中惟一的千臂千缽文殊像。三聖的眷屬中有鬼怪和形如天王般的武士，這也是藏品中獨一無二的，他們及一些次要人物使本畫顯得十分生動。此畫中的舞伎服飾華美，無疑是個年輕女子，正在活潑地跳舞，她旁邊有兩個嬰兒也在狂舞。水中漂浮的蓮花上是其他新生的靈魂，有的剛從花中跳出來，有的蜷縮在花裡，沉浸在甜美的睡夢中，有的形如莊重的坐姿小菩薩，但仍帶著惺忪慵懶之態。伎樂隊人數極多，某些樂器與奈良正倉院的藏品完全一樣。別的畫裡地位較低的佛都是像雕像一樣

圖142　絹畫，畫面為觀音及供養人

坐在兩側的亭子中，但此畫中即使他們也饒有生氣——他們剛剛離開蓮花座，帶著從者向主要平台兩翼的欄杆走去。更生動的是那些小菩薩，有的自在地坐在遊廊的欄杆上，有的正拉開窗簾，有的悠閒無事地享受著極樂世界的生活。最後還應該提一下，此畫筆法高超，清晰、細緻而有活力，色彩鮮艷並巧妙地保持著平衡。

淨土畫＞　　　另一幅東方藥師佛淨土畫的工藝同樣是很精湛的，但人物沒有這麼多，色彩也沒這麼豐富，整幅畫洋溢著一種寧靜、祥和的氣氛（圖62）。中央佛和兩個脅侍菩薩之間出現了幾個個性鮮明的佛弟子，均手持蓮花蕾，但沒有其他表明其身份的標誌物。此畫著色很不尋常，色彩依舊十分新鮮。

彌勒淨土＞　　　除了一個殘件（畫的是內容不明的佛本生故事，大概本是一幅極樂世界圖的一部分），我們只剩下兩幅淨土畫沒說了。一件是保存完好的絹畫，畫的是彌勒淨土，畫面頂上和底下是取自《彌勒下生經》的故事，其中有題識（圖63）。雖然此畫在構圖上和藝術上無法同極樂世界圖中之上佳者相比，但卻有特別的價值，因為它是藏品中的惟一一幅兜率宮淨土畫——這個淨土是由未來佛彌勒統治的。根據佛教傳說，許多大法師可以與彌勒佛切磋佛法，虔誠的玄奘法師就希望往生於那裡。雖然彌勒要在未來才能成佛，但此畫把彌勒畫成了佛，這與亞洲北部在佛教造像上的做法完全符合。但這幅畫中，彌勒的手並不是施說法印（坐姿彌勒一般施說法印），也沒有持小甘露瓶，而甘露瓶是他在犍陀羅藝術中的標誌物。目前，彌勒左右的兩尊大菩薩身份還沒有確定。大菩薩和彌勒之間有兩個貌如僧侶的人物，彼得魯奇先生認為他們是善惡童子。中央三聖兩側有兩個天王、兩個金剛，與幅畫中的形象完全一樣。彌勒的香案前面有舞伎和樂師，左右的平台上是兩尊地位較低的佛及其隨侍菩薩。整幅畫人物雖然不多，但卻有點擁擠。

彌勒淨土中＞
的傳說場面和
出家場面

　　　關於頂部的傳說場面，我想說兩點。右邊的人物顯然是地方官，頭上戴的是那種寬沿黑帽——10世紀作品中的男供養人幾乎都戴這種帽子。這些場面與其他傳說場面一樣，背景完全是中國風格，並用典型的山脈把傳說場面與彌勒淨土分開，山脈上畫著松樹（敦煌的畫家們在自己身邊都不可能看到這種山，吐魯番綠

洲中的畫家們更是如此——那裡的山都是光禿禿的）。畫面底部
中間畫的佛塔很有文物價值。佛塔的形狀似乎是圓柱形，上面是
個低矮的平頂，底下是四方形的底座。佛塔左右長長的香案上放
了些東西（其中包括裝著寫卷的包裹），大概代表的是所獻的供
品。左下角和右下角畫的是一個男子和一個女子皈依佛門（從他
們的隨從來看，他們顯然是地位較高的人物），這兩個場面也很
有文物價值。

　　還有一幅大絹畫與其他淨土畫都不太相同。畫面上方三分之
一是淨土，其餘部分是各種場景，有的為世俗場面，有的為天堂
場面，有的場面之間很難劃分開來，各場面的內容和它們之間的
聯繫仍有待研究。整幅畫的一個顯著特點是，並沒有一個佔主導
地位的人物，也不像其他極樂世界圖那樣遵循著生硬的對稱原
則。奇怪的是，此畫中的淨土被放在了一堵高牆之後。

<內容不明的
淨土畫

千佛洞的織物和寫卷

第一節　裝飾性織物：起源、用途和工藝

　　在千佛洞石室發現的藝術品中，無論從數量上還是從藝術價值上，僅次於繪畫、素描、印刷品的就是裝飾性織物了。它們幾乎都是絲綢，這一寶藏對於研究中國紡織藝術和工藝史提供了新的資料。而且，它們還顯示出中國紡織藝術同中亞、近東紡織品的關係，這更增加了它們的價值。考慮到它們的重要性，除了安德魯斯先生和洛里默小姐在文物目錄中對每件織物的詳細描述外，似乎有必要簡述一下它們所用的材料、本來的用途以及圖案的編織方法和風格。由於知識有限以及篇幅不足，我要在這裡討論這一問題受到了很大的局限。本來我是十分遲疑的，但是當我想到，儘管我的概述很草率，卻有可能引起專家學者對這些多姿多彩的藏品的注意，從而促進將來對它們的研究，所以我還是寫下了這篇文字。

<織物的數量和價值

　　但在概述之前，似乎首先應把兩件文物單列出來，它們在工藝上是紡織品，但從藝術特徵來看則應歸入前一章的繪畫。第一件是大刺繡吊簾，繡的是釋迦牟尼在靈鷲山上，上一章已討論了它的題材。無論從尺寸上來講（中央保存得完好的釋迦牟尼像幾乎有真人大小），還是從它極為細緻的做工來講，它都是畫作中極醒目的一件。佛像雖然從造像上來講有點僵硬，卻十分精美。我們已說過，佛像姿勢、服裝的每一細節都屬於一個特別類型，這一類型本是起源於印度雕有釋迦牟尼在靈鷲山的佛像，上一章提到的那幅殘破不全的菩薩絹畫和另一幅釋迦牟尼像也同樣忠實地體現了這一類型的特點。關於它們在造像上的相似性，我們在此無須重複。惟一不同的一點是，在刺繡畫中，佛站在一對衣著華麗的菩薩和兩個佛弟子之間。菩薩基本上完整地保留了下來，但當繡像折起來存放時，佛弟子恰好位於摺痕處，受了幾百年的重壓，所以除了繡得很好的頭部外，身體其餘部分已缺失。右邊的光頭佛弟子年紀較大，繡的是迦葉。

<大繡像（繡的是靈鷲山的釋迦牟尼）

　　菩薩的面部五官顯示出了中國風格的影響，但菩薩、佛弟子的形象簡單而生硬，這顯然說明，它們與經中亞傳來的印度原型有密切關係。再加上佛身上保留的印度特徵，使我們覺得，這件繡像可能年代較早。當我們再看一下底下的供養人，以及繡像中人物附件的某些獨特風格後，這一點更加確定無疑了。右邊跪著四個男供養人，左邊是四個女供養人，兩側後面都有個站立的侍者。只需看一下供養人就會發現，除了男子一側的和尚外，供養人的服裝與另兩幅阿彌陀佛淨土畫的供養人很接近。大量特徵都○引導我們得出這樣的結論，這幾幅畫不會晚於8世紀，**甚至可能還要早**。男供養人都戴著有「尾」的錐形帽，穿繫腰帶的長外衣；婦女都穿著相似的胸衣，衣服都有窄袖子，頭上都梳著樸素的小頂髻。考慮到大繡像中供養人數量之多及他們外貌上明顯的一致性，這一結論顯得更有說服力了。

　　在附件的細節上，繡像與上文說的那兩幅阿彌陀佛淨土畫也很接近，證明它們肯定出自同一時期，而且可能在風格上都受同一繪畫流派的影響。三幅畫中，華蓋兩側都飄下一對優雅的衣袂飄飄的天女，天女下面是捲雲，天女的這種姿勢在其他畫作中還沒有出現過。在菩薩的服裝上，我們可以注意到一個共同的細節──他們袍子的底邊上都有類似織錦的裝飾物。這三幅畫還有一個共同特點：神祇或是坐在或是站在無裝飾的灰綠色蓮蓬上。無○疑，進一步研究一下原畫，將會發現這一流派的**其他特徵**。無論其確切年代如何，這幅繡像無疑是千佛洞繪畫中最古老的作品之一。所用的鋪繡法極為精美、細緻，這不僅使畫面色彩顯得十分明麗，而且使現存各部分均保存完好。

　　第二件是絲綢刺繡吊簾，似乎也是一件年代較早的作品。這個吊簾顯然是由多塊織物拼貼起來的，這些織物肯定本是一些大織物的一部分，由於時間的關係受到了損壞，這才被機械地、不規則地拼成了現在的樣子（圖143）。中間的四條窄織物是用緊密的鎖繡法繡成的，每個窄條上都繡著縱向的兩排坐佛小像，這種坐佛小像我們在從和田到敦煌的佛寺壁畫中發現過不少，雲岡和龍門石窟的浮雕中也有很多。每個窄條上都有一些地方是從同

○參見第三章第八節。──原注
○比如，安德魯斯先生提醒我，有兩幅都用模式的五瓣小花來填補空白處，其中一幅的蓮花葉子中心處也是這種小花。──原注

圖143 刺繡吊簾，繡有千佛等像

一塊吊簾的其他地方取下來縫上去的。右邊那一條上破碎不全的那些小場景顯然也是這種情況。小場景完全是中國風格，都繡著一個較大的人物走在傘下，還帶著兩三個隨從。這些小畫面保存得太不完整，無法看出其題材是什麼。但值得注意的是，人物的服裝不同於其他所有作品中的供養人或兩側小場景中的人物，而且看起來要更古老。人物的頭飾使人想起鞏縣（Kung-hsien，音譯為「鞏縣」，因無進一步材料，不能確定，再者鞏縣浮雕是北朝的——譯者），浮雕中的供養人，甚至可能更古老。

絲綢用得最多＞　現在再來說說本章的主要內容，即除了這兩件以外的織物。我們首先會注意到，它們幾乎都是絲綢，而在極少的幾件麻布織物中，值得研究的不多。雖然織物在其他方面各不相同，但主要材料卻都是絲綢。這一點很引人注意，它清楚地說明，在石室封起來之前的幾百年間，敦煌地區絲綢的供應十分充足。絲綢不是敦煌的土產，甚至廣大的甘肅所產絲綢都很少，之所以在敦煌發現了大量絲綢，應該是因為它位於絲綢之路的要道上——中國產絲的省份就是通過這條路把絲綢運往中亞和西方的。

素綢的工藝＞　點綴絲綢的各種方法我們留待下文來說。現在我想指出，石室織物中還有很多素綢。它們主要是用於製作幢幡和幢幡的各種附件，在人們捐獻給寺院的小布施物中也有很多素綢。關於千佛洞織物的編織方法，安德魯斯先生做出了如下的精闢筆記：

千佛洞織物的編織法
F. H.安德魯斯

千佛洞織物中包括手工織布機織出的常見紡織品，可以分成平紋布、凸紋布、棱紋平布、斜紋布、緞紋、紗和絨繡，還有大量裝飾著圖案的織物，可分為錦緞、帶花紋的彩色織物、提花織錦。編織方法極雜，下文中我只說一下基本特徵，並避免使用專業術語。

平紋布＞　最簡單的編織法學名叫平紋布，由兩種互相垂直的線一股一股交錯著織成。縱向的線叫經線，繃在織布機上；橫向的線叫緯線，掛在梭子上，隨著梭子的前後運動而與經線交織在一起。我們的大量藏品都是這種織法。有時，所用的絲線是如此之細，織得如此緊密，以至於表面的紋理幾乎看不出來。

圖144　刺繡和花綢

圖145　草編織物殘片

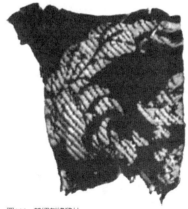

圖146　花綢刺繡殘片

當經線粗、緯線細時，<凸紋布和稜緯線繞過經線，使得織物表紋布面產生了橫向的羅紋，這種織物叫凸紋布，圖144就是這樣的例子，圖145上的草編墊子也很典型。這種方法會使編織緊密的平紋織物表面出現多種的效果，如蓋香案的布上的飾帶（圖69）。當緯線比經線粗形成凸紋時，就叫稜紋平布。

從編織者的角度來講，所有編織法<斜紋中最有價值的就是斜紋，這種織物不僅相當結實，而且表面的色彩是連續的，如果使用帶色的經線或緯線的話，能織出最複雜的彩色圖案。斜紋的編織方法不像平紋布那樣把一股經線與一般緯線織在一起，而是多股經線或多股緯線相編織。比如，緯線可能會越過3條以上的經線，然後織到一條經線底下，再越過3條經線，依次類推，這樣的長針腳叫「飄」。其結果是，織物表

面形成了一種很明顯的斜向羅紋，如圖146和圖147。斜紋可以織得比平紋緊密得多，由於織物正面都是長針腳，人們一般根本看不見經線，只有連續的緯線構成的織物表面呈現在人們面前。

圖147 花綢殘片

緞紋> 　　緞紋只是將斜紋稍微改變一下，由於針腳很長，看不見經線，織物表面顯得很光滑。如果緯線是稍微捻過的絲線的話，光澤就更醒目，我們的藏品中大多數彩色花綢都用的是這種緯線。

階梯狀效果> 有時，緯線相當寬，造成了一種階梯狀效果。顯然，如果一股扁平的緯線繞過一般緊繃的經線，緯線最後的軌跡與經線是吻合的，也就是說，這條軌跡是直的。繞過同一股緊繃經線的緯線越多，軌跡就越長。如此而來，每組圖案的邊都形成了直角，即圖案中的每個轉角處都是或進或退的直角，呈階梯狀，階梯的大小由經線間的距離和緯線的股數決定。

模式化圖案> 　　為使自己的工作簡化，織匠常常盡可能地減少轉彎處。如果簡化得太過分的話，圖案就變得越來越模式化，經過幾代人的發展後，最後圖案就已全無意義了，許多亞洲地毯的圖案就是如此。而另一方面，圖案變得有稜有角，常使線條顯得比較有活力。圖148就是階梯狀織法

圖148 花綢織錦殘

導致圖案不清的一個極端例子。其他織物的階梯狀傾向則沒這麼嚴重，比如圖149中奔跑的獅子、織錦殘件（圖150、151、152）以及某些薩珊風格的花綢。

圖149 毛紡織品殘片

圖150　刺繡織錦花綢殘片

如果織布機上經線的寬度和緯線的股數平衡得不好的話，圖案就會發生變形。這或是因為緯紗的數目計算得欠精確，或是杼用得太鬆或太緊（杼是織布時用來拉緊緯紗的工具），其結果是，圖案在縱向上被拉長或擠扁了。圖153中的對獅就存在這個缺點，同獅子的高度相比，其身體過短了，輪廓線也扭曲了。圖154中對鹿的聯珠邊也有類似缺陷，這兩件織物中原來的漩渦飾也都成了橢圓形。

＜圖案的變形

從上文對斜紋的描述中我們可以看出，用斜紋可以織出無數種花樣——從簡單的斜條紋到錦緞般的極複雜圖案，並能織出十分繁複的色彩。兩種方向相反的斜條紋可以形成菱形圖案——這種圖案顯然是織匠的創造。同心菱形圖案，或將斜條紋交叉的地方加粗以形成六邊形，這些只是前面圖案的變體。事實上，所有斜紋布中之所以會出現直線形圖案，是因為，在斜紋布的製作過程中，必須把線條交叉在一起。這些線條包括縱向的經線、橫向的緯線、朝相反方向發展的斜紋軌跡，所以很自然就形成了方形和多邊形。

＜斜紋圖案的種類

錦緞的織法是斜紋的變體。地一般是由經線組成的緞紋斜紋，圖案是由緯線組成的緞紋斜紋。也就是說，地是由經線的長針腳構成的，花紋是緯線的長針腳構成的。經線和緯線垂直相交，從各種角度反射著光線，使得圖案從地上凸現出來。這樣的例子見圖147、圖155、圖156等，其完整圖案已從現有的殘件中重構了出來。

＜錦緞

圖151　刺繡織錦花綢殘片圖

彩色花綢＞

某些彩色花綢織得結實而緊密，有些是雙面。緯線是彩色的；經線較細，有的是未經任何加工的本色紗線，有的用一種溶液處理過。處理過的經線會變得又脆又硬，有時已完全脫落，只剩下一組緯線了。緯線布置得很優美（在薩珊風格織物中尤其如此），色彩貫穿整幅織物，如圖156中重構的圖案。

挖花法＞

圖146和圖157中均用了挖花織法。現代

圖152　刺繡織錦花綢殘片

圖153　花綢織物圖案示意圖

圖154　花綢幢頂飾圖案示意圖

編織技術中的挖花設備是一種附在織布機上的工具，通過這種工具，可以隔很遠在織物的某些地方加入另一種顏色，而不必把這些顏色一直帶在織物表面。敦煌織物中的點狀圖案用挖花織法最合適，事實上也的確用了這一織法。有時也出現了把長長的紗線

圖155　錦緞圖案示意圖

帶在織物正面或背面的不可取做法，但一般背面用絲綢襯裏來加以保護。而大多數花綢沒有這種缺憾，編織得無懈可擊。

圖156　花綢圖案示意圖

<紗

在紗中，絲線的安排方式與上述做法不同，其主要目的是使織物更透孔，紋理更透明。一般布中，經線是彼此平行的，而在平紋紗中，經線是一對一對出現的，各對在緯線之間相交叉。一對經線總是出現在緯線之後，另一對則總在正面。其結果是紗的質地很結實，經線和緯線在交叉處是分開的。通過改變交叉的位置和線的分組方式，可以得到一些圖案。先把一組線合在一起，隔一段距離又將它們分開，也可以形成圖案。此外，隔一段距離把經線和緯線像平紋布那樣交織在一起，會形成圖158那樣的圖案。

此外要說的各種織物，其最初用途和出現在石室中的原因不盡相同。除了彩繪幢幡外，還有一些廟裡用的幢幡，也有三角形頂飾、飾帶等附件，這表明，各種絲綢的供應當時都是十分充足的。幢幡所用的材料有素綢、錦緞或印花綢，形狀、安排方式與上文說過的彩繪幢幡基本一樣。有些幢幡的各部

<幢幡及附件上的絲綢

圖157　花綢殘片

分早在封入石室之前就已與主體脫離，其中最常見的是三角形頂飾。由於人們似乎特別喜歡用華美的織物做頂飾，這些頂飾及其附件（如鑲邊、吊帶）構成了價值很高的絲綢織物寶藏。

作為捐獻物＞的小塊織物

石室中的各種小塊織物數量同樣很多，而且同樣重要——無論這些織物最初是用在衣服上還是別的什麼地方。它們之

圖158　紗羅圖案示意圖

所以出現在石室中，是因為它們是施主捐獻來的。虔誠的信徒們經常從衣服上撕下一些布塊，作為還願品獻出來，這種做法在東西方的寺院和其他聖地都極為普遍，在此無須贅述。從我第一次在塔里木盆地探險起，就多次請人們注意這些「還願織物」的考○古學價值——不論它們是在古代還是現代朝聖地出現。凡是由於乾燥的氣候或別的原因而使之得以保存的地方，這些織物都彷彿組成一個紡織品展覽，等待著未來文物學者們的研究。在千佛洞石室中，這些織物不僅包括窄條的各種素綢和花綢，而且還有很多由這些碎片拼貼成的織物。由於拼貼布中的織物理應是出自同

○尼雅遺址以南的當代朝聖地伊瑪目・賈法爾・沙迪克的樹上就掛著數量極多的各種還願織物，在安迪爾的寺院也發掘出了很多類似的還願織物。——原注

一時代，所以它們顯然能提供一些時間上的訊息，這種訊息將來可能會更有用。

＜還願用的拼貼布

　　上文說的還願用的拼貼布主要是兩條蓋香案用的布（圖68、69），還有不少較小的織物（肯定本是這類拼貼布的一部分）。這種拼貼布應該是用來蓋香案或雕像底部的，因為在某些淨土圖等大畫中，神前面的香案上就畫著與此完全相同的布。圖69長達26英尺，圖68有9英尺多長。它們主要是由一長條絲綢構成，其底邊上先是縫了很多三角形飄帶，然後又縫了一排吊帶，後面襯了一塊素綢短幕作背景。飄帶和飾帶由從其他織物上裁下來的小塊拼成，包括刺繡、花綢、錦緞、紗或印花綢，種類十分多樣，布局上也沒什麼規則。如圖所見，飾帶本身也常常是拼成的。飾帶和飄帶末端常打個結，或做成流蘇，或縫一小團其他花綢，這些東西大概表示拼貼布本是還願用的。大還願織物（圖57、159）○的形狀與上述兩件拼貼布不同，但組成卻類似，是由矩形刺繡、花綢、錦緞、印花綢拼成，色彩豐富，圖案式樣很多，給人的印象很深。其他小塊織物，如絲綢或麻布做的華蓋以及紗做的紙，肯定也是還願用的。

＜寫卷卷軸封面

　　用絲綢製成的寫卷卷軸封面用途比較特殊，它們雖然數目不多，但同樣把大量精美的織物展示給我們。完整的圖案十分引人注目，如圖151。它鑲邊和條帶上用的是花綢，花綢上薩珊風格的圖案極為醒目，還用了特別精美的窄條織錦作裝飾。從形狀和結構上來講，這個封面以及其他保存得不太完整的封面，與日本正倉院所藏的一件唐朝初年的封面十分接近。另一個封面也與此類似──它是用竹篾編成的，裝飾著編織得很精巧的絲綢條（圖160）。最後還要提一下美麗的刺繡品。作為一件紡織品它很引人注意，但用途尚不明了。它的植物圖案極為優美，還裝飾了金葉子和銀葉子（圖161）。

＜織物中的裝飾法

　　有大量資料證明，中國的紡織工藝在很早以前就十分發達。因此，不難設想，如今遠東絲綢製造業中的幾乎所有主要裝飾方法，在千佛洞織物中都已出現了，而且工藝都相當完善。下一

○有些飾帶末端還縫著小人，更加說明了織物的用意是為了還願，祈求神保佑孩子，參見圖68。──原注

圖159 拼貼布，由刺繡和花綢拼成

圖160　竹箴與絲綢編織的寫卷卷軸封面殘片

圖161　刺繡織錦花綢殘片

節裡，我們將描述圖案的風格，以及與其相關的藝術問題和考古學問題。在本節，我簡單說一下幾種裝飾工藝及其代表性作品。有一點是很明顯的：雖然很多織物出自唐朝甚至可能更古老，但它們卻並不能對中國紡織業的發展史提供太多的新訊息，因為在唐朝以前更久遠的時期，中國的紡織業就已十分發達了。

　　從為數極多的錦緞和紗上，我們可以看到在織物本身紋理上所用的最簡單的裝飾法——因為它們的花紋雖然是單色的，但卻有各種各樣的圖案（圖155）。在我們的藏品中，這類帶花紋的錦緞和紗幾乎與彩色花綢一樣多，但值得注意的是，它們受到的西亞（即波斯）紡織藝術的影響，比花綢中要少得多。西亞風格一般被稱作薩珊風格，正是因為其與薩珊風格的聯繫，使得許多花綢具有了特別的文物價值。但縱使沒有這種聯繫，花綢那鮮艷而和諧的色彩、精巧的工藝，也必定會引起人們的注意。這類花綢在藏品中數量很多，這大概是因為人們特別喜歡在幢幡頂飾中使用這種明艷的花綢（圖57）。

　　藏品中的中國織錦只有幾件，但它們的工藝全都極為精細，

＜帶圖案的錦緞和紗

＜彩色花綢

＜織錦

都是用針製作的。我們發現，同一塊織錦的小塊部分被分別用在不同的幢幡、寫卷封面中，這表明了人們對織錦的重視。與一些刺繡品一樣，織錦中還用了金葉子，其方法是把金葉子黏在紙上，再把紙裁成極窄的條——這種做法至今在遠東地區仍很流行。

刺繡＞　　關於在紡織品成品上再進行裝飾，我們的大量藏品展示了兩種方法。一種是刺繡，一般以鋪繡法繡在紗上，

印花綢＞大多數刺繡品的工藝是無可挑剔的，這種工藝仍保留在當代中國的刺繡之中，刺繡中的植物圖案全是純粹的中國風格。第二種方法是印花，大多數印花綢

圖162　印花綢殘片

的圖案也是中國風格，但即使所印的圖案從藝術上來講是賞心悅目的，工藝卻無法與其他織物相比（圖162）。有幾件印花綢的圖案顯然受到了西亞風格的影響，而工藝則是中國風格。下一節在討論薩珊紡織品圖案對中國的影響時，我們還會提到這些印花綢，看它們對解決這個有趣問題是不是有所幫助。

第二節　織物中的中國風格圖案

源遠流長的＞　　無論是千佛洞織物的工藝還是編織方法，都不如其圖案和圖
中國紡織藝術　案中所顯示的藝術風格那樣具有考古學價值。大量歷史資料早已證明，早在千佛洞石室封起來之前幾千年，中國的絲綢紡織技術各方面就已達到了爐火純青的地步。同樣毫無疑問的是，從很早時候起，編織帶花紋的織物、織錦和刺繡的方法，就已為東西方

近東與中國＞的人們所熟知，並得到了廣泛應用。但由於最近在埃及古墓中發
絲綢業的關係　現了大量希臘晚期和拜占庭時期的織物，學者們對近東、中國的
　　　　　　　○古代絲綢業及其相互的影響提出了很多**重要問題**。要解決這些問

○是史特拉茲高斯基教授第一個憑直覺強調指出，伊朗（以及在文化和政治上與伊朗相關的地區）的紡織品，先是對希臘化地區、然後對南歐發生了幾百年的影響。人們後來的研究證實了伊朗的薩珊風格織物與遠東從波斯引進的圖案之間的關係，史特拉茲高斯基教授則很早就注意到這種關係。——原注

題，有年代可考的中亞或遠東古代織物無疑具有重要價值。考慮到千佛洞織物的年代（至少其下限）是確定的，以及敦煌在中亞交通要道上的重要地理位置（中國產絲的地區與西方之間的跨國貿易一直就是沿這條絲綢之路進行的），認真研究一下千佛洞紡織品的圖案無疑會給我們很多啟發。

雖然我目前能看到原件，也能查閱到關於西方和日本相關織物的出版物，我仍無力對所有圖案作系統研究。但有幸的是，安德魯斯先生和我一開始就意識到了千佛洞織物中圖案的價值，J.史特拉茲高斯基教授1911年還給我提出了特別的建議，因此，我們及時準備了大量照片和示意圖，來說明織物中有代表性的圖案。這些圖版都是在安德魯斯先生的親自指導下精心製作的，各方面均真實可信。在「文物目錄」對每件織物的詳盡描述中，安德魯斯先生和洛里默小姐也對圖案給予了高度重視。洛里默小姐除了撰寫了「文物目錄」中關於千佛洞織物的許多條目外，還記錄了人們應該參照的某些薩珊風格裝飾圖案和西方的其他古代紡織品圖案，因為我們的織物中的某些圖案顯然與它們有關聯。

<絲綢的照片和示意圖

下文依據的都是這兩位孜孜不倦的同仁所提供的資料。我將先說一下千佛洞織物圖案在風格上的顯著差別，然後再談談織物的產地問題。我的論述將是簡略的，並只限於考古學上的重要問題。但我也會說到中亞古代的絲綢貿易對圖案的傳播所產生的影響，還會提到我第三次考察中發現的更為古老的絲綢織物對這些問題能提供的新啟示。

<幾點考古學上的問題

千佛洞織物的圖案可分成兩大類，兩類的數量差別很大，但都很有價值。絕大多數織物屬於第一類，它們的圖案要麼一眼能看出是中國風格，要麼是不受外來影響而在中國紡織藝術中發展起來的。第二類圖案則要麼顯示出在薩珊王朝統治時期，伊朗和其近東相鄰地區裝飾性紡織品的典型風格，要麼是中國或其他地方所模仿的薩珊風格。一些值得注意的問題主要與第二類相關，包括織物的產地問題，以及為什麼遙遠的東方會模仿西方的圖案。

<源自中國的圖案和起源於伊朗的圖案

不論其具體工藝（刺繡法、織花紋的方法等）如何，千佛洞織物的圖案絕大部分是純粹的中國風格，這種現象在當地環境、

<中國風格圖案居主導地位

地理位置、佔主導地位的藝術影響中都可以找到解釋。我們已說過，自從漢武帝修的長城延伸到敦煌以來，敦煌在政治上雖然經過很多磨難，但本質上來講它一直是中國領土。從漢朝第一次占領這塊綠洲，到千佛洞石室被封閉，中間經過了1100多年，在這段歷史的大部分時間裡，中國的絲綢業在包括西方地中海地區在內的世界上都處於壟斷地位。即使在石室封閉之後，中國絲綢仍遠銷中亞。即便今天，在經歷了那麼多歷史巨變之後，這一事實仍未改變。在長達幾個世紀的時間裡，從絲綢之國中國出產的絲綢都要經過絲綢之路這條貿易大動脈銷往遙遠的西方，而絲綢之路就途經敦煌，這無疑加強了中國本土對帝國西部這個要塞的控制。

中國向別國>
出口絲綢

　　後來，養蠶業傳到了中亞。但即便中亞某些地區的絲綢製品在質量和產量上能與絲綢古國中國相比，看一下地圖我們也會知道，從商業角度來講，無論在古代還是現代，中亞的絲綢出口到東方的敦煌都不太可能。古代粟特地區中，只有法哈那（Farghāna）、撒馬爾罕、布哈拉的地理環境有利於較大規模地發展養蠶業和絲綢業，這幾處到敦煌的距離幾乎相當於四川到敦煌的兩倍，而四川是中國的主要產絲省份之一。還有，從中亞到敦煌要越過高山，一路上主要是沙漠，運輸上存在著極大困難。和田較早就從中國引入了養蠶業，但那裡絲綢和絲織品的產量不可能很大，而且從那裡到敦煌也存在著運輸上的困難。敦煌及附近的甘肅西部地區氣候上則不適合養蠶，所以千佛洞的任何絲綢都不可能產自本地。但無疑，織物上的圖案是十分合乎當地人的口味的。在所有藝術問題上，敦煌本地人的趣味都顯然是中國式的。

圖案間的比>
較

　　上文說過，千佛洞織物之所以在考古上具有特別的價值，是因為它們的大致出產時期是已知的，或至少其下限是已知的。因此，把這些中國風格的圖案同早期中國紡織藝術品中的圖案相比較，會得出有益的結論。但這個任務在我是無力承擔的。除了其他局限性外，目前我無法參閱有關出版物——這類出版物中登載著正倉院和日本其他地方的年代大致可考的織物的情況。1914年我在樓蘭地區的漢墓中發現了大量更古老的織物，對這些織物的研究目前遠未完成。所以，我在此只能簡述一下千佛洞中國織物圖案的主要類型，並只能述及最有代表性的織物。

　　中國風格圖案可分成兩大類。第一類是植物圖案，都程度不
同地傾向於現實主義的處理方法，並常同動物圖案（主要是鳥）
吉合在一起。另一類是幾何圖案，其基礎是某種流行的花紋，如
「菱形紋」或重複的「點」。這類花紋也常變得類似於植物，有
時甚至也接近於現實主義風格。

<中國風格圖案的類型

　　我們發現，在刺繡品中，第一類圖案得
到了最自由的發揮。這一點很引人注目，但
並不令人吃驚。因為刺繡者的繡針是不受技
術的影響的，而由於技術原因，使用織布機
的織匠更願意選用模式化的圖案。實際是，
儘管主題和安排相當不同，我們的所有刺繡
品上一律是自由、大膽的植物圖案，看一下
圖57、150、159、160、161、162中的刺繡
品就會充分看出這一點。其中寫卷封面（圖
161）設計大膽，樹莖拖得很長，花朵色彩
繽紛，更有飛鳥使刺繡顯得生動起來。這件
作品不僅是刺繡中最精美的，也是保存最好
的。圖163幢幡構圖和諧，工藝精湛。

<刺繡品中現實主義風格的植物圖案

163　織錦花綢殘片

　　我們也發現，完全為中國風格的
印花織物的細節部分也是相當優美、

<印花綢上的中國圖案

164　印花綢殘片

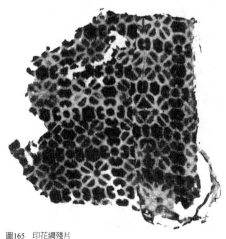

圖165　印花綢殘片

大膽的植物圖案，研究一下以上插圖就會看出這一點。在拼貼布（圖57）鑲邊上的圖案中，尤其值得注意的是其中優美的花枝和花枝上的鸚鵡。在

圖166　印花綢殘片　　　　　　圖167　印花綢殘片

一幅印花幢幡的圓形「點」狀花紋中，我們可以看到一種十分典型的中國圖案，即兩隻飛鳥繞圈旋轉，其中的飛鳥是鶴（圖164）。圖165、166、167中的圖案是由小花組成的菱形花紋。應該同印花綢歸入一類的還有幾件幢幡，幢幡上用模版印有中國風格的圖案。其中最有趣的圖案，是兩隻鴨立在菱形之中，菱形是由富麗而逼真的植物圖案構成的（圖168）。這個圖案的風格和處理方式使人自然地聯想起正倉院藏品中的一件精美的彩繪圖案（圖169）。

圖169　用圖案裝飾的絲綢圖

圖168 印花綢殘片

織錦為中國> 風格

在出自織布機的圖案中，應該放在第一位的是織錦圖案——織錦數量雖然不多，卻很醒目（圖170）。這些圖案也完全是中國風格，花紋也是以植物為主，但顯然比前面所說的那幾類更加生硬、更加模式化。織錦條和寫卷封面（圖150）中，圖案似乎是漩渦飾和模式化的棕葉飾，色彩也富麗而和諧，紋理也十分細密——這也是這些小塊織錦的

圖170 花綢刺繡殘片

圖171 花綢織錦殘片

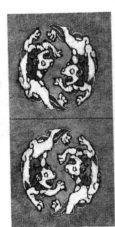

圖172 花綢織錦殘片（左）　　　圖173 花幡幡頂飾示意圖（中）
圖174 花綢刺繡殘片（右上）　　圖175、176 花綢刺繡殘片（右下

共同特點。圖171、172上是精美的植物圖案和漩渦飾圖案。

彩色花綢上> 的中國風格植 物圖案

彩色花綢（其中一些就工藝來講可被稱為「真正的織錦」）圖案種類很多，也很有趣，其中既有現實主義風格的植物圖案，也有多少有點模式化的幾何圖案。最典型的中國風格圖案可能就是圖146中的圓「點」，是由三隻繞圈旋轉的飛鳥構成的。圖173的圖案與之類似，但更加模式化，是成對的獅子繞圈旋轉。圖174的圖案十分優美，是由小花構成的，每朵小花兩側都有同對活生生的鴨子。此外還有圖175、176，其圖案完全是現實主義風格的植物，這在其他花綢中也很常見。我們在圖69的花綢條中

圖177　拼貼帷幔頂上的花綢圖案示意圖

發現了一種很有趣的圖案，是把現實主義風格的動物和花朵同模式化的圖形結合在了一起，圖177中是其重構後的完整圖案。那兩對自由奔放的飛馳的鹿是每個花紋中最醒目的特徵，它們是典型的中國風格，也見於正倉院藏品中。圖178的圖案性質與其類似，但是是由鳥和模式化的花朵構成的。

彩色花綢中的幾何圖案花樣也很多。圖57中可以看

圖178 織錦條　　　　圖179 絲綢織物圖案示意圖

出幾何圖案發展的不同階段——從簡單的鋸齒形、四葉飾、模式化的花等，到複雜的網格形（看起來像是由植物構成的）。有一個複雜的圖案在幾件織物中稍加變化地反覆出現，圖179的一幅絲綢織物圖案示意圖最能體現它的特點。這個圖案是由圓形「點」構成的，「點」中是個八邊形，八邊形外面環繞著漩渦飾和花朵，八邊形之間是同樣華麗的四葉形花紋。這一圖案在正倉院的唐朝文物中很常見，顯然是中國風格。有趣的是，我們於遠在西方的喀達里克寺院遺址的兩個壁畫殘件中也看到了它（圖180）。其中一幅壁畫中，這種圖案與薩珊風格的橢圓形團花並

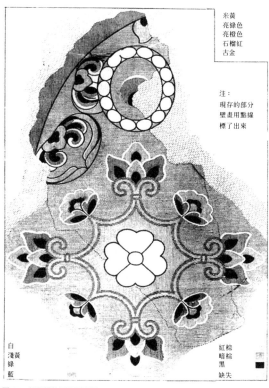

米黃
亮綠色
亮橙色
石榴紅
古金

注：
現存的部分
壁畫用點線
標了出來

白
淺黃
綠
藍

紅棕
暗棕
黑
缺失

圖180 絲綢織物圖案示意圖

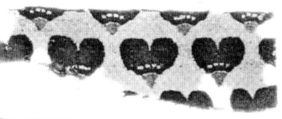

圖181 刺繡花綢殘片

列在一起，這似乎象徵著和田所受到的來自東方和西方的雙重影響。圖181中的圖案雖然簡單卻很醒目，在金黃色的地上是排成斜排的猩紅色「心」形。圖160是個竹篾編成的寫卷卷軸封面，竹篾是由成股的絲線編在一起的，絲線構成了很有趣的幾何圖案。這個封面保存完好，在正倉院藏品中也有類似的封面。封面的圖案中還織有一個漢字，再加上用的是絲線，表明此封面是中國工藝無疑。

　　當我們來看單色的花綢或錦緞時，會發現佔主導地位的是較簡單的幾何圖案。只在幾件錦緞中（圖182和圖183）出現了複雜的花鳥圖案，但這些也是很模式化的。除此之外，圖案多是同心菱形、V形條帶、四瓣花、漩渦飾等。無疑，相對簡單的圖案佔多數是出於工藝上的考慮，這一點在紗上體現得更明顯（那裡

<單色織物上的幾何圖案

只有簡單的幾何圖形）。紗中出現了排成網格的卍字紋和十字架（十字架的空白處是正方形），這些起初會讓人覺得圖案受到了西方的影響。但我在樓蘭地區的古墓裡發現的漢代絲綢中也出現了同樣的花紋，這無疑表明，中國紡織藝術中很早以前就已經使用這種圖案了。

圖182、183　錦緞圖案示意圖

第三節　薩珊風格的圖案及其仿製品

西方藝術的滲透＞　　與第一大類完全不同的是第二大類圖案，它們的布局和做工都十分接近於薩珊風格，說明那些織物有可能產自西亞。也有的織物雖然出自中國人之手，其布局卻無疑受到了薩珊風格的影響。這第二大類織物數量不多，但對於東方紡織藝術史的研究卻非常重要，因為它們可能會對以可攜帶的織物為載體的複雜的藝術滲透現象提供新的啟示——這類問題在西方已經討論得很多，在中亞和遠東也應受到同樣的重視。

合留吉廟中＞仿造的波斯圖案　　眾所周知，唐朝7世紀或8世紀的花綢模仿了波斯薩珊風格的圖案，奈良合留吉（Horiuji）廟的藏品中著名的伊豆織物就明確無疑地證明了這一點。這件織物是756年藏於那裡的，它的團花造型和團花中典型的狩獵場面顯然是波斯風格，而整個圖案的做工和團花之間的裝飾性植物圖案則是明顯的中國風格。有充分證據表明，自那以後幾百年間，波斯和其他近東風格的圖案在中國紡織品中都出現過。

傳到中國來＞的波斯織物　　由上可知，波斯和其鄰近地區的裝飾性紡織藝術在唐朝初年就已傳到了中國，這一點是確切無疑的。但還有很多問題有待解決，比如：這些西亞織物是來自哪個地區，並經由什麼道路來到中國的；它們在何種程度上影響了中國人的藝術趣味；為什麼人

們模仿這些圖案並將其出口，等等。在此我無法泛泛地討論這些問題，但顯然，要想澄清它們，有必要對我們的藏品進行仔細的研究。

薩珊風格織物中最受歡迎、最持久的圖案就是成對的獸或鳥（無論這些織物是產自波斯還是波斯以外地區），而波斯風格的紡織藝術中最常見、最典型的特徵，就是把對獸或對鳥等主要圖案圍在圓形或橢圓形團花之中，團花在織物表面重複出現。我們發現，千佛洞藏品中有一組花綢，一律重複著對鳥或對獸的圖案和更典型的團花布局，而且沒有任何中國風格和中國工藝的跡象，這使我無法不想到它們可能產自西亞。 <薩珊織物中的圖案

它們之中最引人注意的可能就是寫卷卷軸封面圖150的鑲邊和裝飾性條帶。這是條織得很好的花綢。其中織有兩側稍扁的圓形大團花，每個團花中都是一對長著翅膀的獅子立於棕葉飾的底座上，團花間是模式化花朵構成的較小的菱形。歐洲有兩件精美的絲綢，其紋理和著色與這幅圖完全相同，也是類似的團花圖案，團花中也是一對極為模式化的獅子大步而行。其中一件藏於南肯興頓博物館（South Kensington Museum）中，另一件是三斯大教堂（Sens Cathedral）中聖科龍巴（St. Colombe）和聖魯（St. Loup）的裹屍布。團花之間的空地上不是花朵，而是一對狗隔著○一棵樹而立──整個圖案都是人們熟悉的薩珊風格。三件織物的團花圖案有很多共同之處，其中包括：對獸織得都很生硬，團花邊都由兩層花瓣或葉子構成，整個圖案中到處都是「階梯狀」的邊。馮·法爾克教授在其《絲綢織物史》中認為，這三件織物在處理上的典型特徵屬於一種波斯花綢，這類花綢出自霍臘散○（Khorāsān）或奧克蘇斯河地區。 <寫卷卷軸封面上的薩珊風格花綢

在絲綢幢幡頂飾（圖184和圖185）的圖案中，我們又看到了同樣僵硬的對獸、同樣的「階梯狀」輪廓線。其中有橢圓形團花，團花中是一對鹿相對立在棕葉飾的底座上。團花間的空地上 <其他產自西方的織物上的薩珊風格圖案

○關於三斯大教堂的裹屍布，查泰爾認為，有證據表明，裹屍布分成兩塊是發生在853年的事。查泰爾先生在他的很有啟發性的著作中說到，他已充分意識到三斯大教堂裹屍布與我們的千佛洞織物之間的關係。伯希和先生所獲的千佛洞寫卷封面中也有類似織物，現存於盧浮宮。──原注
○目前我沒有法爾克教授著作的原件，我是從洛里默小姐的筆記中轉述此書的。法爾克教授認為這組織物是8～9世紀的，但不會早於西元750年。──原注

是帶缺口的四葉飾，四葉飾中有一對鵝。團花邊上裝飾有橢圓形聯珠，「聯珠」在薩珊風格的織物中是極為普遍的。圖185中的殘片中，團花邊上裝飾的是一對鴨，與圖184空白處的那對鵝很相似。我們的藏品中，這類織物還有一些，它們都是小殘片，完整圖案已不得而知，但細節上明白地顯示出薩珊風格的特徵。值得注意的是，在這組圖案中，我們沒有發現相交或相連的團花，而相交或相連的團花在其他薩珊圖案及其模仿品中是很常見的。

圖184　幢幡頂飾花綢

產於奧克蘇斯河的織物

我們的藏品中的上述織物，其圖案和處理細節完全是西亞風格的。從地理上我們可以得出一個明顯的推論：它們是經中亞來到敦煌的。馮·法爾克教授認為，在歐洲發現的與它們完全相同的織物產自伊朗東北包括奧克蘇斯河流域的地區。我目前尚不知道，是什麼證據使這位傑出的學者得出這一結論的。而我也獨立地得出了類似的結論。根據地理和文物上的證據，我覺得，千佛洞中這幾件西亞織物並非來自波斯本土或再往西的近東

藍
綠
紅
黃
淺黃

圖185　花綢幢幡頂飾示意圖

地區，而是產自從法哈那到奧克蘇斯河之間的廣大的粟特地區，古代工藝美術的中心撒馬爾罕和布哈拉就位於這一地區。中國開始向外出口絲綢後，這些城市肯定成了絲綢貿易的中心，所以也有可能較早地發展起自己的絲綢製造業。

自從中國在貿易和政治上首次向西擴張，古代粟特地區和塔里木盆地以及中國西疆之間就存在著多種聯繫，在此我不可能也不必要詳細探討這些聯繫，在吐魯番和敦煌發現的大量粟特文寫卷就足以證明這些聯繫的存在。很難確定傳播到中國產絲地區的薩珊風格圖案究竟起源於何處——在唐朝甚至更早，當中國同西方的海上貿易已完全確立的時候，模仿薩珊圖案的織物就已出現了。但就敦煌石室中的這幾件西亞絲綢來講，我覺得說它們產自古代粟特地區是**最合理的解釋**——那一地區當時肯定自己就能生產絲綢，現在情況也是如此。 ＜粟特地區的絲綢業

圖148的圖案使人們注意到藝術風格的相互影響問題（它的多個殘件如圖150、160、161等）。這些織物重構後，我們會看到：織物重複的大「點」中是花鳥圖案，這種圖案本是現實主義風格的，在此則變得生硬起來，有點像地毯上的幾何圖案了。大「點」之間的小花也是極為模式化的。無論大「點」還是小花都有階梯狀的輪廓線，這類輪廓線顯然不是中國風格，卻使人想起前面所說的薩珊風格圖案。另一幅殘件的圖案和處理方式也表現出同樣的特點。安德魯斯先生認為，在這兩件織物中，本來源自中國的圖案在受到薩珊織物風格影響的織匠手中發生了變形，幾乎已經難以辨認了。我覺得他的看法是很有道理的。除了上文所述外，再沒有什麼能夠引導我們得知，將源自中國的圖案加以改造的做法是發生在什麼地區。但值得注意的是，這些織物色彩很生動，使用了深藍和白、明黃和綠這樣對比鮮明的顏色，這不僅完全不同於藏品中幾乎所有中國織物的和諧色調，也明顯有別於基本上以暗淡色調為主的薩珊風格織物。 ＜中國和波斯風格的交互影響

○在此我只能簡單提一下，1915年我在吐魯番的阿斯塔那墓中發現的大量錦緞般的7世紀絲綢，其圖案也是薩珊風格的，我尚未對它們進行詳細的研究，但它們也必定來自西方。這些墓中用作裹屍布的其他為數眾多的絲綢似乎是產自中國的。在安迪爾寺院中發現的一件織得很好的花網殘件也有階梯狀的邊，但它太小了，無法看出完整圖案是什麼。——原注

印花綢上有＞
的圖案模仿的
是薩珊風格

有一小組
有趣的印花綢
反映了相反方
向的「藝術滲
透」──它們的
圖案顯然源自
波斯，但在中
國織匠的手裡
發生了變形。
其中最典型的
是圖186，這
幾件織物屬於
不同的幢幡，
但印自同一個
刻得很好的模

圖186　印花綢殘片　　　　　　　圖187　絲綢織物圖案示意圖

子。在一幅絲綢織物圖案示意圖中給出了盡可能完整的圖案（圖
187）。這一圖案的主要部分是典型薩珊風格的圓形大團花，團
花裡下半部分是一對相對而立的鹿，鹿的一隻前腿抬起，鹿之間
有一棵模式化的樹。不幸的是，團花裡上半部分的圖案已無法確
定，但從產於西亞的薩珊風格圖案以及另外一幅印花綢上的圖案
來看，團花上半部分極有可能也是一對動物。團花邊上是橢圓形
聯珠，這在薩珊風格圖案中也很常見。團花反複重複，縱向、
橫向都相連。團花上、下、左、右四點不是聯珠，而是方形裝
飾物，這與奈良合留吉廟的伊豆絲綢是一樣的。團花之間的空
地上有大團葉子組成的菱形，雖然不那樣逼真，但顯然是中國
風格。鹿腳下的底座也發生了變形──薩珊風格圖案中肯定是棕
葉飾，此處卻成了雲朵。從鹿生動、逼真的筆法上，也不難看出
中國風格的影子，正倉院藏品中一件花綢上的鹿就是這樣的形狀
和姿勢。鹿之間的樹雖然生硬而模式化，但也不乏中國風格的影
響。

印花綢上的＞
對馬圖案

　　無疑，這個模子是中國人模仿薩珊圖案刻製的，但所用絲綢
的質量不是太好，說明這些織物可能不是為了專門向西方出口。
模子有可能是敦煌本地人製作的。對奇怪的印花綢（圖188）來
說，這更是最合理的解釋。它是一件幢幡的一部分，圖案與上面
那一件的共同之處是也有兩對動物，上面一對、底下一對，但此

圖188 絲綢織物圖案示意圖

處印的是馬駒。這裡沒有出現薩珊風格的那種典型的團花。此圖案的醒目之處在於，馬駒生動而有活力，似乎正在自由地奔馳。模子刻得稍微有點生硬，由於絲綢很薄，質地不佳，顏料發生了流溢，但即便如此，仍可以清楚看出馬駒身上的中國風格。底下那對馬駒身體短粗，頭很大，耳朵短，顯然是蒙古馬。上面那一對身上有斑點，大腹便便，明顯代表另外一種馬，但由於馬頭已缺失，其種類已無法辨認。織物底部還有一對與前兩對上下顛倒的馬，說明圖案是顛倒著重複的。敦煌南面與吐蕃游牧部族相鄰，東面、北面與突厥部族相鄰，在敦煌刻印馬的圖案，肯定能夠迎合本地市場上許多顧客的要求。直到今天，敦煌仍是一個大集散地，為蒙古和西藏游牧部落提供商品（藏族部落就放牧於柴達木高原上）。

印花綢（圖162）給我們提供了一個中國工匠改造西方圖案的很好例子。這件印花綢被兩個幢幡用作頂飾。它的圖案是重複的圓形大團花，團花外環繞著由大團葉子構成的複雜的菱形，菱形幾乎把團花之間的空地都填滿了。團花有兩重邊，外邊一重裝飾著橢圓形聯珠，裡邊一重裝飾著四葉飾，這些生硬的裝飾物顯然是薩珊風格。但團花之內的圖案則無疑是中國風格：中間是一朵比較模式化的花，繞著花是四對逼真的鵝。團花外繁複的葉子和花也是中國風格的。絲綢質量上乘，做工細緻，表明此綢可能

＜中國絲綢中薩珊風格發生了變形

產自中國本土。其中精細的花綢吊帶必定也來自中國內地，它的圖案很小，圓形團花中有一對相對而立的鴨，團花之間的空地上和團花相連的地方是花朵。此圖案的整體布局顯然是波斯風格，但其至為精細的做工和風格上的某些細節表明，絲綢肯定產自中國。它不僅在編織方法上與我們的第一組薩珊織物完全不同，而且團花是連在一起的，也沒有階梯狀的輪廓線。但值得注意的是，在西方的薩珊風格織物及其模仿品中，連在一起的團花是十分常見的。

織著半獅半 >
鷲獸、雙足飛
龍的花綢　　下面要說的這件花綢圖案很奇特，一眼看上去，會令人十分困惑不解。我指的是三角形織物（圖144），它是由兩塊織物縫成的，可能本是某個幢幡的頂飾。安德魯斯先生親手繪製了它的圖案示意圖。它織的是成排的扁平拱形，拱形由立柱支撐著，立柱又是立在下一排拱形的拱頂上。由此圍成的空間中是兩對動物，一對在另一對之上，兩對動物或是一對雙足飛龍和一對半獅半鷲獸，或是一對雙足飛龍和一對獅子，每對動物都隔著立柱相對而立。立柱把空間縱向分開，兩端分叉，形成橫貫織物表面的圖案類似於 >
漢代織物網格。動物形象既富於想像力，又充滿活力，很容易看出它們完全是中國風格。還有一些細節不應忽略，比如，拱形上裝飾的漩渦飾很像模式化的中國式雲朵。乍看之下，對獸的布局似乎使人想起某些薩珊風格的圖案，但大量事實又告訴我們，這並不是個薩珊圖案。動物的形狀和建築般的花紋，不可能是從波斯圖案中生硬的圓形和橢圓形演變而來的。但另一方面來講，這件花綢中動物及裝飾性細節的整體處理方式，與從敦煌古長城發現的兩塊花綢殘片有某種關聯，這種關聯很難說清，但又是明顯存在的（圖189、190）。後者的圖案中，織有奇怪的龍和鳳，邊上織著雲朵。只需將圖144與它們比較一下，讀者就會明白我的意思。此外，這三件織物的編織方法也完全相同，都是「經線羅紋」法的一種變體，這種織法在千佛洞其他織物中還沒有出現過。它們所用的色彩也都很有限，一種顏色是地，再用一種織圖案。

樓蘭古墓中 >
的花綢　　只是由於後來又新發現了大量中國早期織物，以及安德魯斯先生對這些織物進行的初步研究，我們才有可能解開這個謎。是安德魯斯先生第一個使我注意到這樣一個事實：1914年我在樓蘭漢墓中發現了許多中國早期文物，其中包括花綢，某些花綢的圖案一方面與上文說的殘片很接近，另一方面又預示著我們所說的

圖189　花綢殘片

圖190　花綢殘片

薩珊風格的某些特徵。尤其是在漢墓花綢中，對獸圖案作為裝飾性織物的一種布局，其地位已經完全確立了。在安德魯斯先生看來，圖144這件千佛洞獨一無二的織物，其圖案是保留或繼承了樓蘭花綢所代表的那種中國早期裝飾性織物的風格。

在此我無法提供什麼證據，因此，雖然我接受了安德魯斯先生的觀點，但我明白，有很多東西尚有待於證明。即便如此，我也要利用現在這個機會來指出，樓蘭古墓發現的織物，有可能對與東方古代紡織藝術有關的其他更重要的問題提供啟示。這些花綢完全產自中國，也純粹是中國風格，在工藝和藝術趣味上都相當完美。它們明白無誤地證明了中國早期紡織藝術對西方所產生的強大影響。大量歷史記載告訴我們，在帕提亞時代的整個伊朗地區，把絲綢從遙遠的絲國中國運來，再出口到地中海地區，這種貿易在商業上甚至在政治上都是十分重要的。我們知道，不僅中國的生絲，而且

＜樓蘭遺址中的中國早期紡織藝術

中國的織物都被運到敘利亞以西的地方，在那裡打開，並織上西方的圖案。在羅布泊沙漠遺址中，我就發現了通過這種貿易從中國運來的花綢。考古學證據表明，它們是西元1世紀的，而且恰恰保存在絲綢之路沿線——自從西元前2世紀中國向西方出口絲綢起，絲綢貿易就是沿著這條路進行的。

中國早期紡 >
織品對波期藝
術的影響

在這些漢代絲綢中，有不少圖案清楚地預示著薩珊時期在伊朗及其臨近地區流行的那種典型的裝飾藝術風格。研究一下它們，我們就會強烈地感覺到，從西元前1世紀起，包括紡織藝術在內的波斯藝術必定從這裡吸取了很多新鮮的靈感。最近的研究工作已清楚地證明，漢以後各時期的中國藝術對波斯的繪畫和製陶業都產生了極大影響，這也可以為我們的判斷提供佐證。此外我無法追尋遠東古代藝術向西方滲透的軌跡，但有一點是可以確定的：既易於攜帶又易於保存的中國古代絲綢肯定是遠東藝術向西傳播的最佳載體。當我在那荒涼的樓蘭遺址發現這些漢代絲綢時，我的第一印象就是，「它們會為紡織藝術史揭開誘人的新篇章」。但這個問題我說的已經不少了，就到此為止吧。

第四節　藏經洞中發現的婆羅謎文和漢文寫卷

對寫卷的初 >
步研究

在第二章中我已說過，在我第一次發現它們時藏經洞中的寫卷處於何種境況，我又是通過什麼辦法獲得了這個大寶藏中的相當一部分。花了多年的時間，這為數眾多的新資料才被全部整理完，才可供語言學和其他方面的研究之用。我一回到英國，就求助於最博學的專家對它們進行初步分析和研究。這些研究雖然已經結束，但由於本書篇幅和我的能力所限，在此我不可能對這些研究的成果進行系統描述。但我似乎首先應該簡單說一下，人們對這些用不同字體、不同語言寫成的文書最初是如何研究和編目的，然後再依據專家們的初步研究成果，簡要看一下文書的種類。儘管我的概述必定是倉促而不完善的，但它卻有歷史學上的價值，因為它進一步說明，由於敦煌特殊的地理位置，從漢代以來，不同地區、不同種族、不同信仰的各種影響都交匯在這裡。

婆羅謎文寫 >
卷

下面我們就從婆羅謎文開始對寫卷作一番簡述。之所以先說婆羅謎文寫卷，除了它們語言學上的價值外，還因為只有婆羅謎文寫卷已由霍恩雷博士完成了編目工作——自從印度學者們開始對中亞進行研究以來，他對許多婆羅謎文寫卷都傾注了同樣的

圖191 手抄梵文《自說經》

圖192 棕櫚葉形寫卷《般若波羅蜜多經》

圖193 梵文棕櫚葉形寫卷《大乘經》

耐心。看一下他的分類目錄就會知道，婆羅謎文寫卷中有三種語言：梵文、和田語、龜茲文。從外在形式上來講，寫卷分成卷子形和貝葉經形。三種語言所寫的內容一律與佛教有關。

先來看梵文寫卷。應該注意的是，關於我的藏品中的梵文部分，瓦萊·普桑教授撰寫了一系列文章，貝葉經形寫卷（共9件）均已載於他的文章中，或已由他釋讀了出來。其中不僅有摘自各種大乘佛典的文字，還有一些貝葉經形寫卷抄的是法護的《自說經》（*Udānavarga*）（圖191）及摩特色塔（Mātraeta）的著作，這幾件寫卷都是用笈多斜體寫的，這種字體在顯然出自敦煌本地的寫卷中是沒有的，表明這些寫卷很可能來自中亞。大棕櫚葉形寫卷（圖192）肯定來自印度，它共有64頁，抄有《般若波羅蜜多經》的三分之一。棕櫚葉形的一頁寫卷（圖193）也必定來自印度，是一個大開本的《大乘經》中的一頁。兩件寫卷都是用笈多正體所寫，可能是從尼泊爾經西藏傳到敦煌來的。

＜貝葉經形梵文寫卷

在梵文卷子中，另外兩個卷子特別值得注意。前者抄的是一部分《青頭觀音自在菩薩心陀羅尼經》，行與行之間夾雜著該經的粟特文版本。自從瓦萊·普桑和戈蒂奧出版了這個雙語寫卷之後，西爾文·烈維先生就認為，有大量理由證明該寫卷的年代在西元650～750年之間。第二卷子是用梵文寫的不長的一段《般若波羅蜜多經》，隔一列有漢文音譯，其梵文和漢文音譯都與日本合留吉廟中的6世紀寫卷很接近。一些漢文卷子的背面用不規範的梵文寫著各種佛經，加上所用的是笈多斜體，都說明梵文是本地人抄的。大卷子有70多英尺長，其中大部分也是當地人抄的不

＜梵文卷子

規範的梵文，是用笈多正體抄的，剩下的部分是用和田語和笈多斜體寫的（圖45）。

貝葉經形和＞
田語寫卷

但為數多得多的卷子和貝葉經形寫卷用的是另一種語言。在研究的最初階段，這種語言曾分別被稱做「2號未知語言」、「北雅利安語」、「東突躍斯坦語」、「東伊朗語」。現在，根據斯滕·科諾教授和研究這種語言的先驅霍恩雷博士的看法，這一語言應被稱做「和田語」。在我所獲的千佛洞寫卷中，有14件貝葉經形寫卷、31個卷子（有的完整，有的殘缺）

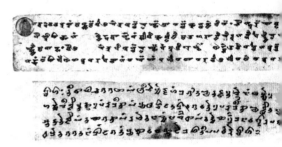

圖194　和田文婆提寫卷

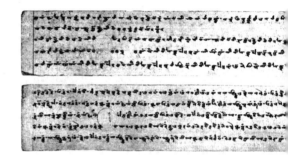

圖195　和田文婆提寫卷

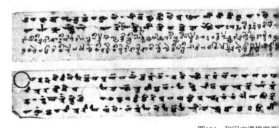

圖196　和田文婆提寫卷

用的是這種語言。在和田語卷子中，紙的一面幾乎一律寫著漢文，漢文的內容與另一面的婆羅謎文毫無關係。笈多正體和笈多斜體都出現在和田語寫卷中。其中最引人注意的可能就是兩件完整的貝葉經形寫卷，分別寫的是《觀無量壽佛經》（圖194）（*Aparamitāyuḥ-sūlra*）和《金剛經》（圖43）。二者都是對著名

圖197 和田文寫卷

5

的梵文原文的直譯，這第一次使得霍恩雷先生有辦法系統地釋讀和田語寫卷中的相關段落，也使斯滕・科諾教授能夠考訂這些和田語佛經。其他貝葉經形的和田語寫卷，其中值得一提的有：圖195和圖38（二者內容都很多，分別有65頁和71頁，都是從梵文

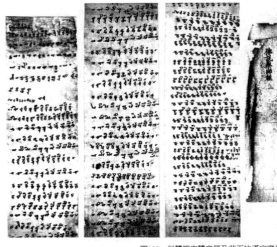

圖198　斜體笈字體音節及背面的漢字寫本

醫藥書籍中翻譯或摘抄出來的），圖196是一部共39頁的完整的佛經，但迄今尚不知道是什麼經。

用笈多斜體寫的和田語卷子＞　和田語長卷子幾乎全是用笈多斜體寫的，其中有佛經（有的相當長）、文書，甚至還有藥方（圖197）。它們數量不多，而且都是寫在舊漢文卷子背面的空白處，這說明它們是由本地人寫的。由此可以判斷出，在敦煌住著一些僧人，他們熟知和田地區以及塔里木盆地南部其他地區所使用的語言和字體，而且有不少

字母表＞○跡象表明，這些和田語文書的年代似乎比較晚。卷子中除笈多斜體字外，還有大量字母表和音節表，無疑說明當地有些人在研究和田語。霍思雷博士指出，笈多斜體字一般寫得極為潦草，如此而來，這些字母表和音節表對確定古文書的內容就很有價值了（圖198）。

龜茲語寫卷＞　千佛洞婆羅謎文寫卷中不只有梵語和和田語。有兩件貝葉經

○千佛洞卷子與我在丹丹烏里克、喀達里克、麻札塔格（直到8世紀末期或再晚些時候，這些地方均有人居住）發現的和田語寫卷在字體和語言上都很相似。另一方面，伯希和教授從中國古文字學的角度也認為，他從千佛洞帶走的數量眾多的「東伊朗語」（或稱「和田語」）寫卷年代較晚，當在8世紀到10世紀之間。──原注

寫卷中有三頁用的是一種新發現的印歐語言，最初它被稱做「1號語言」，後來又被稱為「突厥語」。終於，西爾文·烈維先生巧妙而令人信服地證實，這一語言主要流行於庫車地區，所以可以被稱做「龜茲語」。在我的請求下，烈維先生研究了這兩件寫卷（它們都是用笈多斜體寫的），並辨認，一件是醫藥學方面的，另一件是與《自說經》有關的一首佛教詩篇。此後，他和耶先生就龜茲語的語法形式寫了一篇文章，其中引用了這兩件寫卷。從千佛洞石室中發現的龜茲語文書只有這幾頁，而和田語卷子卻很多，這種比例失調現象的確引人注目。但除了烈維先生所指出的三頁雙語（龜茲語和梵語）醫藥文書外，我們尚不知道伯希和先生所獲的包裹中有什麼龜茲語資料（這些包裹是我去千佛洞時沒有仔細看或未能拿走的）。在得知這一確切訊息之前，我們還不能匆忙地下什麼結論。但看起來，似乎在藏經洞封起來之前的幾百年裡，敦煌與塔克拉瑪干南部信佛教的地區的聯繫，要比從吐魯番到庫車的北部綠洲更密切。

在上文第二章中我說過，雖然我缺乏漢學知識，但我從一開始就意識到了那些為數很多的漢文寫卷的重要性——它們構成了藏經洞寶藏的主體。在蔣師爺的幫助下，我注意到了當地各種文物以及年代較早的破碎寫卷（多見於內容駁雜的包裹中）的文物價值。我尤其注意揀取後者，後來證明，我的做法是正確的，因為在後者中，具有歷史價值或語言學價值的文書比例要遠遠高於捆紮緊密的包裹（這些包裹中大部分是保存很好的佛教經典）。除了這些單獨揀取的文書外，我還運走了270多個包裹的卷子。這些卷子的數量太大了，以至於當1908年7月我終於有時間讓蔣師爺把它們整理一下的時候，由於我幾個星期後就要動身去和田，蔣師爺只來得及簡略地開列了三分之一卷子的目錄。即便如此，這個目錄也很有用，因為它表明，有的寫卷文末題識中所記的年代是5世紀的，而有的寫卷可能要更早。

我把千佛洞的這些漢文寫卷安全運抵大英博物館後，它們裝了足足24個箱子，但當時我未能對它們進行任何研究。令我欣慰的是，1910年初夏，伯希和教授來到了倫敦，在幾周的時間裡，他付出了不懈的勞動，大致翻閱了這些寫卷。由於他是個漢學家，此前還曾親自去過千佛洞石室，憑著這樣的學識和獨特經歷，他很快對這些資料的性質和價值做出了一個估計——儘管它

＜漢文寫卷

＜伯希和教授研究了漢文寫卷

們的數量是如此之多。在我的請求下，他把他的研究成果總結在了一個備忘錄中交給了我——這個備忘錄雖短卻極有啟發性。他還表示，在特定的條件下，他願意為我們的敦煌漢文寫卷制訂一個系統的目錄。對此我深為感激，因為，伯希和教授是最適合這一任務的人選，有了他的幫助，我們藏品中的這一重要部分不久就完全可以供學者們研究了。這一建議還得到了印度司和大英博物館理事會的許可——我帶回的所有漢文寫卷最終將屬於它們。

漢文寫卷的> **編目工作**

　　1910年秋，第一批寫卷及時運抵巴黎，供伯希和教授編目，但由於個人原因及其他研究工作的壓力，直到1914年夏，編目工作仍未完成。這時，第一次世界大戰爆發了，伯希和教授加入了法國軍隊。由於身負其他任務，他已不能再繼續這項工作，因此，詳細的編目工作就由大英博物館的L.吉爾斯博士來承擔。同時，這部分藏品在日本也引起了相當注意，幾個學識淵博的學者（如1912～1913年的賀名生教授和塔吉先生、1916年的矢吹先生）花了大量時間和勞動研究了某些寫卷，尤其是與佛教造像等問題有關的寫卷。

有文物價值> **的漢文寫卷**

　　在數以千計的寫卷中，目前只有兩件出版過，它們雖然較短，在歷史學和地理學上卻很有價值。二者的校訂和翻譯（並附有重要的注）都要歸功於大英博物館的吉爾斯博士。第一件是《敦煌錄》，是唐朝末年關於敦煌地區逸聞趣事的一本小書，它提供的地理上的一些訊息很有用。另一件是416年敦煌進行的一次官方人口普查的部分記錄。它是一小卷紙，其背面在唐朝或唐朝以後被用來書寫佛經（見圖34，圖中是其反面後來寫的文字，而不是正面的原文）。它充分說明，在內容

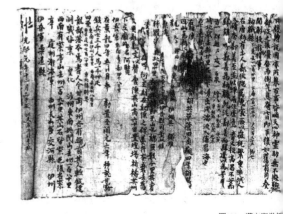

圖199　漢文寫卷摺

駁雜的包裹裡所獲的大量紙張中，我們會取得意想不到的收穫。另一件更大的文書寫於886年（圖199），其中包括一些關於中亞地理情況的筆記，伯希和教授曾撰寫過一篇關於羅布地區早期粟特人聚居區的文章，其中就引用了這件文書中的一些段落。

這幾件出版的文書頗令人滿意，但也使我更加迫切地希望，英國和其他地方能更多地鼓勵和擴大對遠東的研究，以便培養出更多的漢學家，使他們受到充分的專門訓練，從而能有效地利用這些寶貴的新資料。我們終將發現，我從千佛洞石室中所獲的文字文物中這些資料不光是數量最多的，而且也是價值最大的。同時，我很高興能從上文所說伯希和教授給我的備忘錄中節選出一部分，由此可以看出，這位學識淵博的學者對我們的千佛洞漢文寫卷的內容和價值有何評價：

> 從編目的角度來講，斯坦因博士從敦煌所獲的漢文寫卷可分成兩類：第一類是完整或相當完整的卷子，約3000件；第二類是殘片，約5000～6000件。

〈伯希和先生關於漢文寫卷的備記錄

> 我要嘗試著分類的只能是第一類。大多數完整的寫卷是佛經，它們自然十分珍貴，因為它們比現有的中文和日文版本都要古老，對這些版本細節部分的研究會有所幫助，但總的來講，它們不能馬上給我們提供大多可資利用的新訊息。這樣的新訊息則多見於那些與當地的各種活動有關的文書中（官方文書、賬目等），這些文書經常標有日期，而在發現敦煌寶藏之前，這類文書資料我們可以說是一件也沒有的。最後，在殘片中最常見的世俗文學、歷史、地理、詞彙學等方面的內容，對於漢學的發展具有極高的價值。

> 總之，對這些文書的編目要想有用，對那些題目尚不能確定的文書就應該盡可能指出其內容的性質。應該利用所有的文末題識，在沒有題識的時候，也應該估計出寫卷的大致年代。因此，要想完成所有寫卷的編目工作，肯定需要一年時間。

伯希和教授和吉爾斯博士提供給我的為有代表性的漢文寫卷撰寫的筆記，可以說明千佛洞寫卷的內容是何等豐富。這些寫卷是在這兩位學者的幫助下精選出來的，它們或是有明確的紀年，

〈為有代表性的漢文寫卷撰寫的筆記

或是在古文字學或内容上有特色，或是因為其他的原因而引人注目。我還要說一下，為使我的部分藏品於1914年展出，吉爾斯博士選取了更多的寫卷並為它們撰寫了說明性文字。

最早的雕版＞印刷的書（868年）　最後我要專門提一下一幅完整的雕版印刷長卷，它有16英尺長，印的是漢文《金剛經》，我們上文已說過它開頭處用雕版印刷的版畫（圖55）。根據其題識中的訊息，這個經卷是王玠（Wang Chieh）於咸通九年四月十五日（相當於868年5月1日）印的。如果不算符咒的話，它是迄今所知的最早的印刷品。

第五節　藏文、粟特文、突厥文寫卷

藏文寫卷＞　下面似乎應該說的是藏文寫卷，其數量僅次於漢文寫卷。最初放在藏經洞中時，它們結結實實地裝了30多個包裹，在内容駁雜的包裹中還有很多極為混亂的貝葉經形寫卷（圖200）。單獨○的藏文貝葉經形寫卷、卷子和其他寫卷的數量估計有約800件。我不懂藏文，所以無法進行系統的選擇，但出於我上文說過的那種考慮，我首先保證揀取内容駁雜的包裹中的所有藏文卷子。從字體上即可看出，大多數藏文寫卷中很可能都是藏傳佛教典籍和其他宗教書籍。F. W.托馬斯博士和在他指導下的里德·丁小姐對這些寫卷進行的初步研究證實了我的猜想。當時，很多團成一團的大紙也引起了我的懷疑——許多包裹與它們緊緊繫在一起，我不得不將它們一併拿走（圖36）。事實證明，我的懷疑也是完全正確的。這些大紙只是抄了幾乎無數遍的《般若波羅蜜多經》等經文，它們只有助於說明一個事實：自從西藏皈依了佛教開始，藏族人就酷愛反複重抄佛經中的某些段落或某些祈禱文，認為這種半機械化的方式能增進人的陰功。

圖200　藏文婆提寫本及成卷的佛

○大量内容完全相同的寫卷不算在内。——原注

　　由於1910年做出的一個決定，來自千佛洞的藏文寫卷全部交　<藏文寫卷的
付印度司圖書館最後保存，托馬斯博士作為那裡的圖書館館員，　編目
負責安排這些寫卷的系統編目工作。開始是由里德‧丁小姐承擔
這一任務，1914年後擔子則主要落在了瓦萊‧普桑教授的肩上。
據我所知，這一工作已告一段落，目錄可能不久就會面世。在該
目錄很有價值的引言中，瓦萊‧普桑先生概述了他們的主要成
果。同時，托馬斯博士還就一些寫卷撰寫了筆記，並將筆記交給
了我，對此我深表感激。

　　可以假定的是，千佛洞藏文寫卷的大部分（甚至全部）都寫　<藏文寫卷的
於敦煌受吐蕃控制的時期，即從8世紀中葉到9世紀中葉。儘管多　大致年代
數寫卷的內容都出自藏文佛教典籍因而已被人們所熟知，但它們
相對較早的年代仍使我們指望，當將來人們對浩如煙海的藏文佛
教典籍進行文本上的研究時，這些寫卷能成為有用的資料。一旦
這些寫卷已整理完畢，將它們與來自喀達里克、安迪爾、米蘭要
塞的藏文佛經殘件相比較，定會得出有益的結論。

　　另一個研究方向也有可能得出有用的成果。卷軸狀的藏文　<藏文寫卷中
寫卷所用的紙張一般與9～10世紀漢文寫卷中質量較次的紙張類　用的紙
似，而許多貝葉經形寫卷中的紙似乎質地與此不同，質量也要好
些，令人想起用一種桂樹的纖維做的紙——尼泊爾至今仍出產這
種紙，而其最早是我在安迪爾一件寫卷中發現的。如果用顯微鏡
分析了這些紙和其製漿方法後能證實我的猜測，那麼就可用紙張
為標準來區分本地寫卷和出自西藏的寫卷。

　　藏文寫卷中多見的貝葉經形狀是直接從印度學來的，同樣，　<貝葉經形、
卷軸形狀的寫卷則很可能是模仿中文卷軸。千佛洞藏文寫卷中，　卷軸形、摺疊
還有不少是把紙張像雕版印刷的中文書籍一樣摺疊成波浪形，看○小書形藏文
起來像又長又窄的小書，這很可能也是從中國借鑑來的。中國人　寫卷
可能最初用這種方式把早期用來寫字的竹簡或木簡裝訂成書一般
的形狀，後來這一方法被用在了紙張上。

○是瓦萊‧普桑教授的一個注第一次引起了我對這些藏文小書的注意，他用一個
　形象的詞「六角手風琴」來描述它們。千佛洞漢文寫卷中也有這種小書的形
　式。——原注

粟特文寫卷>

從地理上講，有一個事實能最好地說明在敦煌曾一度存在過多種佛教支派，那就是：在千佛洞中還出現了用古代粟特語寫的寫卷（其行書字體本是起源於西亞的阿拉米語）。我所獲的千佛洞粟特語寫卷約十幾件，大多數是卷軸型或卷軸的殘片，但也有一些是貝葉經形。自從1910年在D.羅斯爵士的幫助下我首次認識到這些粟特文寫卷的特別之處，我便急於讓F. W. K.穆勒教授研究它們——是他在格倫威德爾教授從吐魯番帶回來的佛教、摩尼教、基督教寫卷殘件中，第一次發現了粟特文。我讓人帶給他一些粟特文寫卷的照片，他從中判斷出了兩件寫卷的內容，一件是大卷子，是一篇佛教論文；另一件是《觀世音菩薩如意摩尼陀羅尼經》（*padmacintāmaṇidhāraṇi-sūrta*）的第五、六章（中國的《大藏經》中有這部經695～700年間的一個版本）。1910年末，他把這些最初成果告訴了我。

戈蒂奧先生>
研究的粟特文
寫卷

後來我指望這位傑出的專家能給我提供一份粟特文寫卷的概述，並希望最終能將上述這兩件寫卷全部出版。但由於其他任務的壓力，這些願望都沒有實現。於是，我在1913年與戈蒂奧先生取得了聯繫——此時，由於成功地研究了伯希和

圖201　粟特文寫卷

教授所獲的寫卷，他已奠定了在粟特文和其他關於伊朗東部的研究領域裡的權威地位。1912年，他已經利用我們的藏品中用粟特〇文書寫的五頁須大拏（Vessantara）本生故事（圖201），來校訂和翻譯了伯希和先生所獲的性質相同但內容更完整的寫卷。同年，他與瓦萊·普桑教授合作，出版了《青頭觀音自在菩薩心陀羅尼

〇這是寫在唐朝優質黃紙上的大貝葉經形寫卷。——原注

經》——這個寫卷是用梵文寫的，行與行之間有粟特文音譯。我一心希望這位博學而孜孜不倦的學者也能澄清我們其他寫卷的內容（它們幾乎全與佛教有關），但由於戰爭爆發，我的計劃遇到了挫折，而戈蒂奧先生1916年的不幸逝世更使我的希望全部破滅了。

　　戈蒂奧先生對千佛洞粟特文寫卷的研究是極有成果的，他逝世後，我真無法預測，什麼時候、在哪裡又能有一個學者能繼續他未竟的工作。在此我只想指出一個具有明顯的文物價值的事實，那就是：粟特文卷子的紙張和其外部特徵極像千佛洞的唐朝漢文寫卷，讓人覺得它們有可能出自敦煌或其鄰近地區。這一猜測與伯希和先生的結論也是吻合的——他發現，千佛洞寫卷中有的提到羅布地區的粟特人聚居區，可能羅布以東也有粟特人聚居區。還有一點特別值得注意：穆勒先生1910年秋告知我，有確鑿證據表明，大卷子中的粟特文佛經要麼是從漢文版本翻譯過去的，要麼也至少利用了漢文資料。

　　下面我們要說的寫卷雖然字體不同，但都是用突厥語寫的。令人欣慰的是，在一些傑出專家的努力下，內容和字體最引人注目的突厥語寫卷（它們也極有可能是年代最早的）均已出版，並得到了充分研究。其中最重要的當屬用突厥如尼字體寫的寫卷（這種字體首先是在鄂爾渾河地區和葉尼塞的題識中發現的），這不僅是因為它們自身在語言學上的價值，而且使我深感榮幸的是，是V.湯姆森教授這位如尼字體著名的破譯者將它們整理出版的。如尼字體寫卷為數不多，但用湯姆森教授的話來說，其中有一些「是迄今為止發現的突厥如尼字體寫卷中最引人注目、內容最豐富、保存最完好的」。　< 突厥文寫卷

　　有一本小書是由58頁唐朝優質紙張組成的，書法優美，內容完整，文末還有題識（圖49）。它保存得完好無損，甚至書脊上把各頁黏在一起的膠都沒有脫落。湯姆森教授的譯文和評論告訴我們，書中有65個小故事，其用意是為了占卜（該書自稱「ürq-bitig」，即「算卦書」）。這本書的語言學價值是巨大的。這不僅因為「它所含的詞彙十分豐富」，還因為書的內容表明，此書並非譯自其他語言——而迄今為止發現的用如尼字體寫的早期突厥文殘卷則大部分（甚至全部）都是譯作。湯姆森教授認為，無論其外部還是內部證據都表明，這是本摩尼教書籍。書的正文和　< 用突厥如尼字體寫的占卜書

按語都寫得極為工整，也使人產生上述印象。文末的日期究竟是何年尚不能完全確定，但湯姆森教授傾向於認為，此寫卷的年代大致為9世紀初。題識中說了兩個學生（顯然他們都是摩尼教徒）「逗留在泰古恩坦（Taigüntan）的住所（或大學？）」，這一地點是何處仍有待於確認。

其他突厥如尼字體寫卷 >
另外三個殘件屬於一篇論文，顯然論述的是宗教或道德問題，這個寫卷的內容和字體也很有文字學上的價值（圖50）。而另一幅完整的寫卷則與它們全然不同。這件寫卷寫得很清楚，但顯然書寫者不是很熟練（圖202）。其作者可能是個軍官，「尊姓大名為巴哈托爾吉斯（Baghatur Chigshi），用憤慨的語言說出他的不滿」，因為軍糧官對某位長官及其下屬的「30個尊貴的人」作出了某項安排。無論在措辭還是書寫上，這件小文書都給人一種新鮮、真實的感覺——當時，敦煌綠洲上的中國人經常遭到來自北方和東北方的突厥部落的侵擾。

突厥語摩尼教寫卷 >
有一件突厥文寫卷十分有價值，其內容在我的藏品中是獨一無二的，這就是超過14英尺長的完整卷子（圖203）。它是用愛斯坦格羅（Estrangelo）的摩尼教變體寫的，共338行，含有《摩尼教徒懺悔詞》的大部分。傑出的突厥學專家勒柯克首先辨認出了這篇清晰、優美的寫卷的內容，並在我的請求下將其全文也版，還附了譯文和註釋。《摩尼教徒懺悔詞》共15條，我們的寫卷中缺最開始的兩條，勒柯克教授用目前存於柏林的吐魯番文書補足了這兩條中的大部分。此前，《摩尼教徒懺悔詞》只在一件用難懂的回鶻文寫的吐魯番文書中出現過。

吐魯番和敦煌的摩尼教徒 >
在吐魯番發現的文物表明，佛教和摩尼教曾在那裡安然無事地共存過，因為當地的居民較早就受到了突厥人的控制，也較早接受了突厥族的影響。考慮到敦煌與甘肅北部和最西部的回鶻是何等之近，千佛洞數以千計的佛教寫卷中出現一件摩尼教文書就不足為奇了。從敦煌以西、以北的中亞地區遷來的居民很可能有信奉摩尼教的，正如今天的敦煌儘管完全是一個中國城市，也有少數來自吐魯番、若羌等西部綠洲的回教商人、搬運工等定居在

出自千佛洞的摩尼教漢文資料 >
這裡。但無疑，唐朝時期，摩尼教信仰在中國本土的某些地方已經站穩了腳跟。從零散的跡象上人們早已懷疑到這一點。現在，千佛洞發現的漢文摩尼教資料更明確地證明了這個猜測。伯希和

圖202　突厥如尼文寫本殘片

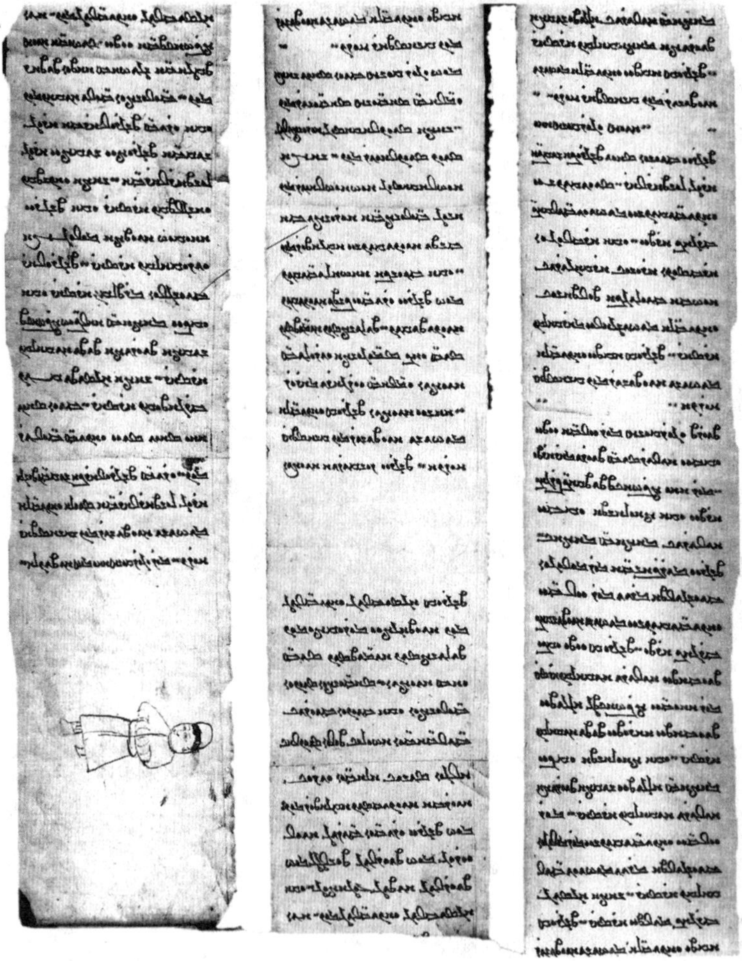

圖203　摩尼教徒懺悔詞

教授在千佛洞石室中就發現，有件漢文寫卷殘件中顯然陳述的是摩尼教的觀點。後來在運往北平的藏經洞資料中，發現了一篇用漢文寫的摩尼教著作，這件寫卷首次由羅振玉先生出版，後來由沙畹和伯希和先生譯過來並加了註釋。我所獲的文物在這方面也不遜色。有一件保存完好的漢文卷子，從外觀上看像是部佛經，但矢吹先生1916年發現，這是一篇相當重要的摩尼教論文。

　　現在我簡要說一下其他突厥語和回鶻文寫卷。1909年丹尼森・羅斯博士（如今是爵士）表示，他非常願意研究這些資料。1910～1913年間，他不懈地研究了某些寫卷，下文這些訊息都來自他在此期間善意地交給我的筆記。我們的回鶻文資料一部分是寫在卷軸上的文書（卷軸大多數殘缺不全，正面常寫著漢文），另一部分是手抄的書籍（圖47、60）。關於卷軸上的資料，我目前只能說，它們從內容上來講，不是文件就是佛教典籍。另一幅大卷軸值得注意，它背面有幾個用突厥如尼字體寫的字，表明其年代較早。裝訂成書的寫卷保存得都很好。羅斯博士辨認出，第一本書是對安慧的評論（而後者又對世親所寫的《俱舍論》[*Abhidharmakośa*]進行過評論，《俱舍論》是關於佛教哲學的經典論文），整本書顯然都是從漢文版本翻譯過來的。這一著作的另一部分見於一本小書中，兩本書加起來有250多頁。在史特希巴茨克伊（Stcherbatskoi）教授的協助下，羅斯教授在加爾各答對該書的校訂做了大量工作，並希望親自出版這本書。這本小書顯然比較混雜。在上述這些寫卷中，回鶻文的字裡行間經常夾雜著漢文術語。

　　這些書的字體很像蒙古文，加上書的紙張很薄，與千佛洞其他寫卷都不相同，於是我們一開始就覺得，它們可能年代較晚。是羅斯博士1912年研究另一本書時第一個明確地提出了這個問題。他認為，題識中的日期相當於西元1350年，如此看來，回鶻文寫卷可能年代較晚，但這與大量考古學證據證明的石室的封閉時間顯然不符，上文我曾提到過該如何解釋這一矛盾。我的觀點○與伯希和先生完全吻合（他曾向羅斯博士談過他的看法）。我認為，這些結構和字體都與藏品中其他回鶻文寫卷大不相同的書，本來並不是放在石室之中的，而是王道士在清理足有半英里遠以

<回鶻文寫卷

<回鶻文手抄書

<回鶻文手抄書年代可能較晚

○參見第二章第四節。——原注

北的小石窟時得到的。那些小石窟無疑是元朝時期開鑿的。在其中兩個尚無人動過的小窟中，伯希和先生本人就發現了13～14世紀的寫卷和印刷品殘件。在結尾我還要添上一句：我在藏經洞中發現，卷軸一般都深埋在普通包裹中，而這些回鶻文書籍則是攤開著放在內容駁雜、堆放鬆散的包裹頂上。

第六節　一些千佛洞石窟的裝飾藝術

在藏經洞的工作結束後，我才有機會轉移注意力，比較仔細地看一下其他石窟和它們的壁畫。既然我描述的是千佛洞和從那裡帶走的文物，最後理應講一下千佛洞石窟。

> 我無法進行仔細考察

在第一章中，我已說過了千佛洞的位置和它為數眾多的石窟，這就可以解釋為什麼我根本無法細緻地考察這上百座石窟。夏天我還計劃到南山地區進行地理考察，現在所剩的時間已經不多了。除此之外，我還意識到，要想完成這樣一個艱巨任務，既需要專門的知識，也需要技術上的支持，而這些我都不具備。我沒有漢學背景，對中國的佛教造像也不太熟悉，所以我是無法說清這麼多壁畫的內容的，更無法找到什麼線索來確定壁畫和石窟的年代順序。同時，遺憾的是，我還缺乏技術上的經驗，也沒有訓練有素的助手，所以，短時間內不能拍下所有比較重要的壁畫和雕塑的照片，也沒辦法到山崖上面的那些洞窟去——要想去那○裡，必須有專門的**安全措施**才行。

> 拍照時遇到的困難

出於上述原因，我只能將目光局限於幾個布局和裝飾比較有代表性的洞窟，但即便在這些洞窟中，我也遇到了特殊的困難。由於洞窟中採光很差，只有在早晨的幾個小時光線才能照到窟中的某些壁畫上。即使在那時候，我的工作也經常受到嚴重影響，因為當此時節，戈壁上經常會從北方或東北方刮來狂風，弄得塵沙四起。因此，我耗費了大量時間和精力才拍下一些照片。下文描述石窟壁畫布局時，主要依賴的就是這些照片資料。

我很明白，這些照片（其中一部分見圖8～26）本身並不能完

○我在千佛洞期間，嚮導和奈克·拉姆·辛格都在生病。憑經驗我悲哀地看出，後者表現出的是一種致命症的先期症狀，他一年後因喪失了視力，並最終被這種病奪去了生命。——原注

全代表千佛洞石窟的佛教繪畫藝術的各方面。比方說，它們完全
不能表達石窟壁畫的色彩效果，而那些比較古老的壁畫中，色彩
常常和諧而精美，構成它們的主要魅力之一。幸好我知道，除了
用蛋彩畫的壁畫外，這些精美的壁畫一般不會受到破壞——破壞
行為中既包括對文物的肆意踐踏，也包括別的地方為了收藏者或
博物館的利益而進行的那種開發，後一種情況性質是同樣惡劣的。○　＜後來者對
但使我感到欣慰的是，由專家到現場對它們進行認真研究，這一　　壁畫的仔細
前景應該已為時不遠了。在這一點上，我很快就如願以償，這使　　研究
我十分高興。我離開那裡不到一年，伯希和教授就到那裡逗留了
很長時間。這位博學的漢學家不僅仔細研究了壁畫中的獻辭、解
釋性題識、題榜等多種資料（這些資料有的可以澄清壁畫的內
容，有的有助於確定石窟的大致年代），而且在訓練有素的助手
的協助下，拍下了大量照片。我第二次去千佛洞是在1914年。這
之後幾個月，我十分高興地聽說，佛教藝術和造像研究領域的權
威之一塞爾格·德·奧爾登堡（Serge d'Oldenbourg）教授已經決
定把敦煌千佛洞作為他一次專門考察的目標——這次考察是俄國
科學院資助的，考察隊中包括了所需的技術人員和藝術方面的行
家。

　　目前看來，伯希和與奧爾登堡教授所獲資料的出版尚需一段　＜本章描述只
時間，但我想肯定用不了等太久。而且我獲悉，他們所獲的資　　限於個別的窟
料十分豐富，因此，我更應當將我的敘述局限於照片、布局圖所
能描述清楚的那幾個石窟。即便這幾個石窟，我也不會泛泛地說
它們的特徵——那要求我對當地的其他佛寺或別的中國佛教遺址
（比如雲岡石窟或龍門石窟）十分熟悉才行。在下面的論述中，
為方便起見，我給石窟從北向南編了號，並按順序逐一描述。

　　藏經洞就位於石窟Ch. I 之中，因此，我們先來說這個石窟　＜Ch. I 洞窟
是最合適不過的。從布局圖來看，它無疑是現存石窟中最大的一　　及中後人作的
個，但它的壁畫卻遠不是最為華美的。它的內廳有54英尺長，46　修復

○當地人的敬神和迷信會使這些壁畫較少遭到破壞。此外還有一個重要事實：
　由於窟的石牆上都嵌著小石粒，蛋彩壁底下先塗的一層膠又特別結實，所
　以幾乎不可能把壁畫剝下來。我在吐魯番和其他新疆遺址曾經而易舉地剝
　下了幾幅壁畫，在千佛洞能剝下的卻只是一些破碎的、塗了顏色的膠。
　我第二次去那裡時親目目睹了將壁畫剝下是何等困難，也欣慰於這給壁畫提供
　的保護。我發現，石窟Ch. VIII 過道西牆莊重的壁畫中，佛坐的車旁邊有一個
　飛翔的隨從，他的頭前1907年還是完好的，現在頭周圍卻有一圈寬寬的鑿痕，
　顯然是後來的某個人想要把他的頭剝去，但卻沒有成功。——原注

英尺寬，連看一個14英尺寬的過道。圖8中可以看到內廳和過道的北邊以及藏經洞的入口。前廳可能本來是在石頭中開鑿的，但已全被王道士毀掉了，他用現代的磚木結構代替了這個前廳。雕像台上真人大小的蹩腳泥雕也是他的「傑作」，雕的是一尊佛坐在獨立的高底座上，左右各有一個佛弟子、兩尊菩薩、一個天王。儘管這些雕像很現代，我們有理由認為，它們的底座是古老的，人物的組合方式也是古老的。同樣古老的還有大佛像身後華麗的項光和背光（它們是彩繪的泥浮雕），再往上還有一個彩繪的華蓋。大佛像身後有個過道，這是千佛洞所有大石窟的共同特徵。內廳牆上的裝飾極為簡樸，主要是穿著不同顏色袍子的坐佛小像，繪在淺藍綠色背景上（這也是其他石窟內廳的背景色），小佛像的輪廓線肯定也是借助於模版繪製的。小佛像往上是一排飾帶，從中楣上垂下來，中楣上繪著華麗的植物。窟頂形如一個被截去頂部的圓錐形，各側面繪著紡織品上常見的那種植物圖案，主要是重複的大花，花之間是模式化的葉子。

> 內廳的壁畫

> 過道的壁畫

過道兩側牆上的裝飾要引人注目一些，畫的是比真人還大的成隊的菩薩，手持供品向內廳走去。每尊菩薩頭上都有一頂掛著流蘇的精美華蓋，菩薩之間的空地上則畫著優美的蓮花。人們顯然特別喜歡用這種方式來裝飾大石窟的過道，而且有的石窟中保存得比本窟更好。菩薩服裝上的主要顏色是棕、淺藍或綠色。這種裝飾一直延伸到藏經洞入口附近，因此，我想它們可能是在藏經洞封閉之後畫的，由此大概可以推斷出過道上壁畫的大致年代。但我們應當記住一點，畫這些壁畫的用意顯然是要把藏經洞遮蓋起來。而在新添的牆上再畫上幾百年前的裝飾圖案，這對當地畫家來講並非難事，因為宋代的畫家技藝仍是相當高明的。

> Ch. II 窟中
> 的雕像

Ch. I 向北有一組石窟，開鑿在較高的崖上（圖2）。其中有一個大窟Ch. II 雖然比較破落，卻相當有價值，因為它從未被修復過。此窟有38英尺見方，保留著一個放雕像的大平台，但只有中間的坐佛像保存下來一部分，左右的隨侍人物則僅存殘破不全的蓮花座。從圖27中可以看出，佛像的頭已完全缺失，只剩下中間的木骨，手臂大部分也已缺失，但其餘部分保存得相當好，衣紋流暢，紫色袍子上有鍍過金的痕跡。項光和背光為淺浮雕，都

○參見圖32和圖33。——原注

巧妙地設計成兩圈，其顏色為紫色上再塗淺綠色。背光的裡圈雕著很多尊小佛坐在盛開的蓮花上，蓮花下是優美的花莖。項光和背光邊上都是精美的火焰紋，交替為綠色和紫色。佛像下的底座和頭上的華蓋上所繪的圖案也同樣舒展而優美。現存的華蓋上可以見到雲朵圖案，雲朵周圍是形如菊花的大花。這種圖案也出現在我們的一些大淨土畫中。佛兩側畫著兩個帶項光的弟子，筆法○大膽，著色精緻，右邊穿僧袍的那個年老的弟子顯然是迦葉。

圖204 千佛洞Ch. II 洞窟南牆壁畫

內廳的牆上曾一度畫滿了壁畫，但受損十分嚴重，大多數地方的顏料已經剝落或已完全龜裂。但南牆壁面保存得較好，上面的四幅畫如今有三幅基本上存留了下來。彩繪牆裙有6英尺高，畫著雙手合十的僧侶和 ＜Ch. II 內廳中的壁畫

尼姑。牆裙之上是極樂世界圖，各細節都與我們的西方淨土畫一致。在圖204中，我們可以看見一群衣著華麗的神祇，中間是兩○個平台，平台上畫著舞伎和樂師，他們旁邊是正在玩耍的嬰兒（代表再生的靈魂）。壁畫的前景見圖26，畫著很多與主體分離的小場景，都是中國世俗風格。它們無疑與我們的大淨土絹畫的兩側條幅一樣，畫的是佛本生故事，題榜中的題識顯然是對故事的解釋。絹畫和壁畫之間在風格和布局上的這些相似性使我覺得，此窟的壁畫和雕塑可能是唐代的作品。

○參見第三章第八節。——原注
○參見第三章第八節。——原注

Ch. II. a中＞
「真正的壁畫」

　　Ch. II 北面緊接著的是小窟Ch. II. a其內廳不足9英尺見方。它的壁畫很引人注目，可以稱為「真正的壁畫」，其風格與我所見到的千佛洞其他壁畫大不相同。圖205、206、207中的照片雖然無法傳達出壁畫精緻的輪廓，更不能表現它們柔淡和諧的色彩，但卻能比任何文字都更生動地體現出此窟壁畫的特異之處。主要的壁畫位於小內廳的南牆和北牆上，入口開在東牆上，西牆則有個佛龕，龕中是後人製作的一組未完成的浮雕。南牆上畫的是一尊千手觀音（圖206），是典型的中國「慈悲觀音」風格，頭上有一尊化佛像。觀音腳下跪著兩個帶項光的人物，其花袍子邊上都鍍著金。他們上方又是兩個帶項光的人物（可能是菩薩），服飾華麗，髮型極為複雜。這兩個人物上方（即畫面的左上角和右上角）各畫著一個優美的天女或乾闥婆飄浮在雲朵之上（圖205），其深紅色和綠色的長巾在身後飛揚，表示她們處在迅疾的運動之中。在千佛洞其他壁畫中，我都沒見過像這面南牆上的天女和其他人物這麼自由生動、充滿活力的。

Ch. II 內廳＞
中的其他壁畫

　　北牆壁畫與南牆是配對的，中間也是個千手觀音（圖207），但這尊觀音手持著一個淨瓶。觀音兩側分別站著一個帶項光的人物，右邊的那個長著鬍鬚。左下角和右下角還有兩個面目猙獰的人物，肌肉發達，動作變形，看起來像金剛。東側入口和西側佛龕兩邊畫滿了衣飾華麗的人像，其姿勢各不相同，但都有項光（在圖205中可以看見西南角的人物）。佛龕之內畫著兩尊菩薩，但龕中的主要塑像已經缺失，塑像身後的背景為深紅色，畫著優美的白色竹葉子。窟頂也是深紅色地，畫著黑色和白色的花朵和雲，工藝十分精巧。這些壁畫的風格和出自藏經洞的某些最好的絹畫是有相通之處的，但我卻無力進一步探索這種聯繫，也無法研究一下，這些壁畫的風格對應於中國宗教繪畫的哪一時期。但有一點是明確無疑的：畫這個小窟的藝術家無論在技術上還是在繪畫素養上，都遠遠高於當地的那些畫匠——而我在本文要說的大多數壁畫都是出自他們之手。

Ch. III 和 III.a＞
中的泥塑壁畫

　　從Ch. I向南走，有個很深的洞窟Ch. III，其中有一尊巨大的泥塑涅槃佛像，佛像前面是一堆山石。過了這個石窟後，我們就來到了一個小窟Ch. III. a。不算西邊正對著入口的佛龕，它有19英尺見方。窟中有一尊泥塑坐佛像，右手抬起，施無畏印（圖10），佛兩側各有一個弟子、一尊菩薩和一個天王。雕像的底部

圖205　千佛洞Ch.Ⅱ.a洞窟主室及西南角壁畫

圖206　千佛洞Ch.Ⅱ.a主室南牆壁畫局部

圖207　千佛洞Ch. II.a主室北牆壁畫

是古代的作品，頭部和大多數人物腰以上的部分則是後人補上去的。佛身後的淺浮雕項光和背光也出自古代，其棕色地上都雕著深綠色葉子，項光邊上還鍍了金。佛龕頂上畫的是佛在一個小樹林中說法，周圍簇擁著天宮侍者，龕中的壁畫已被香火薰黑了。此窟占主導地位的顏色是淡綠和藍（下面幾個小窟也是如此）。窟頂上借助模板繪著粗略的小佛像，兩側牆上大部分地方也是如此。但兩側牆的中心處則畫著約7英尺寬的西方淨土圖。北牆的淨土圖在布局和風格上很像極樂世界絹畫，但底下多了一個舞伎（圖16）。

　　另一個小窟Ch.IV內廳長15英尺10英寸，寬13英尺3英寸，裝飾風格與Ch. III. a類似：佛龕之內是一組泥塑（圖11），部分泥塑是古代的作品；兩側的牆上都畫著大極樂世界圖。北牆的極樂世界圖寬8英尺（圖17），是典型的阿彌陀佛淨土，與我們的一大組絹畫類似。把這幅壁畫和絹畫比較一下就可以看出，兩側小條幅中畫的是阿闍世王的傳說和韋提希王妃觀佛（均取材於《觀無量壽佛經》）。圖12、13中的照片分別是另兩個石窟Ch. V、VI裡的佛龕（即放塑像的地方），這兩個窟的基本布局與上面所說的幾個類似。在Ch. IV中，原來的塑像只剩下了中央佛的蓮花座和每側四個侍者的底座，但值得一提的是，項光火焰邊之間的空白處畫著精美的雲朵，佛龕口兩側還畫著優美的蓮花。整個內廳牆上的圖案和Ch. I中一樣，也是借助於模版畫的成排的坐佛小像，地為淺綠色，佛皮膚為深棕色，衣物為白色。這個石窟和Ch. VI中，都繪有華麗的邊等飾物，其植物圖案很像出自藏經洞的花綢或印花綢的圖案。在Ch. VI中，兩側牆上畫的主要是簡化

<Ch. IV到VI中中的裝飾

的大淨土圖，旁邊是傳說場面（圖23）。

　　石窟Ch. VII的內廳較大，約38英尺見方。內廳連著一個過道。由於過道長約有27英尺，所以嚴重影響了內廳的採光。馬蹄形的佛龕平台上是三尊垂雙腿而坐的大佛像，每尊佛都有一對侍者。塑像都很蹩腳，從底部看它們甚至可能是後人造的。塑像後石屏上的裝飾可能是對Ch. II的拙劣模仿。內廳中的壁畫題材和風格都像下文就要說的Ch. VIII，但在我看來，它們的做工顯然沒那麼精細，年代也要晚一些。南牆和北牆上有四幅大極樂世界圖，圖中醒目的文字是對圖的解釋。大部分牆裙上都畫著成隊的菩薩，與過道上畫的菩薩類似。還有一些小畫面已嚴重褪色，顯然畫的是佛本生故事。西牆上那幅大畫的題材與Ch. XVI窟中的西牆一樣。過道兩側的牆上畫著比真人還大的成隊的菩薩，都手持供品，輪廓線畫得十分有活力，很引人注目。這一長排莊重的神給人留下的印象很深。菩薩的內袍為棕色，裙為淺藍色，披巾為淺綠色，色彩布局精美。菩薩畫像複雜的飾物被處理成了淺浮雕，邊上還鍍了金。過道頂上用更明亮的顏色畫著繁複的植物花紋，而內廳的頂上則畫滿了小場景，其細節難以辨認，但顯然題材是傳說中的故事。

　　石窟Ch. VIII只比Ch. I稍小一點，坐落在石窟群的中部，是我所考察的石窟中壁畫最富麗、花樣最繁多的。而且我們有充足的照片，所以對它我要說得多一些。從圖14可以看出，內廳大馬蹄形平台上曾有的雕像已完全缺失，只留下底座的少許殘跡，而內廳的壁畫則大部分完好地保存了下來，只在牆裙底部稍有缺憾。在中間主要佛像的底座前面是一個小佛塔，是由泥塊粗略地堆成的，但底下也是三層方形底座，頂上是個圓頂，與中亞的古代佛塔類似。雕塑平台的西側，中間是個連在石頭上的巨大石屏，頂部向兩邊擴展，在與內廳牆的中楣同高的地方，形成了兩個高高的懸臂。石屏正面畫著成排的大菩薩像，雙手合十，分布在原有中央雕塑的兩側。菩薩上方畫著一個精美的華蓋，華蓋周圍是菊花般的大花。石屏前原有的雕像肯定是個迦樓羅，或是什麼乘鳥的神，因為兩排菩薩畫像中間有一個淺浮雕的大尾巴的殘跡。而且我還發現，小佛塔的圓頂上有一隻泥塑的大鳥爪。沿平台的兩側可以看到隨侍人物雕像的底座，南北各有四個。平台底下仍保留著它原來的彩繪浮雕裝飾，浮雕可分成兩層，分別高1英尺8英

寸和3英尺。平台前是一個後人造的粗陋的香案，以供人燒香。

　　窟頂形如一個被削平了頂部的錐形，最中間是平頂鑲板。鑲板分成兩層，底下還有三層，都形如中楣，按透視法畫了畫。其中兩層上面的是緊挨在一起的團花及小佛像，還有一個複雜的鋸齒邊（這些在圖14中都可以看到）。向上縮小的那幾層上畫著植物捲鬚。窟頂最中間的藻井約5英尺見方，中間是一朵大花，周圍環繞著其他的花。傾斜的窟頂各面上都借助於模版畫著成排的坐佛小像，除了半被石屏遮住的那一面外，每面中間都畫著一幅畫，畫中是一尊佛坐在兩個菩薩之間。窟頂底部的四角都挖空了，形成了橢圓形的突角拱，每個拱中都畫著一尊碩大的頂盔貫甲天王及其從者（圖15）。

＜Ch. VIII 窟頂的裝飾

　　下面我們來說內廳牆上的繪畫。除了下文要說的牆裙外，這些壁畫包括：入口兩側的兩幅大畫；南牆和北牆上的五幅畫，每幅畫都有9英尺2英寸寬；整個西牆上的壁畫有43英尺長，石屏後面也有畫。圖20中只可見到入口一側的壁畫的最底部，它中間畫著一個帶項光的神坐在平台上（平台上舖著毯子），背後是一群雙手合十的聖人。底下的一群人是一個王子和他的隨從，正在做「右繞」儀式，王子前面是兩排弓箭手和一群持供品的隨從。它對面的牆壁上是配套作品（圖21）。這幅畫中間是個無項光的王族人物，坐在精緻的平台上。平台托在畫得很好的雲上，並似乎在移動，頂上還有個華蓋。平台後面是一大群帶項光的聖人和神，底下是一群正大步流星行走的隨從。畫兩側以及畫上方有空地的地方畫著很多小場景，顯然是佛本生故事。

＜Ch. VIII 窟內廳的壁畫

　　我不準備詳細描述兩側牆上的十幅大畫，它們大多數畫的是一群神，中間的人物是佛，要麼可以明顯看出是極樂世界（因為有蓮花池和天堂中的享樂場面等），要麼周圍是較小的禮佛場面和世俗生活場景，與佛本生故事中的場景類似。圖15、22使我們看到這類畫的構圖。無須多說的是，它們無論在題材還是風格上，都與我們藏品中的大阿彌陀佛淨土圖有密切聯繫。圖19壁畫中畫了不下11組神，每組中都有題榜，顯然是為了方便人們辨認人物的身份。這類帶有當時解釋性文字的畫，對於研究中國佛教最盛時期的造像細節問題肯定是很有價值的資料。整面西牆上畫滿了為數極多的小場景（見圖18、208），它們也能為我們提供

＜Ch. VIII 窟中的大壁畫

豐富的訊息。這些畫甚至畫到了石屏後面的拱形下，那裡暗淡的光線必定增加了藝術家工作的難度。現在參觀者欣賞它們也有困難。那裡畫的是各種世俗生活和寺院生活場面（旅行、勞作等），內容顯然是傳說，所幸題榜中大多寫了題識，會有助於我們辨認它們的內容。

圖208　千佛洞Ch. VIII洞窟主室西壁蛋彩壁畫

Ch. VIII 窟的牆裙

這些大畫約有11英尺高，底下畫了一條飾有精美植物的帶子，帶子下全都是彩繪的牆裙。這個牆裙也很值得我們注意，除了東牆的壁畫 ii 和 xv 下的牆裙為8英尺高外，其他牆裙都是$5\frac{1}{2}$英尺高。西牆的牆裙縱向分成許多小部分，由於那裡過道較窄，牆裙中的畫被磨去了很多，畫的似乎也是傳說場面，可能是佛本生故事。其他牆裙上則都畫著成排的服飾華麗的女子，都拿著水○果和花等供品。根據我們對絹畫中供養人的了解，**從服裝和髮型上我們可以判斷出她們是10世紀的人物。**

Ch. VIII 窟中尊貴的女子像

但我們的注意力馬上被吸引到東牆壁畫 ii 和 xv 底下的牆裙上。那裡畫的女性都很有個性，顯然本窟的女施主也包括在其中。無疑出於這個原因，這塊牆裙比別的牆裙高，人像比真人還大。在壁畫 xv 下我們發現，幾個女侍者前面畫著個佩戴著很多首飾的女子（見圖21），她的頭飾是所有女性中最華麗的。對這頂頭飾我不想說得過細，只想請大家注意那碩大的球狀頂冠（上面裝飾著寶石等物），頂冠下面是兩層頭飾，也鑲著寶石，掛著長串的珠寶。她右邊是三個女子，一個比一個高，戴著類似的球狀頂冠，但冠較小，幾乎沒什麼裝飾，顯然是這位尊貴夫人的女兒或親屬。這位夫人右邊、最小的女孩上邊是個題識（下文我們會說到它）。這組人物前面是三個保存得很差的男子像。男子穿

○參見第三章第四、八節。——原注

紅棕色的袍子，頭髮像和尚一樣剃光了。內廳入口處，此牆裙對面的牆裙（ii 號壁畫下）與其是配套的（見圖20），那上面畫著五個男侍者，顯然地位很高，其服裝華麗但缺乏個性。他們前面是三位夫人，個子都很高，頭飾十分醒目。右邊的那位夫人也戴著鑲珠寶的帽子，帽子上也垂著富麗的飾物，與 xv 下那個尊貴的夫人類似，但頭飾底部沒那麼華麗。她左邊的兩個女子戴著無任何裝飾的球形小帽。

　　我們一眼就認得出，上述這些人物是地位相當高的女供養　　＜題識中提到
人。令我十分高興的是，蔣師爺讀了上文的題識後告訴我，此窟　　和田公主
是于闐或和田的一位公主修的，她還讓人在牆裙上記錄下了這一
善舉。但即便沒有題識上的記載，這些尊貴優雅的人物也不能不○
使我想起遙遠的西方另一位遠為高貴的女供養人留下的壁畫，我
指的是拉瓦那（Ravenna）著名的拼貼壁畫。在聖·威塔爾（San
Vitale）的壁畫上，我們看到的是女皇西羅多娜（Theodora）
及其隨從那極為豪華的排場。聖·阿波利那爾·諾瓦爾（San
Apollinare Nuovo）的壁畫上，我們看到成隊的聖人手持供品，就
彷彿千佛洞很多石窟通道上畫的那些莊嚴的菩薩是以他們為模特
似的。儘管這些畫面與造像並沒有直接聯繫，但它們的相似性也
可能並非出於偶然。近來學者們的研究越來越證明，西方的拜占
庭藝術和中亞、遠東的佛教藝術，其靈感源泉多少是從近東地區
帶上了東方風格的希臘藝術中汲取來的。

　　我們還沒有描述Ch. VIII過道上的壁畫，這樣的壁畫我在別的　　＜Ch. VIII 過
石窟過道上還未曾見過。北牆上的壁畫 xvi 受損較嚴重，但仍可　　道上的壁畫
辨出中間是一個極高大的聖人（？）正走在一頂傘下，前面是一
些帶項光的人物，後面則跟著一群穿灰袍的僧人。僧人有的雙手
合十，有的持供品。所幸對面牆上的壁畫 i 保存得要好些（見圖
110、111），它畫得十分生動，其富麗的色彩、流暢的線條和寬
廣、深遠的效果，使人奇怪地想起從前威尼斯畫派的作品。中間畫○

○沙畹先生把題識翻譯了過來，並解釋了題識的歷史價值——題識中提到了公主
　的父親和田王的稱號和姓。
　伯希和先生在提到這個題識時指出，這位和田公主嫁給了曹延祿。史書記載，
　曹延祿是敦煌10世紀的一位高官。——原注
○從顏色上來講，各種深淺不同的藍色和綠色用得特別多。部分由於這個原因，
　圖110、111中的照片完全沒有表現出顏色在深淺上的變化，甚至沒能清晰地體
　現出輪廓線來。——原注

的是一尊佛，右手抬起，呈轉法輪的動作。佛乘在一輛行在空中的車上，飛翔的神祇推著車的輪子。車後是兩條華美的幢幡，其末端在風中招展。幢幡的白地上畫著龍，龍身上是星羅棋布的小花。一群天宮侍者隨侍在車的前後，其中兩個手中持球，還有一個形如躍立欲撲人的鬼怪。上方的雲畫得很巧妙，雲上是更多的精靈或聖人，均衣冠整齊，態度沉靜，與底下正在運動中的人物形成對照，產生了令人賞心悅目的效果。佛的皮膚為深棕色，上身穿的袍子為淺粉色，邊上鍍了金，內衣為純天藍色。車也塗成鮮艷的藍色和綠色，點綴著金飾。

熾盛光佛及 >
星神畫　　上文說過，有兩個侍者拿著球，空中還漂浮著其他球體，球中畫著不同行星的象徵物。這說明，此畫無疑畫的是一尊佛在星神的陪同下於空中經過。我們將它與另一幅絹畫比較一下就看得出二者畫的是同一題材，但絹畫的構圖要簡單些，布局和線條也遠遜於此件。此畫中是否也畫著熾盛光佛，他在空中經過有什麼含義，這些問題我只能留給專家們去解決了。壁畫上方是個上楣，在淺浮雕的板上是泥雕的坐佛小像。頂部傾斜的底邊上畫著個富麗的帷幔，天花板中央畫著鮮艷的花朵。

Ch. IX 到的 >
內部有大佛像
的石窟　　從Ch. VIII到大坐佛像所在的那個石窟之間的崖上有數目相當多的石窟，但它們要麼裝飾得很簡陋，要麼因為後來蓋了前廳，導致採光很差。大石窟Ch. IX是後來修復的，其入口比目前的地面高很多。在這個窟裡，我只能拍攝下來過道南牆上畫的成隊的菩薩像，他們衣袂飄飄，服裝為深棕色和綠色（圖33）。關於底下幾座後來修復的小窟，圖29可以使我們窺其一斑，這個圖中拍的是Ch. X的佛龕上修補得很糟糕的泥塑。Ch. XI中的石板上寫著○14世紀的**題識**（這個窟與大坐佛像所在的窟都裝飾著很古老的壁畫，但由於窟前新添的建築的遮擋，拍照很困難，甚至用眼睛看都相當費力）。Ch. VI再往北是許多小窟，綿延得很長，分成了幾層（圖5）。但就我看來，其中沒什麼重要的裝飾物。然後就是大立佛像所在的Ch. VIII，這尊佛像高達90英尺，壁畫有幾層樓高，看起來很古老，但照相機卻無法將其拍攝下來。

Ch. VII 小窟 >
中的壁畫　　但這個大窟約70英尺高的地方還連著一個小窟Ch. VII，經過石頭上開鑿的難行的通道才能到達那裡。這個小窟中的壁畫比較

○參見第一章第二節。——原注

圖209　千佛洞Ch. Ⅶ洞窟主室佛龕內泥塑佛像及四壁和窟頂蛋彩壁畫

圖210　千佛洞Ch. Ⅶ洞窟主室西北角蛋彩壁畫

圖211　千佛洞Ch. Ⅶ窟主室南壁蛋彩壁畫，上方為西天畫面，下方為行
進中的軍隊

有價值，但不幸的是已被香火薰黑了，有些地方已經剝落。看起來，窟中以前似乎有人住過。圖209拍的是窟中的佛龕，裡面有一尊古老的坐佛像，而從者像均已坍毀。佛龕兩側的壁畫比一般淨土圖更有活力（圖210）、更仔細，畫的是佛被簇擁在一群菩薩和神祇中間。南北的側牆上各畫著三幅淨土圖，其中有伎樂、複雜的天宮建築等。但更引人注意的是壁畫底下的牆裙（圖211），其題材我在別的窟中都沒有見過，似乎是取自當時的現實生活。南牆上畫著乘馬的大隊士兵和顯貴人物，旌旗招展，還有一小隊穿鎧甲的騎兵，以及吹著長號角、擊著鼓的樂師。馬的奔馳姿勢各不相同，畫藝十分精湛。北牆的牆裙受損較大，但有些地方仍可看出車、轎子和隨車轎而行的隨從，靠近小窟入口的地方還畫著狩獵場面。佛龕下的牆裙上是描畫細緻的供養人和僧人像。從壁畫高超的工藝看，我們會覺得此窟年代較早，但供養人的服裝則告訴我們，這些畫是9～10世紀畫的。

　　大立佛像以南的一組大石窟經過不少修復，原來的壁畫要麼多已蕩然無存，要麼就被前面添加的建築遮得很暗，其中已經「現代化」了的大石窟Ch. ⅩⅤ中的石板上有西元776年和894年的題識。除此之外，我還想提一下小窟Ch. ⅩⅣ，這個窟是為紀念「唐僧」玄奘而修的，他已作為一名羅漢被列入了中國佛教萬神殿之中。圖28中拍的是此窟的佛龕，龕中是泥塑的玄奘像，姿勢如同入定的佛，還塑著四名從者。這位偉大的朝聖人前面塑著個妖怪，一半像狗，一半像海豹，討好地看著玄奘。儘管雕塑看

＜以玄奘為羅漢的小窟Ch. ⅩⅣ○

○參見第一章第二節。——原注

起來是後人的作品，但把玄奘作為本窟供奉的神，應該不會是近期的事，因為過道和前廳牆上生動的壁畫把他的取經隨從分別畫成了牛頭和馬頭，還畫了些傳說中的取經故事（已嚴重褪色）。

Ch. XVI 窟＞
大內廳的壁畫

　　這個石窟最南邊的上方，是一個採光很好的大窟Ch. ⅩⅥ，其壁畫裝飾有不少特別之處，用它來作本節的結尾正合適。從整體布局、題材、風格上來看，它內廳的壁畫很像Ch. Ⅷ，而細節上的某些特點（比如筆法不夠精細），都讓我覺得它很可能是把和田公主的那個窟當做藍本了。南北牆上畫的也是眾多的神祇和〇佛教淨土場面（圖212），而入口兩側牆上**壁畫的題材也與那個窟一**致。但下面的牆裙有明顯不同，畫的不是公主和她的女侍，而是常見的那種成隊的菩薩，塗成棕色和綠色。此窟的特別之處是它西牆上畫滿的壁畫，這些畫比較奇特，給人印象很深。Ch. Ⅷ的西牆是眾多雜亂無章的小場景，而此窟的西牆則畫著一個傳說故事，雖然也是由小場景構成的，但卻由兩個主題串聯在一起。之所以必須分成兩個主題，是因為中央平台後的石屏遮住了壁畫的中間部分，只有當人們施行「右繞」的儀式轉到屏風後面的狹窄通道時，才能看見那一部分畫。

Ch. XVI 西＞
牆左側畫的
「大風場面」

　　這幅畫的最醒目之處在於它的右半邊，那裡十分真實而生動地表現出了大風天的場面（圖25、213）。中間是個帳篷狀物（其頂上有個華蓋），彷彿就要被風吹得倒向右邊。「帳篷」中的人物無項光，衣飾華麗，身體前傾，似乎想抵擋住大風的勁吹，免得「帳篷」倒掉，而「帳篷」上的簾幕和華蓋上的大流蘇則在風中亂飛。一些長著鬍鬚的從者正用梯子和木桿想把狂舞的簾幕和華蓋安好，他們的頭髮和衣服都被風吹了起來。大風勁吹的效果還體現在左邊的一些人物和事物上，右邊則有一些旁觀者，有的吃驚地觀望著，有的正快步走上前去助一臂之力。右側的邊上和畫面底下顯然畫的是與主體部分無關的小場景。

Ch. XVI 中＞
與大風場面相
對照的壁畫

　　西牆左側的壁畫與右側正好是一對（圖24）。中間畫的佛（或菩薩），莊重、安詳，與左側由大風引起的混亂場面恰好形成對照。這個人物穿的是地藏菩薩常穿的那種百衲衣，右手著把扇子，輕輕地扇著風。他頭上精美的雲朵托著一個繁複的華

〇關於邊、窟頂等細節上的共同點，可以比較一下圖15和圖213。——原注

圖212　千佛洞Ch. ⅩⅥ洞窟主室北壁蛋彩壁畫

圖213　千佛洞Ch. ⅩⅥ洞窟主室西北牆壁彩蛋壁畫

蓋。這尊神腳下和前面分別畫著幾組人物，動作都顯得很痛苦，一個低垂著頭，一個胳臂綁在了身後，還有一個悲哀的女子把雙手伸向佛，求他施恩。頂上有口鐘懸在木架子上，一個僧侶般的人物正要敲這口鐘（右側畫的遠處也有一口鐘，但被大風吹在了空中）。不遠處還有一個人舉著手臂，似乎指點著右邊發生的事。中央石屏後面的牆壁上畫的也是被風吹著的人和事物。兩側條幅和下面的小場景與畫面主體看不出有直接聯繫，但可以推斷出，它們也是與整幅壁畫要表現的傳說有關的。

　　至於這個傳說究竟是什麼，我目前還說不清楚（疑為「勞度叉斗聖」——譯者）。人們必會在浩瀚的佛教神話典籍中發現它，這是可以肯定的，題識也會對此有所幫助。但無論如何，這個題材在本地必定是廣為流傳的，因為我發現，它在敦煌Ch. VII窟（圖9）和萬佛峽的一個石窟中再次出現了。這三幅壁畫在總體布局和大部分細節上幾乎是一樣的，這使我猜想，它們大概是從極受人們喜歡的先前一幅畫臨摹來的，顯然那位最早的設計者有相當高的藝術想像力和技巧。一邊是輕搖羽扇的佛，另一邊是狂風大作，搖撼著王者所在的「帳篷」，形成了鮮明的對照。由於我不知道它究竟畫的是什麼傳說，也就無法判斷出這種鮮明的對比是不是最早的那個畫家所創的，也無從知道，這個傳說之所以流行，是不是與敦煌多風的氣候有關。

＜Ch. XVI 古斗聖——譯者

○牆畫的是傳說

　　我對這幾個洞窟的描述肯定是極不完善的。而且，在本節接近結束的地方，我不能不遺憾地說，現存石窟中最古老並保存著原來壁畫的那一個，完全沒有被我注意到。我指的是伯希和先生在第一次簡略地描述他的探險活動時提到的那個窟——他給這個窟拍了兩張照片。在照片下的說明中，他說此窟是北魏時期的，年代約相當於西元500年（圖214）。從照片上可以看出，這個窟中的泥塑與雲岡和龍門石窟的雕像風格很接近，所以說它是北魏的作品應該沒什麼疑問。我手頭沒有對此窟的任何文字描述，但據我判斷，這個早期石窟應該在高崖之上。通向那裡的木廊朽壞了之後，人們就很難進去，這樣就使它免受了破壞，也沒有被修復過。

＜現存最古老的洞窟

○1913年彼得魯奇先生在給我的一封信中說，他覺得自己在中國佛教典籍中已找到了能解釋這幅壁畫傳說的蹤跡。但他似乎未能把這一線索追蹤到底，便不幸去世了。——原注

在千佛洞仍
有待於做的工
作 >

但除了這些地方外，人們在千佛洞可能還會有重大發現，因為主要石窟群兩側山崖下的流沙還沒有被清理過，現存壁畫也沒有被仔細考察過，不知道其後面是不是還覆蓋著古代的作品。這類工作以及認真研究已有文物的工藝、年代順序等，需要多年的努力才行。我充分意

圖214 萬佛峽洞窟 ii 內殿東南牆展現的傳說故事壁畫

識到，同艱巨、浩大的任務相比，我三個星期的逗留時間是多麼少。我對千佛洞及其寶藏的描述就到這裡吧。

國家圖書館出版品預行編目資料

發現藏經洞 / 奧雷爾.斯坦因作；
　姜波,秦立彥譯.--初版.--
　臺北市：台灣書房，2007.12
　　面；　公分.--（域外叢書）
　ISBN 978-986-6764-23-3（平裝）
　1.敦煌學　2.石窟

797.9　　　　　　　　96022331

域外叢書　　　　　　　　**8P11**

發現藏經洞

作　　者	（英）奧雷爾·斯坦因
譯　　者	姜波、秦立彥
編　　輯	Fran Hsieh
美術編輯	Seven5

發 行 人	楊榮川
出 版 者	台灣書房出版有限公司
地　　址	台北市和平東路2段339號4樓
電　　話	02－27055066
傳　　真	02－27066100
郵政劃撥	18813891
網　　址	http://www.wunan.com.tw
電子郵件	tcp@wunan.com.tw
總 經 銷	朝日文化事業有限公司
地　　址	台北縣中和市橋安街15巷1號7樓
電　　話	02－22497714
傳　　真	02－22498715

顧　　問	得力商務律師事務所　張澤平律師

出版日期	2007年 12月 初版一刷
定　　價	新台幣 280 元整

本書由廣西師範大學出版社授權，台灣書房
出版社在台灣出版發行

台灣書房

台灣書房